《墨憨斋定本传奇》研究

涂育珍 著

齊魯書社

图书在版编目（CIP）数据

《墨憨斋定本传奇》研究／涂育珍著. —济南:齐鲁书社，2011.12
ISBN 978-7-5333-2570-1

Ⅰ.①墨… Ⅱ.①涂… Ⅲ.①传奇剧（戏曲）—剧本—文学研究—中国—明代 Ⅳ.①I207.3

中国版本图书馆 CIP 数据核字(2011)第 273921 号

《墨憨斋定本传奇》研究
涂育珍 著

出版发行	齊魯書社
社　　址	济南市英雄山路 189 号
邮　　编	250002
网　　址	www.qlss.com.cn
电子邮箱	qilupress@126.com
印　　刷	山东新华印刷厂
开　　本	880mm×1230mm　1/32
印　　张	8.25
插　　页	3
字　　数	200 千
版　　次	2011 年 12 月第 1 版
印　　次	2011 年 12 月第 1 次印刷
标准书号	ISBN 978-7-5333-2570-1
定　　价	**28.00 元**

序

涂育珍所著《〈墨憨斋定本传奇〉研究》即将由齐鲁书社出版，这是在她博士论文基础上修订完成的一部论著。我是她的博士生导师,有三年教学相长的因缘。涂育珍曾是我们华东师范大学中文系的硕士研究生,师从高建中教授专攻词学,毕业后回到东华理工大学中文系任教。东华理工大学地处江西抚州,也即临川,这是一个历史悠久、人文荟萃的地方,于中国古典文学更是积淀深厚,名家辈出。明代戏曲家汤显祖即为临川人氏,其“临川四梦”在中国戏曲史上影响深远。据此,该校中文学科有意将汤显祖和戏曲史研究作为其重点发展的特色研究领域,涂育珍也就重回华东师大攻读中国戏曲史的博士学位。当时选择冯梦龙的《墨憨斋定本传奇》作为其博士论文选题出于以下几方面的考虑:一是冯梦龙是一个值得进一步深挖的研究对象,虽然对冯梦龙的研究一直以来是个热点,但大多偏于小说研究,冯梦龙的戏曲研究尚有不小的空间;二是对冯梦龙的戏曲研究以理论批评研究居多,全面综合性的研究还不多,尤其还相对缺乏综合冯梦龙的整体创作和理论思想来探究其《墨憨斋定本传奇》;三是冯梦龙对汤显祖《牡丹亭》的改编是其中比较重要的一个改编本,研究冯梦龙改编本《风流梦》也是汤显祖和《牡丹亭》研究的重要组成部分。基于这三方面的因素,涂育珍以《墨憨斋定本传奇》为突破口,试图通过这一组改编本的研究来全面认识和评价冯梦龙的戏曲创作、理论思想和历史地位。

对文学作品的改编是中国文学史上一个非常独特的现象，主要表现在小说、戏曲等通俗文学领域。明代以来这已经成为文学史上一个不容忽视的现象，对小说、戏曲的发展产生了深远的影响。与通俗小说相比，戏曲的改编有共性，但还有其独特的内涵。在中国小说史上，小说之改编其实是一种删润、修饰和提高的“改订”活动，明代“四大奇书”都曾经获得多次的改订，如《水浒传》从容与堂本到金圣叹批本，《三国志通俗演义》从李卓吾本到毛氏父子批本，《金瓶梅》从崇祯本到张竹坡批本，《西游记》从李卓吾本到汪象旭、黄周星的《西游证道书》等，都体现了不断被修订的过程。这种改订主要表现在三方面的内涵：对小说作品的表现内容进行修正，对小说文本的形式体制进行加工和整理，对小说文本在艺术上进行增饰和加工。总之，小说改订之目的在文本之本身，这种改订一方面使得小说本身更加精致，“四大奇书”在清以后均以改订本为定本即为明证，另一方面也使通俗小说之形式在其发展过程中越来越趋于固定和完善。戏曲之改编除了上述与小说相同的内涵外，它在明清戏曲史上的长期存在还与戏曲的特殊性相关，戏曲的演唱性和表演性是戏曲改编的一个主要因素，甚至是根本因素。故在明清两代，戏曲的改编主要由两个方面所构成，一是戏曲文本的精致化、文人化，这突出地表现在明代文人对南戏的改编中，南戏《荆钗记》、《白兔记》、《拜月亭》、《杀狗记》、《琵琶记》等几大名作大多有明人的改编本，这一改编既是南戏的文人化过程，同时也是传奇体制得以逐步确立的过程。二是在戏曲格律和舞台表演的制约下对戏曲作品的改编，如杂剧《西厢记》就出现了《槃薖硕人增改定本西厢记》和《西厢记演剧》两部《西厢记》改编本。这两部改编本均以舞台表演为其改编之动因，后者更以“演剧”为题。汤显祖《牡丹亭》也有许多的改编本，如沈璟《同梦记》、徐肃颖《丹青记》、冯梦龙《风流梦》等。这些改编本虽然评价不一,但从格律和舞台性出发是其共同的追求。

冯梦龙的《墨憨斋定本传奇》就是在这一戏曲改编风潮中比较有影响和价值的一部著作,全书包括《双雄记》、《新灌园》、《酒家佣》、《女丈夫》、《量江记》、《精忠旗》、《万事足》、《梦磊记》、《洒雪堂》、《楚江情》、《风流梦》、《邯郸梦》、《人兽关》、《永团圆》十四部作品。这是一部融"评"、"改"为一体的著作,既是戏曲改编的一部集子,又是戏曲的评点本,且评改之立场颇为一致,都以"便于登场"为其评改之宗旨。涂育珍的《〈墨憨斋定本传奇〉研究》在学界研究之基础上对冯梦龙的这一评改本作出了比较细致的梳理和分析,全书从四个层次考察了冯梦龙的《墨憨斋定本传奇》及其相关问题,第一层次考察了冯梦龙戏曲著述活动的特点以及《墨憨斋定本传奇》的版本情况;第二层次主要从理论层面分析了冯梦龙戏曲改编的思想基础和《墨憨斋定本传奇》中的评点思想;第三层次为全书之中心,阐述了冯梦龙的戏曲改编,通过《墨憨斋定本传奇》中原本与改编本的比较,分析改编本在曲调组合方式、曲词、宾白、科介和脚色等方面的变化;第四层次探讨《墨憨斋定本传奇》的影响,主要通过选本等文献资料说明《墨憨斋定本传奇》的具体影响以及成就。这样四个方面的分析纲目清晰,层次井然,既凸显了冯梦龙《墨憨斋定本传奇》的自身特色和价值,同时也适当分析了形成这一特色和价值的主客观因素。

对于冯梦龙《墨憨斋定本传奇》的研究不能脱离戏曲史的独特背景,本书在这方面也有所涉及,如著者提出:"冯梦龙的传奇改编,在戏曲观念上重视舞台表演,将文人的审美情趣与艺人的表演艺术融合,折衷传奇发展过程中的经典化和通俗化,试图在戏曲舞台上实现文与艺的双美。"认为冯梦龙的目的在于"为传奇创作订立标准","提倡人情、语言上雅俗共赏、形式上意法双美、案头与场上并重，经过汤沈之争以后，这些标准基本上已经成为当时文人曲家的共识”。其评价也符合戏曲史发展之客观现实。但相比较而言，本书在戏曲改编的背景处理上尚有不少不足，如梳理戏曲改编之历史发展、加强戏曲改编的个案研究并作相互之比较、厘清戏曲改编的基本格局等，如果在这方面的研究有所加强，那将会对冯梦龙的研究乃至中国戏曲史的研究不无裨益。好在著者近时申报的教育部研究课题与此论题相关，相信今后的研究会拓宽视野和拓展领域，从而弥补这方面的缺憾。

涂育珍勤勉好学，为人淳朴，已有不少的研究成果，也已从事硕士研究生的培养，期待她在今后的教学和科研中取得更好的成绩。

谭　帆

2011 年 12 月 8 日

目 录

引　言

中国古代戏曲发展史上，冯梦龙主要在创作、改编和曲谱编订三个方面有所作为。冯梦龙创作的戏曲作品数量不多，成就平平；他对戏曲曲谱的修订倾注了极大的热情，可惜他编订的《墨憨斋新谱》已经散佚；他改编戏曲的成就令人瞩目，他改编的戏曲作品流传下来的基本收入了《墨憨斋定本传奇》，此外，他收集的散曲集《太霞新奏》也有一定的影响。

在《太霞新奏》和《墨憨斋定本传奇》的评点中体现了冯梦龙戏曲观念的渊源、特点和影响，与具体的改编文本相对照，可以清楚地了解到冯梦龙实际的改编与其理论观念之间相吻合的地方，并作出较为准确的评价。另一方面，《墨憨斋定本传奇》是冯梦龙戏曲活动的核心内容，既包含了他创作的两个剧本，也是戏曲史上以改编而著称的集子。对于冯梦龙改编本在后来戏曲舞台表演中所起到的作用，"五四"以来的学者都表示肯定，如卢前指出的："今歌场所流行《游园》、《惊梦》，及《拾画》等出，皆冯所改订本也。"[1]在了解冯梦龙改编本的演剧影响的基础上，可分析文人创作与戏曲表演之间的关系。从明清戏曲发展的角度来看，对《墨憨斋定本传奇》与原作戏曲作品文本以及之后流传的戏曲选本进行比勘，并探讨冯梦龙改编戏曲在戏曲史上的影响，是一个具有很高研究价值

① 卢前：《卢前曲学四种》，中华书局 2006 年版，第 57 页。

的个案。

冯梦龙《太霞新奏·发凡》云:“北曲凡第二曲谓之‘幺篇’,南曲谓之‘前腔’,《墨憨斋改刻传奇定本》用其一,其二、三、四,今从之。”可知,冯梦龙在刊刻《太霞新奏》之前,就把他主要由改编作品辑成的戏曲集陆续刊行了。《太霞新奏》刊于天启七年(1627年)之前,《墨憨斋改刻传奇定本》则应出现在《太霞新奏》之前。冯梦龙自创传奇《双雄记》,其更定本的叙云:“余发愤此道良久,思有以正时尚之讹。因搜戏曲中情节可观,而不甚奸律者,稍为窜正。年来积数十种,将次第行之,以授知音。”明确表达了冯梦龙改编传奇的动机,并说明其陆续改编的作品有数十种之多,他“次第行之”的戏曲刊本并未完整流传下来,具体剧目不详。

这部戏曲集还以《墨憨斋新曲十种》和《墨憨斋新曲四种》等面貌出现过。《墨憨斋新曲四种》,明末刻本,收入了《邯郸梦》、《双雄记》、《万事足》、《风流梦》。《墨憨斋新曲十种》(又名《墨憨斋传奇定本十种》)收入了《万事足》、《新灌园》、《酒家佣》、《女丈夫》、《量江记》、《精忠旗》、《双雄记》、《梦磊记》、《洒雪堂》、《楚江情》。清代洪昇《长生殿·例言》还曾提到过“墨憨十四种”,但已无法探知其中具体曲目。

今人整理的《墨憨斋定本传奇》则由中国戏剧出版社在20世纪60年代和江苏古籍出版社、上海古籍出版社在20世纪90年代分别出版。①

在总体论述中,本书以通常的说法——《墨憨斋定本传奇》来指称冯梦龙更定的戏曲集,本书主要参考中国戏剧出版社本、江苏

---

① 中国戏剧出版社本收入剧目:《双雄记》、《新灌园》、《酒家佣》、《女丈夫》、《量江记》、《精忠旗》、《万事足》、《梦磊记》、《洒雪堂》、《楚江情》、《风流梦》、《邯郸梦》、《人兽关》、《永团圆》。江苏古籍出版社本与上海古籍出版社本收入曲目同上,另附录《杀狗记》、《一捧雪》、《三报恩》、《占花魁》。

古籍出版社本与上海古籍出版社本,以《墨憨斋重定双雄记传奇》、《墨憨斋重定新灌园传奇》、《墨憨斋详定酒家佣传奇》、《墨憨斋重定女丈夫传奇》、《墨憨斋重定量江记》、《墨憨斋新订精忠旗传奇》、《墨憨斋订定万事足传奇》、《墨憨斋重定梦磊记传奇》、《墨憨斋新定洒雪堂传奇》、《墨憨斋重定西楼楚江情传奇》、《墨憨斋重定三会亲风流梦传奇》、《墨憨斋重定邯郸梦传奇》、《墨憨斋订定人兽关传奇》、《墨憨斋重定永团圆传奇》十四部作品为研究对象。

在陆续刊刻及成书以后相当长的时期里,《墨憨斋定本传奇》是湮没无闻的。明代祁彪佳的《远山堂曲品》不过将《双雄记》列为"能品"而已①,冯梦龙大量的戏曲改编作品并没有在后来的戏曲批评中得到显著的关注。不过,当时一些文人间来往的序跋信札偶尔会提到这部戏曲集,隐约记载了时人对其中作品的品评。如祁彪佳写给朋友的信中曾说:"昨所云冯犹龙初刊五种,忆是《玉麟》、《双串》、《合纱》、《存孤》,乞仁兄留神。"②说明了冯梦龙最初刊刻过的几种曲目。沈自晋则对冯梦龙《墨憨斋词谱》进行了评价,也可认为是对冯梦龙戏曲观念的评述:"阅来稿,自《荆》、《刘》、《拜》、《杀》,迄元剧古曲若干,无不旁引而曲证。及所收新传奇,止其手笔《万事足》,并袁作《真珠衫》、李作《永团圆》几曲而已。余无论诸家种种新裁,即玉茗、博山传奇,方诸乐府,竟一词未及。岂独沉酣于古,而未遑寄兴于今耶,抑何轻置名流也。子犹尝语予云:'人言香令词佳,我不耐看。传奇曲,只明白条畅,说却事情出,便够,何必雕镂如是?'……大抵冯则详于古而忽于今。"③

---

① 〔明〕祁彪佳:《远山堂曲品》,见《中国古典戏曲论著集成》(六),中国戏剧出版社 1959 年版,第 33 页。

② 〔明〕祁彪佳:《远山堂尺牍·与袁凫公》,明末抄本。

③ 〔明〕沈自晋著,张树英点校:《沈自晋集》,中华书局 2004 年版,第 258 页。

由于受到不登大雅之堂的传统价值理念的影响，通俗文学的编辑整理创作向来都不为主流文坛所重视，更何况易代以后，统治者加强了对小说戏曲的禁毁，冯梦龙更定戏曲少见诸评论也不足为怪。清代针对戏文的禁令远多过明代，使文本出版及舞台演出这两种传播方式都受到限制，甚至有具体条令禁止小说戏曲的续作改编，如刘廷玑所记："而传奇各种，《西厢》有《后西厢》，《寻亲》有《后寻亲》，《浣纱》有《后浣纱》，《白兔》有《后白兔》，《千金》有《翻千金》，《精忠》有《翻精忠》，亦名《如是观》，凡此不胜枚举，姑以人所习见习闻者，笔而志之。总之，作书命意，创始者倍极精神，后此纵佳，自有崖岸。不独不能加于其上，即求媲美并观，亦不可得，何况续以狗尾，自出下下耶。演义，小说之别名，非出正道，自当凛遵谕旨，永行禁绝。"①续作、改编，往往是对已经有广泛影响的故事进行再创作，使之更为本时代受众接受。这些衍生文并没有因为老调重弹而失去吸引力，相反，新鲜感是其受欢迎的一大因素。成功的再创作会使那些原本熟悉旧故事的读者也能在已经烂熟的故事里看到新的东西。以本时代人的观念来诠释旧故事，是站在新的价值观立场上进行的再演绎，甚至有些作者的再创作初衷便是同情抑或不愤，更容易引起共鸣。这样的改编便有更加深入人心的传播效果，要被统治者特意提出来加以禁止。冯梦龙的戏曲活动以改编形式而独具特色，也因此似乎要逐渐湮灭在历史长河中了。

在少量的见诸记载的评论中，曲论家对冯梦龙的戏曲改编活动称誉有加。刘廷玑《在园杂志》："至后龙子犹辈出，以南北间错，故有【北新水令】、【南步步娇】一套；【北醉花阴】、【南画眉序】一

① 〔清〕刘廷玑撰，张守谦点校：《在园杂志》，中华书局 2005 年版，第 125 页。

套，如此不可枚举。”①认为冯梦龙将明清传奇和散曲中南北合套的形式运用熟练，并成为相对固定的音乐程式。清代姚燮（1805～1864年）编撰的《今乐考证》著录了冯梦龙改编的戏曲，并引述：“梁子章云：‘龙氏《墨憨斋传奇定本》十种，多取近时名曲，再加删改而成，颇称善本。’”②冯梦龙改编本虽少见于文人曲家评述，但在清代的舞台演出上影响力还是比较大的，具体表现可从留存下来的戏曲选本中探寻踪迹。如《缀白裘》和《审音鉴古录》中《学堂》一折戏的结构采用的不是汤显祖的原本，而是根据冯梦龙改编本的曲牌结构，将原本第九出的《肃苑》和第七出的《闺塾》中的部分内容合并在一起，台本的选择表现了演出艺人对冯梦龙改编的认同。

近代文学观念的改变，加上海内外文献资料的逐渐被发掘，《墨憨斋定本传奇》改编方式的独特成就渐为人所重视，走进了近代文学研究者的视野。冯梦龙被认为是俗文学史上影响很大的人物。有人称之“为稗史之开山，实新言之宗匠”③。不过，这更多的是指他在小说领域的成就。随着新的文学艺术观念的传入，戏曲的文体地位得以抬升，戏曲表演活动的艺术特质被加以理论分析，学者们的眼光落到了冯梦龙的身上。

1916年，吴梅《顾曲麈谈》：“每曲又细定板式，煞费苦心，其书固可传也。”肯定其更定本的成就。“其自著之曲，只有二种，一曰《双雄记》，一曰《万事足》……曲白工妙，案头场上，两擅其美，直在

① 〔清〕刘廷玑撰，张守谦点校：《在园杂志》，中华书局2005年版，第90页。

② 〔清〕姚燮：《今乐考证》，见《中国古典戏曲论著集成》（十），中国戏剧出版社1959年版，第256页。

③ 〔明〕墨憨斋主人：《十二笑》，见《古本小说集成》第一辑，上海古籍出版社1991年版，第55册卷首。

同时陆无从、袁箨庵之上,惜世之见之者少矣。”①对冯梦龙的戏曲创作给予了极高的评价。

1922 年,王季烈《螾庐曲谈·余论》:“《西楼记·错梦》或云系冯梦龙所补。曾取古今传奇汇集而删改之,且更易名目刊行,名曰《墨憨斋定本》。‘一人永占’,元玉所著之传奇,以此四种为最著名,但今所见者,皆《墨憨斋定本》。”②

1922 年,许之衡《曲律易知》:“汤若士以天生异才,‘四梦’传奇出,一时叹为惊才绝艳,然皆病其不谐于律,明人改订者,有沈宁庵、吕硕园、臧晋叔、冯子龙四家。今臧、吕、冯改订本均传于世,沈改本惜不传。冯改本并易名《风流梦》,今剧场所歌《拾画》、《叫画》诸折,即冯所改本也。”③不但注意到冯梦龙改编戏曲的成就,而且言及其在戏曲舞台传播上的作用,从舞台演出对戏曲发展的影响来看,这种作用虽微妙但十分重要。

1923 年,鲁迅《中国小说史略》:“犹龙名梦龙……然擅词曲,有《双雄记传奇》,又刻《墨憨斋传奇定本十种》,颇为当时所称,其中之《万事足》,《风流梦》,《新灌园》皆己作。”④

1930 年,日本学者青木正儿《中国近世戏曲史》全面研究了冯梦龙的戏曲作品。

1931 ~ 1932 年,容肇祖发表于《岭南学报》的《明冯梦龙的生平及其著述》和《明冯梦龙的生平及其著述续考》系统考证了冯梦龙的生卒、籍贯和创作情况。

---

① 吴梅:《顾曲麈谈　中国戏曲概论》,上海古籍出版社 2000 年版,第 113 页。

② 王季烈:《螾庐曲谈》卷四,商务印书馆 1934 年版。

③ 许之衡撰,吴梅订:《曲律易知》(下),饮流斋刻本,1922 年版,第47 ~ 48 页。

④ 鲁迅:《中国小说史略》,上海古籍出版社 1998 年版,第 139 页。

1935年,卢前列举《墨憨斋定本》中收入剧目情况,并指出“今歌场所流行《游园》、《惊梦》,及《拾画》等出,皆冯所改订本也”①。

此时期几部戏曲及相关文学史均肯定了冯梦龙在戏曲史上的地位,如王易《词曲史》、郑振铎《中国俗文学史》等。冯梦龙研究初步展开。聂付生在回顾20世纪冯梦龙研究时总结道:“前半段主要从资料的整理、作品的考证入手,论证冯梦龙在通俗文学史上的地位,参与者大多是学识渊博的学者,影响至为深远。”②这与“五四”以来的研究环境和热点有关。“五四”前后,政治变动和社会变迁,这些急剧变革一方面造成了社会固有道德观、价值观濒临崩溃,另一方面也造成了学人对传统的自识、反省和重建。学人重新审视晚明文学时,对文学成为独立学科的这一观念达成共识,对各种文学形式分门别类加以研究,戏曲也就被新的文学史纳入构建范围。这一时期的学者虽然对戏曲的文学地位有着共识,但在具体研究方法上存在着分歧。吴梅、许之衡、卢前代表着传统曲学研究观念的延续,使用传统曲学的名词术语分析冯梦龙戏曲的特色和成就,容肇祖等人则将西方科学史观的研究方法带入到戏曲研究中,考其源流,辨其体例,对冯梦龙的生平和戏曲主张等展开了最初的系统分析。③

---

① 卢前:《明清戏曲史》,见《卢前曲学四种》,中华书局2006年版,第57页。

② 聂付生:《冯梦龙研究》,学林出版社2002年版,第6页。

③ 容肇祖在《中国文学史大纲》中指出文学必须具有四大要素,即想象、情绪、思想和形式,这是以西方的理论观念重建文学研究理论框架。郑振铎的《中国俗文学史》问世,探讨了冯氏在俗曲、山歌方面的贡献和地位。其后赵景深的《元明南戏考略》、谭正璧《三言两拍本事源流述考》和孙楷第的《三言二拍源流考》等著作在对冯梦龙作品的版本流传、写作时代、题材来源及冯梦龙本人的生平考订、理论主张等方面都作出了极大贡献。这一系列的学者考证,使冯梦龙的作品逐渐得到重视并开始公开出版。

1960年，中国戏剧出版社出版了《墨憨斋定本传奇》影印本，为冯梦龙戏曲研究奠定了重要的资料基础。重要的研究文章有冯其庸《读传奇〈精忠旗〉》，涉及对冯梦龙改编的主旨分析。① 钱南扬《冯梦龙墨憨斋词谱辑佚》将散落在《太霞新奏》和沈自晋《南词新谱》中的零星言论寻绎整理出来，并梳理了吴江曲学从沈璟、冯梦龙至沈自晋之间的传承关系，对冯梦龙曲学的成就给予了恰如其分的评价。② 陆树仑、李平《冯梦龙论戏曲表演艺术》指出冯梦龙戏曲主张重视场上表演的特点。③ 周贻白《中国戏剧史长编》认为冯梦龙"格律上瓣香吴江"，而"才情跌宕，工为诗文，尤精经学，旁及小说戏曲，著述极多"，提及他改定之剧作十余种，从他对吴江派的分析中可知其对冯梦龙戏曲的评价。④ 由于时代环境的原因，这一时期冯梦龙研究受政治思想的影响较大，有模式化倾向，比如1979年《辞海》"冯梦龙"条："冯梦龙编选的作品中，有少数能对礼教的某些方面持轻视态度，但多数则宣扬封建思想，且往往流于秽亵。"但关于冯梦龙戏曲资料的整理研究则有较大进展，也发掘了冯梦龙戏曲理论上的价值。

近30年来，冯梦龙研究一度成为学术热点，日益受到重视，研究论文和专著都发表、出版了很多，成果也相当丰富。仔细梳理这一时期冯梦龙研究的发展轨迹，以20世纪90年代中期为界线，可

---

① 冯其庸：《读传奇〈精忠旗〉》，载《戏剧报》1961年第11期。冯其庸先生在后来还为传奇《精忠旗》作笺证，并认为这是一个不可多得的历史剧本。见《〈精忠旗笺证〉序》，载《陕西理工学院学报》1984年第3期。

② 钱南扬：《冯梦龙墨憨斋词谱辑佚》，载《中华文史论丛》1961年第11期，后收入钱南扬《汉上宧文存》（上海文艺出版社1980年版）。

③ 陆树仑、李平：《冯梦龙论戏曲表演艺术》，载《中国戏剧》1961年第13期。

④ 周贻白：《中国戏剧史长编》，上海书店出版社2007年版，第345、349页。

将之分成两个阶段。

1985～1986 年，海峡文艺出版社出版《冯梦龙丛书》5 种。1993 年，上海古籍出版社、江苏古籍出版社分别出版了《冯梦龙全集》的影印本和排印本。冯梦龙研究从 80 年代开始进入了非常兴盛的阶段，冯梦龙著述资料的整理出版为研究活动的展开奠定了基础。陆树仑《冯梦龙研究》和《冯梦龙散论》①的研究重点在对冯梦龙生平资料诸如名号、籍贯、结社等活动的考证和作品篇目的剖析，是继容肇祖之后第一批全面考察冯梦龙的研究著作。1993 年，浙江古籍出版社出版的徐朔方《晚明曲家年谱》中的《冯梦龙年谱》整理了较为完整的冯梦龙生平及创作资料。高宇《古典戏曲的导演脚本——〈墨憨斋详定酒家佣〉新探》②及其后的相关论著，以现代戏剧的观念系统对剧本进行了导演分析，阐述了冯梦龙改编体现出来的导演构思，论述冯梦龙改编本在导演方面的成就。叶长海《中国戏剧学史稿》③和谭帆、陆炜《中国古典戏剧理论史》④都对冯梦龙的戏曲理论及在戏曲史上的地位进行了较为全面而深入的评价，将冯梦龙的戏剧理论放在中国古典戏剧理论体系由曲学向剧学演进的过程中考察，认为《墨憨斋定本传奇》以诉诸剧本修订和评点的形式展现其搬演理论。这一时期的研究成果丰富而且重要，在史料整理、理论探讨等各方面都为后来的研究打下了坚实的基础。

---

① 陆树仑：《冯梦龙研究》，复旦大学出版社 1987 年版。陆树仑：《冯梦龙散论》，上海古籍出版社 1993 年版。

② 高宇：《古典戏曲的导演脚本——〈墨憨斋详定酒家佣〉新探》，载《戏剧艺术》1982 年第 2 期。

③ 叶长海：《中国戏剧学史稿》，上海文艺出版社 1986 年版。

④ 谭帆、陆炜：《中国古典戏剧理论史》，中国社会科学出版社 1993 年版。

这一阶段的研究论文特别重视对冯梦龙戏曲理论的探讨，值得注意的研究成果还有王政《关于冯梦龙戏剧理论的特征》①、游友基《冯梦龙戏剧理论之特色》、傅承洲《戏曲理论刍议》等，都有意挖掘冯梦龙戏曲理论的成就和价值，如王政从六个方面归纳了冯梦龙戏曲理论的特征：冯梦龙要求戏剧表现一个有起有止的故事；冯氏认为戏剧是能够表达人们性情的艺术形式，因此戏剧创作应该表现世俗生活中的真情实感；冯氏认为艺术形象本身有它自己的意义和审美价值，要承认客观生活逻辑对艺术形象内在因素的规定性；冯氏对戏剧场面的分析也很精细，始终用现实生活的真实情状为标尺品评戏剧场面的艺术水平；冯梦龙重视舞台艺术客观规律；最后，他认为冯梦龙的戏剧观点一定程度上反映了地主阶级文人在向市民阶层的艺术趣味靠拢。这篇文章虽然很短，但这些原则性看法反映了冯梦龙戏曲研究的某些特点，研究者致力于探讨冯梦龙戏曲理论的贡献，研究思维上承“五四”时期的容肇祖、郑振铎等人，其阐释策略则借助于现代戏剧的理论框架，但在一定程度上与文本脱节。

90 年代中期以来，学术风气有所转移，学术活动日益学院化，人文学科的日益边缘化都使得学术活动更加纯粹，体现在戏曲研究领域则是对传统曲学观念的重新审视。冯梦龙戏曲研究有所深入，研究内容和方法不断拓展。高洪钧编著的《冯梦龙集笺注》②和杨晓东编著的《冯梦龙研究资料汇编》③进一步搜集文献资料，辑佚补遗，发掘了一些新材料。

聂付生《冯梦龙研究》④列有专章讨论其戏曲创作及理论，将

① 王政：《关于冯梦龙戏剧理论的特征》，载《学术月刊》1985 年第 6 期。
② 高洪钧编著：《冯梦龙集笺注》，天津古籍出版社 2006 年版。
③ 杨晓东编著：《冯梦龙研究资料汇编》，广陵书社 2007 年版。
④ 聂付生：《冯梦龙研究》，学林出版社 2002 年版。

“情教说”与心学相联系，更与心学的平民化路径相联系，认为冯梦龙将“情”作为贯穿君臣、父子、夫妇、朋友等关系的核心，强调通俗与教化的双重特性。他强化“性情之响”的理论主张，认为冯梦龙积极探索戏曲的主体性，既追求一种情真意切的美学效果，更强调戏曲“导愚”、“适俗”的社会功用。这本书采用考论结合的方法，对作品考证较为深入，又将冯梦龙置于晚明大的社会背景下进行全方面的讨论，研究范围广及社会背景、人生经历、情教思想、文艺思想等，具体内容上有时稍显空泛。傅承洲《冯梦龙与通俗文学》①和《冯梦龙与侯慧卿》②及其一些相关的研究文章③，对冯梦龙交游和文学活动有进一步的考证，认为冯梦龙是晚明时期杰出的通俗文学家，在小说、戏曲、民歌、笑话等领域都取得了令人瞩目的成就。龚笃清《冯梦龙新论》④是一些单篇论文的合集，补充了冯梦龙俗文学活动的一些考证材料。刘召明《晚明苏州剧坛研究》⑤有一节分析了吴江派成员冯梦龙的曲律观、表演理论、导演理论及其改编本体现出来的艺术技巧，认为他对苏州剧坛的戏曲创作有理论指导的意义。

这一时期研究《墨憨斋定本传奇》重要的单篇论文还有周立波的《冯梦龙戏曲改编理论初探》⑥和《从〈墨憨斋定本传奇〉的题材选择看冯梦龙的思想形态》⑦，认为在戏曲史上《墨憨斋定本传奇》有重要的地位，冯梦龙更定传奇遵循两个重要的原则：情节可观和

---

① 傅承洲：《冯梦龙与通俗文学》，大象出版社 2000 年版。

② 傅承洲：《冯梦龙与侯慧卿》，中华书局 2004 年版。

③ 傅承洲：《明代文人与文学》，中华书局 2007 年版。

④ 龚笃清：《冯梦龙新论》，湖南人民出版社 2002 年版。

⑤ 刘召明：《晚明苏州剧坛研究》，齐鲁书社 2007 年版。

⑥ 周立波：《冯梦龙戏曲改编理论初探》，载《阴山学刊》1999 年第 1 期。

⑦ 周立波：《从〈墨憨斋定本传奇〉的题材选择看冯梦龙的思想形态》，载《宁夏社会科学》2005 年第 4 期。

不甚奸律。冯梦龙的改编戏曲题材主要有四类:爱情、功名、历史和哲理,这些题材反映了冯梦龙自身的思想与《三言》一样有丰富的内容。其思想性表现在强调教化,将真情与矫情融入作品中。有一些论文单独分析冯梦龙某个改编本的特点,主要集中在《风流梦》的分析上,其他剧作的改编本就很少有人谈到。如杨坤《从〈风流梦〉改本看冯梦龙之戏曲改编》①,就冯梦龙《风流梦》与汤显祖《牡丹亭》之比较为例,来探析冯梦龙与他人对同一题材的不同处理,来考察其在改编动机、观念和状态上的独特性,对其所持有的戏曲理论进行归纳总结。日本学者根山彻《〈还魂记〉在清代的演变》②和赵天为《古代戏曲选本中的〈牡丹亭〉改编》③虽然不是专门研究冯梦龙的改编艺术的,但这两篇文章都涉及《牡丹亭》的冯梦龙改编本在后来舞台演出的影响。另外,在文献考订方面有王小岩的《冯梦龙创作、重编传奇考》④,徐震的《20世纪冯梦龙戏曲研究综述》⑤也在整理冯梦龙戏曲研究史的方面做出了一定的努力。

此外,台中教育大学的刘君珐博士所著《冯梦龙传奇剧本改编艺术——〈墨憨斋定本传奇〉之研究》⑥比较细致地分析了冯梦龙的改编艺术,并从中归纳出冯梦龙戏曲创作的主要观点。这是笔

---

① 杨坤:《从〈风流梦〉改本看冯梦龙之戏曲改编》,载《文学前沿》2005年第1期。

② 〔日〕根山彻:《〈还魂记〉在清代的演变》,载《戏曲艺术》2002年第4期。

③ 赵天为:《古代戏曲选本中的〈牡丹亭〉改编》,载《戏曲艺术》2006年第1期。

④ 王小岩:《冯梦龙创作、重编传奇考》,载《南阳师范学院学报》2007年第6期。

⑤ 徐震:《20世纪冯梦龙戏曲研究综述》,载《戏曲艺术》2007年第2期。

⑥ 刘君珐:《冯梦龙传奇剧本改编艺术——〈墨憨斋定本传奇〉之研究》,高雄复文图书出版社2006年版。

者所见第一本关于冯梦龙改编艺术的较为细致的研究著作。该书由“创作观点”、“改编艺术”、“改编历史剧”和“其他(主要是与导演构思及实践相关的相关文章)”四个部分组成,重点在对冯梦龙改编艺术特色的分析评价,其中如“‘脱套’观点的形成及冯梦龙的脱套手法”、“冯梦龙论散套‘节次清楚’观点对《墨憨斋定本传奇》改编手法的影响”等研究细节颇为详实,但从整体上看,仅专注于改编艺术分析,对冯梦龙戏曲活动缺乏一个全面的评价。

总体来看,冯梦龙研究在戏曲方面与小说等领域相比较还是要薄弱很多,学界主要针对其戏曲理论的分析探讨,而这种探讨与文本有一定程度的脱节。近年来,贴近文本分析的研究成果渐多,但以集中在单个文本的阐释为主。研究大多单方面考述文献、分析文本、阐释理论价值等,把这些方面结合起来考察的很少。对于具体完整地呈现冯梦龙戏曲活动的特点和价值来说,目前的研究成果存在缺憾。

冯梦龙戏曲研究的成果已经很丰富了,但仍然有一些可以开拓的方面,比如:其一,全面细致地解读文本,阐释面对的是具体的文本,应该在对文本的反复细读中解析文本之间的意义空间;其二,总体性的观照,包括从理论分析、文本阐释到演剧影响的戏曲艺术各个环节的全景式观照。

本书的第一层次考察了冯梦龙戏曲著述活动的特点以及《墨憨斋定本传奇》的版本情况,这也是对研究对象《墨憨斋定本传奇》的相关背景材料的分析,是研究的基础。《墨憨斋定本传奇》中选入了极有可能为冯梦龙自己独创的两部戏曲作品《双雄记》和《万事足》,将它们从整体研究中单列出来进行考述,分析其叙事艺术之优劣以及沈璟曲谱对《双雄记》曲律的影响,既保持了对冯梦龙改编成就研究的完整性,又能更为清楚地考察冯梦龙创作的才能和特点。冯梦龙没有专门的曲学论著,《太霞新奏》的评点成为冯梦龙戏曲改编理论的补充说明,因此对它的曲学观点进行全面梳理是十分必要的。

第二层次主要是理论层面的阐述。首先分析了冯梦龙戏曲改编的思想基础,其次全面梳理了《墨憨斋定本传奇》中的评点。冯梦龙的戏曲改编的观点散见于文本的评点之中,如果仅仅只是就其观点进行分析的话,会显得零零散散,始终让人有难窥全豹的感觉,但如果勉强给冯梦龙的观点安排设计一个系统或体系的话,又脱离了实际。因此,本书就从评点文本的形式入手,呈现其戏曲观点的本来面貌。本书对《墨憨斋定本传奇》中的所有评点进行了全面梳理,然后归纳总结,在这个过程中,冯梦龙戏曲改编理论的内容和特色都自然呈现。

第三层次阐述冯梦龙的戏曲改编。通过《墨憨斋定本传奇》中原本与改编本的比较,分析改编本在形式、曲调组合的方式、曲词、宾白、科介和脚色等方面的变化。由表及里,由形式到内容,冯梦龙在戏曲文本的哪些地方进行了改编,有何规律,在文本比勘分析中都能得到较为全面而清晰的展示。立足于文本的分析,成为对冯梦龙戏曲改编进行评价的确实依据。

第四层次述及《墨憨斋定本传奇》的演剧影响。鉴于古代曲家对冯梦龙改编的评述较少,《墨憨斋定本传奇》缺少来自当时演出环境的直观评价,因此本书转而借助于选本的文献资料,与《墨憨斋定本传奇》中论述的表演技巧、体现出的导演意识相互参照,从而较为客观地说明《墨憨斋定本传奇》中改编活动的具体影响以及成就。

中国传统戏曲由以"曲"的抒情性为中心向以"剧"的叙事为中心转移的脉络与发展过程中,《墨憨斋定本传奇》以改评的批评方式留下了不可磨灭的印迹。笔者希望能通过本书做出的一些努力,将这道印迹显示得更为清楚一些。

第一章　冯梦龙与《墨憨斋定本传奇》

第一节　冯梦龙的戏曲活动略述

冯梦龙（1574 ~ 1646 年），苏州府长洲（今江苏苏州市）人，字犹龙，又字子犹，有许多的别号，如绿天馆主人、可一居士、茂苑野史、詹詹外史、顾曲散人、香月居主人、龙子犹、墨憨斋主人、吴下词奴等。冯梦龙以众多字号收集、整理、创作、出版了大量的书籍。

冯梦龙的著述活动前期主要是万历时期即在其 47 岁之前，作品主要以散曲为主，以抒发男女之真情为主要内容，另外有大量的俗文学作品的收集和整理。中晚明时期文人多有狎妓的风流习气，青年冯梦龙曾流连于秦楼楚馆，得遇侯慧卿，后来佳人别嫁，冯梦龙自此远离青楼，为此创作了一组《怨离诗》，和者甚多。这段冶游生活使他能接触各类新鲜流行文艺形式，他收集了《挂枝儿》、《山歌》等民歌俗曲交付坊间刊刻。后期天启至崇祯年间，冯梦龙不仅因治《春秋》而闻名遐迩，“三言”及《墨憨斋定本传奇》等小说戏曲集也陆续编成刊行，他还编辑了散曲集《太霞新奏》，并订定曲谱。他在填词制曲方面，要求调协韵严，以便于舞台演出，能“达人之性情”。

对新声俗乐的爱好不止冯梦龙一人，当时的士大夫文人亦投入热情，参与了收集与创作。[1] 这一系列的收集创作工作也与当时的文化市场紧密相连。如祁彪佳就曾多次购买戏曲作品：

> 沈词隐《九宫谱》中所载传奇，得其一嚮皆古质可喜，倘构得其中数种，尤足以冠诸剧之上也。有数剧为弟所未见者，列目别幅，倘许借一，当专价来领。[2]

辛未年闰十一月十七日记：

> 姜仁超来访，姜言其乡有徐君迎庆，徐相国之孙，善词曲，所蓄甚富，当为予构之。[3]

明代江浙私刻藏书家刊刻戏曲十分盛行，祁彪佳在《与袁凫公》中提到冯梦龙刊刻的曲本："昨所云冯犹龙初刊五种，忆是《玉麟》、《双串》、《合纱》、《存孤》，乞仁兄留神。"[4]祁彪佳写信给冯梦龙："《太霞新奏》敢乞一部外，家刻与坊刻数种奉供清览。"[5]以上种种都说明在冯梦龙所处的时代，戏曲作品的出版市场上还具有一定的文人需求，文人曲家之间的往来交游的内容有很大一部分就建立在对戏曲文本的批评上。祁彪佳写给袁于令的信中提到过他们结社探讨曲律的活动：

> 远社必仗仁兄主盟……至于佳作《西楼》之【画眉序】，《玉符》之【高阳台】，纯用入声，则下韵字必分照谱中韵脚之平上去否？种种乞再示之。昔陆象山与朱晦翁，互相辩难，而后

---

① 参阅〔明〕王骥德《曲律·杂论》所说："今则自缙绅青襟，以迨山人墨客，染翰为新声者，不可胜纪。"见《中国古典戏曲论著集成》（四），中国戏剧出版社1959年版，第167页。

② 〔明〕祁彪佳：《远山堂尺牍·与沈大来》，明末抄本。

③ 〔明〕王思任辑：《祁忠敏公日记》第一册《涉北程言》，绍兴县修志委员会1937年校刊，第16页。

④ 〔明〕祁彪佳：《远山堂尺牍·与袁凫公》，明末抄本。

⑤ 〔明〕祁彪佳：《远山堂尺牍·与冯犹龙》，明末抄本。

道学大明，词学亦然。①

江南的戏曲作家著名的有梁辰鱼、张凤翼、梅鼎祚、王世贞、沈璟、卜世臣、吕天成、王骥德、史槃、徐复祚、陈与郊、冯梦龙、沈自晋、袁于令等。以苏州为中心的一些曲家之间有师承渊源，推尊沈氏，秉持相近的曲学主张，被称为“吴江派”。② 明末清初活跃在苏州地区，还有以李玉、朱佐朝、朱素臣、叶时章、张大复等为代表的作家群，他们的作品贴近市民生活，具有广泛的社会影响。

冯梦龙与同时代曲家的往来留下的记载不多，其中经常被提及的有王骥德、毛允遂、沈自晋等。王骥德，字伯良，山阴人，冯梦龙曾为其《曲律》作序。他在序言里提及与毛允遂有过来往：“吾更愿得工诗、文者，补二律，以备三章。则请以谋之允遂氏。”冯梦龙与刊印过我国古代规模最大的戏曲汇编《六十种曲》的常熟毛氏刻书家曾作诗唱和。沈璟，吴江人，冯梦龙于曲学以师事之，少时所作《双雄记》传奇，曾求正于沈璟。沈自晋，吴江人。冯梦龙作《双雄记》，沈自晋曾为之校订，冯梦龙晚年再三叮嘱其修订曲谱，并将自己的未完稿托付于他。冯梦龙曾造访沈自继的书斋，促沈自继修曲谱。袁于令，冯梦龙为之批点《西楼记》，褚人获《坚瓠续集》里记载袁于令在完成《西楼记》后，专程拜访求教于冯梦龙。张大复，苏州人，冯梦龙曾将家中《王仙客无双传》赠给他，张大复在编《寒山堂曲谱》时，曾借鉴过冯梦龙的《墨憨斋新谱》。冯梦龙与阮大

---

① 〔明〕祁彪佳：《远山堂尺牍·与袁凫公》，明末抄本。

② 参阅吴梅先生《顾曲麈谈　中国戏曲概论》云：“有明曲家，作者至多，而条别家数，实不出吴江、临川、昆山三家。”上海古籍出版社 2000 年版，第 163 页。当代研究者一般都把吴江派的活动时间从万历年间一直延续到明末清初，虽然成员名单不确定，但大多把冯梦龙列入吴江派。如钱南扬《汉上宧文存》，上海文艺出版社 1980 年版，第 71 页；郭英德《明清传奇史》，江苏古籍出版社 1999 年版，第 193 页；刘召明《晚明苏州剧坛研究》，齐鲁书社 2007 年版，第 24、26 页。

铖、祁彪佳也多有接触，并留下了诗稿及书信。①

总起来看，冯梦龙以创作、更定、编辑等多种形式参与到晚明的戏曲活动中，在曲坛上有相当大的影响力，卢前评价说："汤文沈律，相峙艺坛，此一时也。梦龙改笔，香令全才；何意天祟，复兴称盛。"②

第二节 《双雄记》与《万事足》

一、《双雄记》、《万事足》考述

《墨憨斋重定双雄记传奇》的署名为："古吴龙子犹编，松陵沈伯明较。"《墨憨斋订定万事足传奇》的署名为："姑苏龙子犹新编，同邑袁幔亭乐句。"《双雄记》和《万事足》一般被认为是冯梦龙自己创作的戏曲作品。

《双雄记》又名《善恶图》，郭英德《明清传奇综录》载明《笠阁批评旧戏目》题，又认为："清李斗《扬州画舫录》载，清乾隆时评话有黄天衡之《善恶图》，疑与此同题材。"③据查，李斗《扬州画舫录》卷十一云：

> 郡中称绝技者，吴天绪《三国志》、徐广如《东汉》、王德山《水浒记》、高晋公《五美图》、浦天玉《清风闸》、房山年《玉蜻蜓》、曹天衡《善恶图》、顾进章《靖难故事》、邹必显《飞驼传》、谎陈四《扬州话》皆独步一时。④

① 参阅陆树仑《冯梦龙研究》，复旦大学出版社1987年版，第71～78页。

② 卢前：《卢前曲学四种》，中华书局2006年版，第7页。

③ 郭英德：《明清传奇综录》（上），河北教育出版社1997年版，第338页。

④ 〔清〕李斗：《扬州画舫录》，中华书局1997年版，第257～258页。

郭英德云“黄天衡”者，实为“曹天衡”之误。曹天衡《善恶图》为扬州评话，其小说底本作者不可考，有上海古籍出版社影印的《古小说丛书集成》本存世，孙楷第《中国通俗小说书目》云：“《善恶图》清无名氏撰，书亦无署题，首汉上浮槎使者序。李斗《扬州画舫录》十一‘虹桥录’下记当时评话有曹天衡之《善恶图》，疑即此书所本。”①《善恶图》撰书宗旨在于“劝善惩恶”，讲述恶人李雷遭报应的事，故事中神仙拿着“善恶图”画像来点化李雷，大概是此评话名《善恶图》的原因，评话的题材内容与《双雄记》毫不相干。但提到《双雄记》又名《善恶图》的并非一处，如姚燮《今乐考证》著录：“《双雄记》，新创稿，一名《善恶图》。”②《双雄记》中有善恶报应不爽的内容，因此有这个别名也有可能，具体缘由已不可考，可以肯定的是与李斗所提到的评话《善恶图》之间并无关系。

黄文旸原本，董康校订《曲海总目提要》卷九《双雄记》条云：

> 明冯梦龙改本也，其始不知何人所撰。记前总评云：世俗骨肉参商，多因财起。丹三木之事，万历庚子、辛丑间实有之。是记感愤而作，虽云伤时，亦足警俗。按梦龙，崇祯间人，去丹三木事未远，而原作者又在梦龙之先，当是目击时事而为此记者。其事今无可考据。③

这里所提之“原作者”不知何据。但此戏据当时市井实事编写，吕天成《曲品》称：“闻姑苏有是事。此记似为人泄愤耳。”④而

---

① 孙楷第：《中国通俗小说书目》，人民文学出版社 1982 年版，第 220 页。

② 〔清〕姚燮：《今乐考证》，见《中国戏曲论著集成》（十），中国戏剧出版社 1959 年版，第 256 页。

③ 〔清〕黄文旸原本，董康校订：《曲海总目提要》，人民文学出版社 1959 年版，第 410 页。

④ 〔明〕吕天成：《曲品》，见《中国古典戏曲论著集成》（六），中国戏剧出版社 1959 年版，第 237 页。

《远山堂曲品》谓:“姑苏近实有其事,特邀冯君以粉墨传之。”①似乎还是冯梦龙应某个邀请特意编撰的,具体为何,不得而知。② 冯梦龙《太霞新奏》卷十二《青楼怨》的小序说:“余友东山刘某,与白小樊相善也。已而相违,倾偕予往,道六年别意,泪与声落,匆匆订密约而去。去则复不相闻。每畇小樊,未尝不哽咽也,世果有李十郎乎?为写此词。”在《青楼怨》的跋中自认此戏为自己所创,并提到他所创造的人物都是有原型的:“子犹又作《双雄记》,以白小樊为黄素娘,刘生为刘双,卒以感动刘生为小樊脱籍,孰谓文人三寸管无灵也。”③

关于《双雄记》的创作时间,徐朔方先生认为冯梦龙 35 岁,即万历三十六年戊申(1608 年)左右完成此剧,主要依据冯梦龙为王骥德《曲律》所作序言:“余早岁曾以《双雄》戏笔,售知于词隐先生。先生丹头秘诀,倾怀指授,而更谆谆为余言王君伯良也。”沈璟在万历三十八年辞世,因此《双雄记》作于万历三十八年之前无疑。徐朔方又据《双雄记》曲文中所涉时事与史书对应,得知《双雄记》的创作时间应该在万历二十六年之后。④

而傅承洲则根据前引《曲海总目提要》所指“万历庚子、辛丑间

① 〔明〕祁彪佳:《远山堂曲品》,见《中国古典戏曲论著集成》(六),中国戏剧出版社 1959 年版,第 33 页。

② 参阅徐朔方《晚明曲家年谱》,浙江古籍出版社 1993 年版,第 405 页。徐先生以为《双雄记》作于万历三十六年(1608 年),是年祁彪佳方七岁,不可能邀请冯梦龙作此戏。

③ 〔明〕冯梦龙:《太霞新奏》,《善本戏曲丛刊》本,台湾学生书局 1984 年版,第 612、619 页。

④ 参阅徐朔方《晚明曲家年谱》,浙江古籍出版社 1993 年版,第 405 页。《双雄记》第二十三折《刘翁辨枉》杭严道备兵使者太史惠上场诗云:“目下倭夷叛乱,各处召募东征。”据《明史 · 朝鲜传》,万历二十年,日本丰臣秀吉侵犯朝鲜,直逼鸭绿江,明朝派兵东征,万历二十六年丰臣秀吉死,战事乃止。

实有之"之事，认为冯梦龙的创作当去生活中发生的实事不久，把《双雄记》的创作年代定在万历二十九年。① 但《曲海总目提要》所言并无依据，此说可存疑。

冯梦龙去世后的第二年，沈自晋的《重定南词全谱·凡例续记》中指出："阅来稿（指《墨憨斋词谱》），自《荆》、《刘》、《拜》、《杀》，迄元剧古曲若干，无不旁引而曲证。及所收新传奇，止其手笔《万事足》，并袁作《真珠衫》、李作《永团圆》几曲而已。"其中《古今入谱词曲传剧总目》列《万事足》，署名冯犹龙。② 高奕《新传奇品》及姚燮《今乐考证》在冯梦龙名下都著录了《万事足》。③ 焦循《剧说》指出："《菽园杂记》云，高公谷无子，置一妾。……冯犹龙本此作《万事足》传奇。"④

沈自晋可算是冯梦龙的同时代人，且来往较密，因此，他的记载可以相信，根据后来多处著录，《万事足》为冯梦龙所创应该无误。但著录情况也显出有些令人不可思议的地方：吕天成和祁彪佳的曲品都著录了《双雄记》而没有提到《万事足》，作为吕天成《曲品》续编的高奕《新传奇品》著录了冯梦龙的三篇作品《万事

① 傅承洲：《冯梦龙与通俗文学》，大象出版社2000年版，第9页。傅承洲在该文中还以《怨离词·为侯慧卿》中有"早知恁债谁肯惹，被人骂着后生无藉"的"后生"一词，认为冯梦龙与侯慧卿悖离遂绝青楼之好时当在30岁之前；而根据冯作《青楼怨》之曲文，又可知他尚在青楼流连，因此可知《双雄记》当作于冯梦龙30岁之前。此说亦甚为勉强。

② 〔明〕沈自晋著，张树英点校：《沈自晋集》，中华书局2004年版，第258页。

③ 〔清〕高奕：《新传奇品》，见《中国古典戏曲论著集成》（六），中国戏剧出版社1959年版，第273页；〔清〕姚燮《今乐考证》，见《中国古典戏曲论著集成》（十），中国戏剧出版社1959年版，第256页。

④ 〔清〕焦循：《剧说》，见《中国古典戏曲论著集成》（八），中国戏剧出版社1959年版，第166页。

足》、《风流梦》和《新灌园》，却没有提及《双雄记》；沈自晋的《南词全谱》中的《入谱词曲传剧总目》选入了《冯犹龙新编灌园记》、《冯犹龙墨憨斋散曲》、《万事足》，没有提到《双雄记》。也可能是巧合，当时记录戏曲作品比较随意，也可能《万事足》与《双雄记》并非同出自冯梦龙之手。

从《万事足》第三十四折出批“相别数年，哪无一语，此折可删”看，似有令人觉得不合情理之处，若冯梦龙自己不满意，直接删改即可。但亦有可能冯梦龙评点之时乃是针对先前已发布流传之文本，对一个既成文本批点说“可删”，即便是自己创作的，也是合情理的。第十六折中有一段眉批：“近有改作【皂罗袍】一曲，大可喷饭。”在冯梦龙批点之前，此剧已见于场上演出，才有可能出现演员删改唱词的情况，那么即使没有刊刻，也以某种文本形式在流传。

《曲海总目提要》在《万事足》下著录：“明冯梦龙撰。其剧前《总评》云：旧有《万全记》，词多鄙俚，调复不叶，此记缘饰情节而文之。”江苏古籍出版社版《墨憨斋定本传奇》收入的《万事足》本来有叙无评，篇首总评就是转引自此处。查《曲海总目提要》收入有《万全记》，是同一题材的作品，祁彪佳《远山堂曲品》云：“传陈相国循、高相国谷，掇拾遗事，至于不经。此等识见，欲以作者自命，难矣！”①祁彪佳记录《万全记》为无名氏作，而《曲海总目提要》下有小注云：“《万全记》见本书卷二十六。”顺藤寻之，卷二十六《万全记》署名为四愿居士，一说范希哲撰。从今人的考证中，可以隐约看出《万全记》的剧情与《万事足》的题材有一点相似。② 但是，

---

① 〔明〕祁彪佳：《远山堂曲品》，见《中国古典戏曲论著集成》（六），中国戏剧出版社 1959 年版，第 88 页。

② 李金松：《冯梦龙传奇〈万事足〉之蓝本〈万全记〉探考》，载《文史》2002 年第 2 辑。

由于《万全记》剧本不存，没有完全足够的证据说明《万事足》是否为冯梦龙的独创，但由冯梦龙独创的可能性较大。这一点还可由《万事足》末出《封荫团圆》的下场诗得证：

山城公署喜清闲，戏把新词信手编。
但愿闺人除妒嫉，不愁家谱绝流传。
夫妻恩爱原无碍，朋友周旋亦可怜。
少壮几时须远虑，休言万事总由天。

冯梦龙崇祯七年至崇祯十一年间（1634～1638年）在寿宁出任知县，《寿宁待志》卷上《城隘》中说明："（寿宁）城囿万山之中，形如釜底，中隔大溪。"所以，"山城公署"这一点也与冯梦龙作《万事足》若合符节。这首下场诗还说明，《万事足》应该是冯梦龙晚年在寿宁任上所作。

二、《双雄记》与《万事足》的叙事艺术特点

这两种传奇问世以来，反响平平，《双雄记》仅被《远山堂曲品》列为"能品"，而吕天成《曲品》则只对其"能恪守词隐先生功令"赞美了一番。只有吴梅赞其"曲白工妙，案头场上，两擅其美"，而徐朔方《冯梦龙年谱》干脆认为，"就他本人的作品而论，没有一种可以当之无愧地居于第一流之列"。事实上，放在佳作层出的明清传奇中，这两种传奇确实算不上精彩，但对于全面了解冯梦龙的戏曲活动，还是有其重要的研究价值。

《双雄记》这个故事的主要线索是生旦离合，其磨难的起因在于家庭财产纠纷，又与抗击倭寇的战事联系在一起。《双雄记》的点线结构如下（数字是各关目所属折数，加粗字体则说明三条线索相交的结合点）：

丹信夺产副线	生旦离合主线	征战立功副线
		2 剑授双雄—3 倭奴犯属
7 富室赏花—9 丹翁拒谏—10 帮兴计讼—13 公庭初枉	4 闺中叙别—5 青楼忆旧—6 灯前定盟—8 闻关别妓 11 魏氏闻信—12 丹信被拘—14 刘翁遇魏—15 夫妻会狱—16 途中相闹—17 兄弟同难—18 情妓相思—19 狱中感叹	
20 赏荷造谋—23 刘翁辨枉	21 龙神遣救—22 龙神拯逆—25 村翁闹妓—26 二女男装—27 村店奇逢	23 刘翁辨枉—24 兄弟从军—29 边关推饮—31 偏师捣穴—32 双雄奏凯
28 玉女宣音—34 丹翁行乞	30 药度刘翁—33 三妇闺情	
35 胡船透信—36 封拜团圆		

丹信与刘双结义，在白马庙祷告求功名时，龙神知二人将有难，化身为一老者，将双剑授予二人。丹、刘于是分别与魏氏、黄素娘告别，前往刘双的叔父刘方正家避祸。刘方正在二人言语中反复出现，为后来他了解事情经过并出手相助埋下伏笔。丹信的叔叔丹三木，欲独占家产，不听其妻劝阻，妻忧郁而死，丹三木一心想置侄儿于死地，听取无赖留帮兴的计谋，诬告丹信杀害婶母，丹信在刘方正家被抓捕，并牵连到刘双等人。留帮兴又故意为丹信的妻子魏二娘谋划，在魏二娘赴省城申冤的途中将其乘坐的船弄沉，魏二娘遇难，幸得龙王救助。刘方正到衙门替丹信、刘双辩冤，因东南倭寇犯边，官府允许狱中囚者戴罪立功。丹、刘二人得以从军。刘双与黄素娘已订终身，

刘双入狱后，素娘扮男装逃走，路遇从水中脱险的魏二娘，遂结伴而行，巧遇刘方正，二女都被收养并隐居下来。丹、刘得胜归来，龙神收回宝剑。留帮兴被雷击死，丹三木因家中失火而流落为乞丐，目睹侄儿凯旋后羞愧自尽，刘方正染病，龙神送灵药救治。最后全剧以封拜团圆结束。

《双雄记》中每条线索的事件发展都有始有终，前一关目引发后一关目，推动情节的发展，其中生旦离合的主线又是分别由刘双与黄素娘、丹信与魏氏两条线交错组合在一起，从上表中列出的《刘翁遇魏》、《刘翁辨枉》、《村店奇逢》三折中可看出，刘方正的来往起着穿插联结各条线索的作用，关节衔接紧密自然。

传奇中丹氏叔侄及刘双与黄素娘的事情皆有所本，已见上引，一则是市井奇闻，一则事涉冯梦龙的朋友刘生与妓女白小樊。现实生活中刘生其实背弃了小樊，冯梦龙代为不平，故意改变结局，写成二人团圆，据说最后感动了刘生，使之回心转意，为小樊脱去乐籍。冯梦龙将生活实事搬演到舞台上，进行了一些艺术加工。首先，原本并不相关的两件事情扭合到一处，与当时传奇中日渐成风的二生二旦的双重结构的创作习气一致，故事情节更加曲折离奇。其次，把故事背景放置在“倭奴犯属”的背景之下，把个人的离合悲欢与家国的兴衰荣辱紧密结合起来，一方面使剧情笼罩在家国命运的大节之下，超越了家庭内部财产纷争的局限，具有更加强烈的精神感召力，更易迅速地唤起观众的情感投入，凝聚起场上的共鸣，从而达到较好的演剧效果，另一方面，结义兄弟丹信和刘双文武双全，有抗倭报国的大志，作为剧中的主人公，他们寄托了冯梦龙自己的政治理想。

明代时东南沿海一带时常有倭寇犯边，第三折倭寇出场时有两段唱词，应该是以记音的方式写下的几句当时的日本语：

【其二】多奴未纳恝打俚,法古法古计。其奴瞎咀郎,快都河河水,客打乃弹俄皮外耶里。

【其三】挨里番助山山水,所个尼坡水水。明哥多那革答,乌礼加高高的,何南蛾何何水于牌水。

剧本在情节发展上有虚构的地方,但在具体细节上非常写实,小到语音上的模拟、各色人物心态的真实展现,大到对市井民生的反映。如第四折《闺中叙别》,丹信对其妻魏二娘的唱词:

【商调引·绕池游】【其二】英雄领袖,作事羞牛后,问山林肯淹诗酒?遭逢未偶,几年迤逗,算功名何时上头?

【商调·黄莺儿】侠气仗吴钩,论男儿第一筹。少年名利须及侯。奈天时未投,奈人言可忧,暂须走马长洲囿。肯淹留?揣摩素熟,不久往东游。

这种功名未"上头"、未遇天时的无奈,辗转山林、消磨诗酒而以"人言可忧"的心态恰是丹信的,也是冯梦龙这般难登仕途的文人的真实写照。再如第七折《富室赏花》中丹三木的独白:

苏杭两处号天堂,家在苏州业在杭。快活如咱真快活……我家中田宅颇颇不少,如今移住杭州,也有个缘故。当初有个家兄,号三水员外,祖传家私,是他营运,家兄临殁,侄儿丹信尚小,一应帐目,不曾分析,都是区区总管。如今丹信长大,少不得要来争执,我想钱财入手,岂可与人?因此挈家居此,绝他缠扰。……这天大家私,可是分得与人的?如今没有个儿子,还只是个单有我(谐音其名"丹有我"),若家私分去时节,一场郁病郁死,便连我也没有了。

这里真实地描绘了一般苏杭富户的家庭财产的管理情况,也写出了一些市民对待钱财的态度。晚明内外贸易的繁荣、城镇经济的发达、商品货币流通的拓展、商人逐利的行为营造了社会中拜金的风气,也加重了市民阶层重利忘义、恃强凌弱、贫富贵贱起落不常、上下尊卑秩序混乱等现象。① 冯梦龙对这般视钱如命的人采取了严厉的批判态度。他给剧中人物的命名就隐含褒贬之意，丹三木之名“三木”，其实是古代加在犯人颈、手、足上的三件刑具——枷。丹三木对亲侄子下手，不啻对“颈及手足”之相残。刘双之叔名曰“方正”，也有贤良方正之意。《双雄记》中安排了善恶分明的因果报应的结局：“恶”的代表丹三木得来的不义之财被火烧得干干净净，还被熏瞎了眼睛，落得个沿街乞讨的下场；“善”的代表刘方正，虽染上疾病却得神灵相救。

可能与时局动荡相关，中晚明曲家以时事入戏渐多，如戏曲家王世贞写《鸣凤记》直指严嵩父子，还出现无名氏创作的揭露正德朝宦官刘瑾专权、残酷迫害忠良和企图篡夺朝政的罪恶行径的《调弓记》。后来李玉等人的创作更是贴近现实，冯梦龙的创作则以反映身边普通士子的生活为主。

《万事足》，是以治妒为题材的传奇，类似题材明代还有吴炳的《疗妒羹》，以及更早一些的汪廷讷的《狮吼记》。这部戏的剧名取自于苏轼的诗：“无官一身轻，有子万事足。”陈循、高谷皆是明代的真实人物，乃永乐乙未进士，陈循还是廷试第一。剧中写中举、责友妻都是实事，别的细节也屡见于明清笔记，如前引焦循《剧说》即有本事详说：

> 高公谷无子，置一妾。夫人素悍，每间之，不得近。一日陈学士循过焉，留酌。聚话及此，夫人于屏后闻之，即出诟骂。陈公掀案作怒而起，以一棒扑夫人，至不能兴，且数之曰：“汝无子，法当弃

---

① 在明人笔记及序跋铭文中对市民社会的拜金逐利之风所见尤多，并引发人们对义、利的再思考，可相对照。如顾宪成：“以义诎利，以利诎义，离而相倾，抗为两敌。以义主利，以利佐义，合而相成，通为一脉。”（《泾皋藏稿》卷十七《明故处士景南倪公墓志铭》，转引自余英时《儒家伦理与商人精神》，广西师范大学出版社 2004 年版，第 181 页。）

汝。今置妾,汝复间之,是欲绝夫后也。汝不改,吾当奏闻,置汝于法。"自是妒少衰。生中书舍人峘,乃陈公一怒之力也。①

《万事足》中高谷纳妾的情节就由此敷演。《曲海总目提要》卷九所引《情史》西毕氏事②则是陈循纳妾故事的来源:

西毕氏中岁无子,甚忧。然与妻恩爱,不忍置妾。醉后其妻阴以侍婢与睡,即有妊。毕疑之,既产子,欲毙之。其妻以实告,乃纳其婢试之,明年复产一子,遂释然。③

《万事足》中这两条线索各自进行:

陈循事:2 醉笔遣神—3 评文受教— 4 买妾求嗣—7 巧计进妾—11 见子生嗔—12 夜祷明心—19 卦卜佳音—24 京国团圆—30 涂画生嗔—31 筵中治妒—36 封荫团圆。

高谷事:5 主仆登程— 6 诛妖救女— 9 女庵分别—13 姑侄同行—14 访友托妻—15 仙庵分娩—19 卦卜佳音—21 灯下修书—22 迎接家眷—25 贞女拒奸—26 官验襟衫—27 修书遣妾—28 高科进谏—29 刑厅叩信—31 筵中治妒—32 证明神剑—33 衫襟重会—34 书房叙旧—35 一门和顺。

第十九折《卦卜佳音》,高谷之妻邳氏与陈循妻梅氏一同卜得佳卦,"两门不久皆欢忭",以预示后面双双高中得子,但是两条线索的这一次交会,于情节并无任何影响,虚虚照应一下,又各自发展,一直到第三十一折《筵中治妒》④,高谷与陈循饮酒时说

① 〔明〕焦循:《剧说》,见《中国古典戏曲论著集成》(八),中国戏剧出版社 1959 年版,第 166 页。

② 〔清〕黄文旸原本,董康校订:《曲海总目提要》,人民文学出版社 1959 年版,第 423 页。

③ 〔明〕冯梦龙:《情史类略》卷十二"西毕氏"条,见《明清善本小说丛刊》。

④ 冯梦龙出批曰:"此折与三十三折乃全部精神结穴处,曲虽多,不可删减。"

起娶妾的事，邳氏一怒之下破口大骂，被陈循用棋枰击打，一番恫吓劝诫，邳氏总算容许柳新莺进门，认下了这个妾侍，了却了高谷一桩心事。此关目乃是瓦解邳氏防线的重头戏，有此一出，两家家庭问题才算全部解决，故冯梦龙批曰“乃全部精神结穴处”。这也是两条线索中唯一真正互为作用的一个关目。高家事与陈家事互为对比，本有可笑之处，愿意娶妾的偏偏家有悍妻，不愿娶妾的家中妻子偏偏千方百计要给他娶上。作者在关目设计上利用了这一点，彼此交错，场面的冷热对比增强了戏剧效果。不过，两条线索中此一关目与彼一关目之间关联度不大，从编剧角度来看，不免略有遗憾。

但若从单线的情节推动看，其关目安排还是有其巧妙之处的，比如，第七折《巧计进妾》，梅氏想为丈夫娶个妾侍，而陈循不乐意；第十一折《见子生嗔》，陈循突然多出个儿子，心中不免怀疑和愤怒。这两折戏中陈循和梅氏各怀心事，描写比较到位。高谷应举途中，遇到一女子柳新莺被献做祭品，高谷救下后以之为妾，三日恩爱后别去，新莺恐日后相认无凭，高谷于是题写数语于衣襟之上，作为表记，为后《官验襟衫》一折张本。后来陈、高二人高中，高谷担心被妻子知道，想修书遣柳氏改嫁，但是柳氏当时已经生子，且遭遇官司，幸亏官府推官顾愈是高谷的同年，验明高所题衫襟后，携柳新莺及其子入京去见高谷。从《访友托妻》一直到《刑厅叩信》，一步步紧扣高谷念着柳氏又惧内的矛盾心理，关目紧凑合理。冯梦龙的评点中也透露了作者用心之处，试看以下眉批：

> 久置柳氏是高谷一件极不安的心事，重重描出，又引起高科进关目来谏。（第二十七折眉批）
>
> 斩妖之案毕竟未结，故又演出此折。（第三十二折眉批）
>
> 情节步步紧凑，虽庸优亦知讨好。（第三十三折眉批）

《万事足》是一出家庭伦理剧，主要讲述男性的纳妾行为与女性的嫉妒心理，反映了当时社会家庭结构中一个非常普遍的现象。古人云“齐家治国平天下”，这“齐家”二字也包含了如何解决家庭中的妻妾子嗣问题，也是封建宗法制下事关夫权的基本问题。明代中后期在“以情反理”的思潮影响下，市民阶层中的商人、庶人甚至优伶等起而摇铎讲学，藐视礼法、追求个人自由情性的风气渐成。《万事足》中的人物对此也有反映，尤其邳氏在得知在卦象上妻子对丈夫命中有“妨”，“要将高寿许，除非添个立下女”，要娶房妾侍，就对高谷益寿延年无妨了，而邳氏对此的回答足以令人目瞪口呆：

我宁可他妨死，怎肯与他气死？这先生好胡说！他有妨老婆的命限，我有克老公的流年。铜盆铁扫帚，不妨，不妨。

这般连性命都不顾也要维护为人妻的尊严，在后来被陈循教训时连所谓“不可无后”都浑不在意，要待陈循动手责打才无力制止高谷纳妾。

《万事足》中，妻妾子嗣和求取功名是被放置在一起的，剧本安排表现了士子文人身份的男性与作为附庸身份的女性两个群体的对垒。十年寒窗，一朝得第，治国齐家，妻子封荫，正是士子文人理想化的生活模式，缺了哪一块都不得平衡。这样的文人对待女性是傲慢的，他们的傲慢被儒家纲常秩序天然地认同，但是在《万事足》中，这种傲慢态度还需要加上其他理由。在《筵中治妒》一出中陈循除了最后不得不祭出“七出”之律外，还曾试图这样来说服邳氏：

【鹊踏枝】你头顶着双凤珠，腰拖着五云裾。见做了堂上夫人，享福安居。这是哪个作成你的？〔净〕老陈，这是夫荣妻贵，难道是你作成的？……〔生〕唉，这都是夫君辛苦。

陈循的说辞中，丈夫的地位也要依靠他为家庭和妻子的付出来维系,其实表现了在当时的社会秩序和宗法制度中经济活动的影响,事后邳氏说自己并非有容人之量,而是一半由于屈服于陈循的暴打,一半由于无子而受到亲侄儿欺负,不得已才允许了柳氏进门。陈循的教训代表了礼教规矩的压力,而无子受人欺压则是考虑到自己实际利益。由此可以看到冯梦龙设计的"治妒"手段很大程度上建立在世俗生活的利益关系之上。这一点和汪廷讷的《狮吼记》不同。在《狮吼记》中,违背了"妇德"、有碍"传嗣"的柳氏因为悍妒受到惩罚,《闹祠》、《变羊》、《冥游》几场戏展现了政权、族权和神权联手对女性尊严的压制和审判,在礼教、宗法制及因果报应的思想禁锢下,以"跪池"、"顶灯"等作为处罚手段,一度气焰高涨的女性反叛失败了。相比之下,《狮吼记》中折射出的两性之间权力争夺在思想维度上要强烈得多,虽然对柳氏的惩罚更加严厉,柳氏游历地狱后束手臣服,其精神上的抗争力量消失殆尽,但反向视之,更可照见《狮吼记》中的男性在两性权力争夺中的恐惧。而《万事足·叙》毫不掩饰地表现了拥有社会资源的男性心理上的坦然自大:

盖闻《关雎》之德,征于小星;《螽斯》之德,肇于樛木。妇人无仪,不妒为仪。然形妒者十之八,心妒者十之二,不妒者千百而一二耳。妒虽天性,强半酿成于男子。……所以然者,非渐于爱,即敝于弱。爱则养娇,弱则过让。而结之以一字,曰:惧。惧者,妒之招也。……览斯剧者,能令丈夫爱者明,弱者有立志,胜捧诵佛说怕婆经多多矣。其闺人或览而喜,或览而怒;喜则我梅,怒则我邳。孰贤孰不,孰吉孰凶,到衰老没收成时,三更梦醒,自有悔着此。自为身家百年计,勿恃陈状元棒喝不到为幸也。

这番言语里,他居高临下地对女性行为加以规范和约束,女性不仅在道德上毫无优势,而且没有任何可资利用的反抗力量。如戏中所表现的,如果女性生活里的“头顶着双凤珠,腰拖着五云裾”等一切都要依赖于男性“作成”,“为身家百年计”,还是臣服为好。而同样反向视之,冯梦龙倒也无意识地指明了女性争取尊严和地位的实际方向。《万事足》中,无论梅氏的主动顺从还是邳氏的无奈屈服,主要凭借世俗生活中所占据力量的此消彼长,两位男性对娶妾侍的态度也不像陈循那般猥琐懦弱,而能有一份基于同情爱怜的真情,尤其高谷在不敢接妾侍回府之时,还能想到修书放她另嫁他人,表现出市民文化对主流意识权力结构在一定程度上的渗透和消解,但这点渗透的力量是微弱的。冯梦龙也无意于背离儒家礼教传统,倒有意于在世俗生活中借助礼教的力量稳固两性权力格局,影响市民文化秩序。

以上分析中,传奇关目的安排合理巧妙,情节发展紧凑而跌宕起伏,显示出冯梦龙较强的编剧能力,而冯梦龙在具体细节描写上真实反映了当时的社会生活,反映出士子文人与市民阶层在文化精神上的互相影响。从编剧者的动机看,冯梦龙在《双雄记》和《万事足》中的体现出强烈的教化意图,人物关系与道德关系一一对应,因果业报对情节的影响明显大于情理推进的内在动力,说教的成分大大削弱了作品的抒情力量。

三、沈璟对《双雄记》曲律的影响

吕天成《曲品》和祁彪佳《远山堂曲品》对《双雄记》有共同的评价,或曰:“能恪守词隐先生功令。”或曰:“确守词隐家法,而能时出俊语。”冯梦龙自己也说:“余早岁曾以《双雄》戏笔,售知于词隐先生。先生丹头秘诀,倾怀指授,而更谆谆为余言王君伯良也。”则《双雄记》实为冯梦龙向曲学名家沈璟交出的一份合格的作业,他制曲遵依沈谱之处甚多。

沈璟增定《南曲全谱》二十一卷,别辑《南词韵选》十九卷,又有《论词六则》、《唱曲当知》、《遵制正吴编》、《北词韵选》及《考定琵琶记》诸作。他的《南曲全谱》以80多部古代南戏、旧传奇、时人创作及部分唐宋词作为考察对象，考订了名曲的来历、句式、板拍、四声、韵脚，建立了一套完整的南曲曲牌格律体系，以曲谱的形式为南曲传奇创作和演唱确立一套可遵循的规范。沈璟《博笑记》卷首的【二郎神】套曲是其曲律理论的集中表述。因为沈璟的主张对冯梦龙影响甚巨，不仅在《双雄记》中，也在其后来的理论主张和传奇作品中也能看到，故全部录下，以资后文参照：

【商调·二郎神】何元朗，一言儿启词宗宝藏。道欲度新声休走样。名为乐府，须教合律依腔。宁使时人不鉴赏，无使人挠喉捩嗓。说不得才长，越有才，越当着意斟量。

【前腔】参详，含宫泛徵，延声促响，把仄韵平音分几项。倘平音窘处，须巧将入韵埋藏。这是词隐先生独秘方，与自古词人不爽。若遇调飞扬，把去声儿，填他几字相当。

【啭林莺】词中上声还细讲，比平声更觉微茫。去声正与分天壤，休混把仄声字填腔。析阴辨阳，却只有那平声分党。细商量，阴与阳还须趁调低昂。

【前腔】用律诗句法须审详，不可厮混词场。《步步娇》首句堪为样，又须将《懒画眉》推详。休教卤莽，试一比类当知趋向。岂荒唐，请细阅《琵琶》字字平章。

【啄木鹂】《中州韵》，分类详。《正韵》也因它为草创。今不守《正韵》填词，又不遵中土官商。制词不将《琵琶》仿，却驾言韵依东嘉样。这病膏肓，东嘉已误，安可袭为常！

【前腔】北词谱，精且详，恨杀南词偏费讲。今始信旧谱多讹，是鲰生稍为更张。改弦又非翻新样，按腔自然成绝唱。语非狂，从教顾曲，端不怕周郎。

【金衣公子】奈独力怎堤防，讲得口唇干空闹攘，当筵几度添惆怅。怎得词人当行，歌客守腔，大家细把音律讲。自心伤，萧萧白发，谁与共雌黄？

【前腔】曾记少陵狂，道细论诗晚节详。论词亦岂容疏放？纵使词出绣肠，歌称绕梁，倘不谐律吕也难褒奖。耳边厢，讹音俗调，羞问短和长。

【尾声】吾言料没知音赏，这流水高山逸响，直待后世钟期也不妨。①

首先，沈璟确立曲体"名为乐府，须教合律依腔"的原则。因此他强调剧作家要遵循曲牌格律规范进行创作，要求"细把音律讲"。其次，"含宫泛徵，延声促响，把仄韵平音分几项"，沈璟首先强调宫调的转换、声音的长短、字声的平仄都要逐一考究，他提出入可代平，"倘平音窘处，须巧将入韵埋藏"。沈璟认为四声的搭配要合理，重视上声字的应用，并强调在演唱中要根据平声字的阴阳来处理字声的高低。沈璟举了【步步娇】与【懒画眉】两支曲子为例来说明诗律和曲律是有区别的，曲须入乐，四声在平仄协调之外还需要讲究阴阳。沈璟提出在没有标准的南曲韵书的情况下，可以《中原音韵》韵部规则作为南曲用韵的准绳，并以《琵琶记》用韵为其追随的用韵规范，事实上，他对北曲声律规范非常推崇。

冯梦龙的《双雄记》谨依"合律依腔"的原则，在制曲的细节上基本能体现出沈璟关于入声、上声、阴阳以及用韵的要求，同时，在曲律上也能提出自己的理解。

以第十四折《刘翁遇魏》中【南吕·古一江风】这支曲牌的填词

① 〔明〕沈璟著，徐朔方辑校：《沈璟集》（下），上海古籍出版社 1991 年版，第 849～850 页。

为例：

【南吕·古一江风】步伶仃，未识姑苏径，更雨后街泥泞。念儿夫有雉罹罗，传语堪讶。教我消息将谁倩？行行又几程。遥将老叟迎，又怕老人家不管闲名姓。

【南吕·一江风】有古今两种体式①，其中古体为：

仄平平，×仄平平去，×仄平平去，仄平平，仄仄平平，仄仄平平，×仄平平去，平平×仄平，平平平仄平，×仄平平去。

其近体为：

仄平平，×仄平平去，×仄平平去，仄平平，仄仄平平，×仄平平去，平平×仄平，平平仄平，×平平仄平，仄仄平平去。

古体和近体的区别在于古体第五、六两个四字句，近体只用一个，而近体在第八句上要叠一句，两种体式句数相同，但具体表现不一。冯梦龙标明所用曲式是古体，所以说"比近调多'传语'一句"，但又表示"'行行'句从俗唱亦可"。

沈谱【南吕·一江风】②体式为：

去平平，入入(平)平去，去上平平去，去平平，去上平平，平上(平)平，入去平平入，平平去(上)平，平平去去平，入上去平(平)去。

首先，沈谱选用的古体【一江风】，冯梦龙与之一致。其次，明辨四声。沈宠绥曾转述沈璟之言曰："凡曲去声当高唱，上声当低唱，平入声又当酌其高低，不可令混。"③冯梦龙在填入同属于仄声

① 体式参考齐森华等主编《中国曲学大辞典》，浙江教育出版社 1997 年版，第 780 页。

② 〔明〕沈璟：《增订南九宫曲谱》，《善本戏曲丛刊》本，台湾学生书局 1984 年版，第 374 页。

③ 〔明〕沈宠绥：《度曲须知》，见《中国古典戏曲论著集成》(五)，中国戏剧出版社 1959 年版，第 200 页。

的上声与去声时，注意区别其不同的特点。另如第二十五折【商调·二郎神】之其二换头曲："心焦，莺期未准，鹊声空报。"其中"心焦"二字，一般换头格为"平平"，但可能当时多填入"上去"字，查沈谱亦如此，冯梦龙认为"'心焦'二字，易去上，方妙"，改用平声，可见其并非一味遵依沈谱。第二十七折【三段子】：

> 我听说惨然，这奸贼非冤造冤。幸得保全，要相逢只在三年四年。否极泰来天心见，丰城狱里双龙现，管取勒石燕然功成名显。

这支曲子运用去声字"听"、"幸"、"要"等发调，提起曲意，颇有独到之处。

冯梦龙在《双雄记》评点中多次强调"北调正体"①，在遇到沈谱中有所缺失的地方也指出来并一一补足，如第八折所用套曲"朝元歌"，"沈谱未明，余为查正"。他在选择体式规范的时候也和沈璟一样，多偏向古调，尤以《琵琶记》为尊，如第十九折【南吕·香绕五更】曲子，便是他根据《琵琶记》"把土泥独抱"曲查正。②

冯梦龙在制曲填词之时谨遵词隐家法，并能根据实际需要参正古曲，兼收时调。吴梅先生对冯梦龙剧作给予的评价是"曲白工妙，案头场上，两擅其美"③。关于冯梦龙对沈璟曲学的继承与批判在《太霞新奏》中则表现得更为集中。

---

① 《双雄记》第十四折眉批。第十五折眉批亦云："(【越调·小桃红】)此是正调，与《牧羊》诸记不同。""(【蛮牌令】)此正调，诸曲多讹。"

② 《双雄记》第十九折眉批。另外，他对《荆钗》的态度便有选择性的多，第二十折眉批：按《荆钗》诸曲，《梁州序》第九句止七字。第三十三折眉批则云："(【南吕·琐窗寒】)此调据谱合如此，今人唱《荆钗记》腔，皆误。"

③ 吴梅：《顾曲麈谈　中国戏曲概论》，上海古籍出版社2000年版，第113页。

第三节 《太霞新奏》

顺治三年丙戌(1646年),冯梦龙将所辑的《墨憨斋词谱》的未成稿及相关资料委托其子转交给沈自晋,嘱他继续修缮此稿,然后撒手西归。这临终场景被沈自晋记录在《重定南词全谱·凡例续记》中:

> 先是甲申(1644年)冬杪,子犹送安抚祁公至江城,即谆谆以修谱促予,予唯唯。越春初,子犹为苕溪、武林游,道经垂虹言别,杯酒盘桓,连宵话榻,丙夜不知倦也。别时,与予为十旬之约。不意鼙鼓动地,逃窜经年,想望故人,鳞鸿杳绝。追至山头,友人为余言,冯先生已骑箕尾去。予大惊惋,即欲一致生刍往哭,而以展转流离,时作獐狂鼠窜,未能行也。予忘故人乎?而故人乃以临死未竟之业相授,乃不潜心探索,寻其遗绪,而更进竿头,不几幽冥中负我良友!于是即予所裒辑,印合于墨憨。凡论列未备者,时从其说,且捐己见而裁注之,必另注冯稿云何,非予见所及也。①

沈自晋在续记中记录的这一段往事,不仅可见二人交往之深,还说明了吴江曲学的传承渊源。冯梦龙在步入剧坛之初,曾经向沈璟请教,他在曲律的具体细节上与沈璟的观点已经有不同,并且

① 〔明〕沈自晋著,张树英点校:《沈自晋集》,中华书局2004年版,第257~258页。沈自晋闻得冯梦龙殉节而亡后作《和子犹辞世原韵》二律,也可佐证这段交情:"忆昔离筵思黯然,别君犹是太平年。杯深吐胆频忘醉,漏尽论词剧未眠。计日幸瞻行旆返,逾期惊听讣音传。生刍一束烽烟阻,肠断苍茫山水边。""感托遗编倍怆然,填修乐府已经年。豕讹几字疑成梦,枣到三更喜不眠。词隐琴亡凭汝寄,墨憨薪尽问谁传?芳魂逝矣犹相傍,如在长歌短叹边。"(见高洪钧编著《冯梦龙集笺注》,天津古籍出版社2006年版,第10页)

将自己心得编撰了一部新的词谱,即《墨憨斋词谱》,作为对沈谱的批评和补充,试图完善沈谱。① 这便是冯梦龙交给沈自晋的未完稿,后来沈自晋在此基础上增定了《南词曲谱》,对沈璟及冯梦龙的观点既有继承,又提出了自己的主张,认为:"冯则详于古而忽于今。予则备于今而略于古。"吴江曲学主张并非一成不变的固有陈规,而是随时变化,自我修缮,适时引导戏曲发展。而作为这个学统传承链条上的一环,冯梦龙曲学的价值自然不应被忽视。

能全面表现冯梦龙曲学观点的《墨憨斋词谱》散佚不可寻,今人已有辑佚成稿,吉光片羽,弥足珍视。本文主要从现存的两部集子《太霞新奏》和《墨憨斋定本传奇》中探寻冯梦龙曲学的特点。

《太霞新奏》是一部散曲选集。它收录了冯梦龙自己以及沈璟、王骥德等晚明曲家的散曲作品。天启七年丁卯(1627 年)仲冬编撰完成,有明崇祯刻本,《善本戏曲丛刊》第五辑收有本书影印本,上海古籍出版社本《冯梦龙全集》以及海峡文艺出版社均有影印本出版。卷首有《太霞新奏发凡》十三则,署名顾曲散人(冯梦龙的别号),又将沈璟论曲【二郎神】套曲改题为《太霞新奏·序》。

---

① 如钱南扬先生所指:"他早年受过沈璟的指教,后来他的见解超过了沈璟;其时徐于室、钮少雅也在修谱,从徐于室处得到许多资料,资料多了,眼界大了,愈觉沈璟《九宫十三调南曲谱》错误很多,有修订的必要,于是便开始编写他的《墨憨斋词谱》。"(《冯梦龙墨憨斋词谱辑佚》,见《汉上宧文存》,上海文艺出版社 1980 年版,第 30 页)另外,关于冯梦龙新订的曲谱有两个名称,一曰《墨憨斋新谱》,一曰《墨憨词谱》,在《太霞新奏》里多次提到"新谱"如何,似乎在编写《太霞新奏》的时候,这部词谱已然刊行。而在沈自晋《增订南词全谱》提及的显然是没有发布的未完稿,陆树仑先生便是将之视为两部词谱分述(《冯梦龙研究》,复旦大学出版社 1987 年版,第 131 页)。由于两者今皆不存,无法确认。钱南扬先生认为冯梦龙的编谱活动从《太霞新奏》刊刻之前开始,陆陆续续,一直到生命终点,遂将二者视为一体,统称为"墨憨斋词谱"。将《太霞新奏》中的批语与《南词新谱》中的批语比较可以发现若干一致的情况,可见,钱南扬先生的观点也是有理由的。

从体例上看，这些散曲作品依宫调分体式排序，依次是【仙吕曲】、【羽调曲】、【正宫曲】、【大石调曲】、【中吕曲】、【南吕曲】（上、下）、【黄钟曲】、【越调曲】、【商调曲】（上、下）、【双调曲】，共组成套曲十二卷，收曲165套；杂犯曲、小令各一卷，收曲154支。冯梦龙在《太霞新奏》中也发挥了改编的长处，在集子中出现21次改作，其中有18处就是冯梦龙改的。在改定后，冯氏还加以略带调侃的说明，如：

原稿兼真文韵，且调多不叶，此可谓点金手矣。（卷二《春思》尾评）①

世乏知音，必有笑予点金成铁者矣。②（卷十《代伎谢双送别瀑泉王孙》下）

不过，他改定曲子是以确立典范为目的，如：

此套经子犹改定，韵调俱精，可以为法。（卷六《酬妓王桂父》尾评）③

另有其他内容丰富的眉批和总评附在作品中，是研究冯梦龙曲学思想的重要材料和理论依据。《太霞新奏》各卷下，在套首或曲牌下标明押某某韵，另标明重押与否、借字与否，并对生僻字以反切形式注音。

李昌集认为："散曲"，指金元以来继"词"以后兴起的一种新型"歌词"样式。就"歌"的一端言，"散曲"指一种歌曲形态，就中又有"北曲"（以北地乐曲为本源）、"南曲"（以南域乐曲为本源）两大

① 〔明〕冯梦龙：《太霞新奏》，《善本戏曲丛刊》本，台湾学生书局1984年版，第119页。

② 〔明〕冯梦龙：《太霞新奏》，《善本戏曲丛刊》本，台湾学生书局1984年版，第451页。

③ 〔明〕冯梦龙：《太霞新奏》，《善本戏曲丛刊》本，台湾学生书局1984年版，第287页。

支。就"词"的一端言,散曲指一种特定的韵文体式,是古代"诗"广义之一体。①

从歌曲形态的角度出发,散曲和剧曲是属于同样的音乐形式规范之下的,剧曲重于表演,而散曲则是清唱曲;从曲律规范上来看,散曲与剧曲都隶属于一定的宫调和曲牌,因此,其所依据的理论基础是一样的。在《太霞新奏》的序言中,冯梦龙将传奇与散套进行比较,认为:

……然传奇就事敷演,易于转换,散套推陈致新,戛戛乎难之。当行也,语或近于学究;本色也,腔或近于打油。又或运笔不灵,而故事填塞,侈多闻以示博;章法不讲,而饾饤拾凑,摘片语以夸工。此皆世俗之通病也。

作者不能歌,每袭前人之舛谬,而莫察其腔之忤合;歌者不能作,但尊世俗之流传,而孰辨其词之美丑,自非知音人,亟为提其耳而开其矇,则今日之曲,又将为昔日之诗。词肤调乱,而不足以达人之性情,势必再变而之《粉红莲》、《打枣竿》矣,不亦伤乎?余扼揽此道,间取近日名家散曲,择其娴于词而复不诡于律者如下,题曰"新奏",而冠以"太霞"。②

冯梦龙意在明确曲体独立于诗体之外的文体意识。这里传奇和散套被置于同一方而与"昔日之诗"进行比较,传奇敷演长篇故事,容易与"诗"体区别,而散套则不易于区别,冯梦龙试图在散套语言特点方面强调其与"诗"的不同,这一点与王骥德等人的观点是一致的。冯梦龙主张戏曲语言本色自然,明白条畅。沈自晋《重定南词新谱·凡例续记》曾记载他的话说:"传奇曲,只明白条畅,

① 李昌集:《中国古代散曲史》,华东师范大学出版社 1996 年版,第 3 页。

② 高洪钧编著:《冯梦龙集笺注》,天津古籍出版社 2006 年版,第 177 ~ 178 页。此序据天启七年原刻本,在现行影印本中均未刊出。

说却事情出便够，何必雕镂如是？”这里的“明白条畅”就是指戏曲语言的“本色”、“当行”。在《太霞新奏》的评点中他经常有关于“本色”、“当行”的评语，并延及其对传奇的要求，“本色”、“当行”的语言必须易于观众的接受，不可过文，亦不可过俗，要符合剧情。冯梦龙在批判了散曲语言上迂腐木讷和油滑俗气之外，还批评了套数结构臃肿混乱的弊病，认为如果散曲调乱，不守音律，那只能沦落为民歌小调。冯梦龙不仅从可歌的角度将曲与诗区别，还从音律规范的角度把文人之曲与民歌小调区别开，他所认同的曲体特征则为“娴于词而复不诡于律”。晚明以来的南曲作家重视套数的写法的原因，也与套数更易满足文人的审美情趣这一特点相关。

他把沈璟的论曲之作【二郎神】套曲（即本章上节所引）放在《太霞新奏》卷首，并说明云：“此套系词隐先生论曲韵律之法略备，因刻以为序。”另外在《发凡》中说：“词学三法：曰调，曰韵，曰词。”大抵三者俱美则可当得起“娴于词而复不诡于律”。兹将其《发凡》中一些内容摘出，与沈璟论曲套数比较：

> 词学三法：曰调，曰韵，曰词。不协调则歌必捩嗓，虽烂然词藻无为矣。自东嘉沿诗余之滥觞，而效颦者遂籍口不韵，不知东嘉宽于南，未尝不严于北。谓北词必韵，而南词不必韵，即东嘉亦不能自为解也。是选以调协、韵严为主。二法既备，然后责其词之新丽，若其芜秽庸淡，则又不得以调韵滥竽。
>
> 调韵之病，如方诸馆所禁，曰重韵，曰借韵，曰犯韵，曰平头，曰合脚，曰上去叠用，曰上去去上倒用，曰入声三用，曰阴阳杂用，曰闭口叠用，曰韵脚以入代平押。其法甚密，操此程词酷于商君矣。今于调则唯取句字相配，平仄和谐，偶未尽善，即为标出，曰某句未妥、某字不叶。……
>
> 《中原音韵》原为北曲而设，若南韵又当与北稍异，如“龙”之驴东切，“娘”之尼姜切，此平韵之不可同于北也；“白”之为

"排","客"之为"楷",此入韵之不可废于南也。词隐先生发明韵学尚未及此,故守韵之士犹谓南曲亦可以入韵代上去之押,而南北声自兹混矣。《墨憨斋新谱》谓入声在句中可代平,亦可代仄,若用之押韵仍是入声,此可谓精微之论,故选中有偶以入声代上去押者,必标曰借北韵几字。

每套首于某韵下止标不重,不标不借,盖长套以不重为贵,若不借自常事耳。

曲之衬字,歌时抢带,各自有法,皆拈出细书,亦有传讹袭舛,以衬为正者,俱依《墨憨斋新谱》查定。

首先冯梦龙要求以"协调"为原则,其后《发凡》中还提出"歌先审调,不知何调何曲,则板与腔俱乱矣",并批评"坊刻时曲腔板讹传,妍媸不辨,兹刻按谱定板复细加批阅,使歌者可以审腔,作者有所取法,其名家评品有切词理者,附载本曲左方"①。宫调不明不但导致声律上的混乱,还会导致曲词不能恰当地表达曲情,给演员演唱带来不便。

其次要求"韵严",他批评"南词不必韵"的说法,认同以"入声代平声"的做法,并提出以《中原音韵》为南曲用韵的标准。在以上这些沈璟主张的曲律原则基础之上,冯梦龙还提出一些具体的看法,有些是对沈璟的批评,有些则是对沈璟理论的深化。

入声字短促而起音甚高,调值起点的音高与平声字是一样的,

① 另如冯梦龙在卷十三评沈璟【巫山十二峰】《代武陵友人悼吴姬》云:"此曲仿梁少白'院落清明左右'作。词隐先生评云:'三换头前二句是【五韵美】,中二句是【腊梅花】,今用于此是【巫山十三峰】,非"十二峰"矣。须用南吕别曲几句以代之方得。'先生既驳少白而躬自蹈之,吾所不解。大抵作套数者每多因袭之病,总为旧曲已经行世,若改调必置弗歌,夫因陋仍弊,以求不废于俗,此亦作者之羞也。"(〔明〕冯梦龙:《太霞新奏》,《善本戏曲丛刊》本,台湾学生书局 1984 年版,第 704 ~ 705 页)

运字行腔的时候用入声字和用平声字的转接过程是相似的。因此，在填词时，遇到平声字不够用的情况，可以入声字代替，提高了填词选字的自由度。这种做法是沈璟提出的，冯梦龙表示认同，并进一步认为沈谱在用韵方面“其法甚密，操此程词酷于商君矣”，严苛的规律不利于创作上的自由发挥，冯梦龙则“唯取句字相配，平仄和谐”而已，显然宽松得多。冯梦龙提出“入声在句中可代平”，入声字只要在演唱的时候曼声延长，就与平上去相近，入声在北曲中摊入其他三声使用，而在南曲创作的时候，自然可以“入韵代上去之押”，这是冯梦龙结合具体的演出实践而得出的与沈璟不同的观点。①《太霞新奏》在多处评点说明这样的韵分南北的观点，如：

墨憨子云：“周德清《中原音韵》原为北曲而作，北无入声，故配入平、上、去三声之中。若南曲自有入韵，不宜以北字入南腔也。”（卷三评沈伯英【正宫·普天乐】《书怀》）②

翻北曲故每借北韵，然非南曲之体也。（卷十评沈子勺【集贤宾】《闺情》）③

墨憨斋评云：“入声派平、上、去三韵，在北曲用三声者则然，若南曲仍有四声，自不得借北韵而废入声一韵也。”（卷十二评王伯良【双调·夜行船】《越王台吊古》）④

这并非否认《中原音韵》作为南曲的用韵标准，而只是在此标

---

① 他也在眉批中指出：“若作入声字硬而腔不妙矣。”（〔明〕冯梦龙：《太霞新奏》，《善本戏曲丛刊》本，台湾学生书局 1984 年版，第 118 页）故以入声字代，须注意行腔的转换。

② 〔明〕冯梦龙：《太霞新奏》，《善本戏曲丛刊》本，台湾学生书局 1984 年版，第 149 页。

③ 〔明〕冯梦龙：《太霞新奏》，《善本戏曲丛刊》本，台湾学生书局 1984 年版，第 472 页。

④ 〔明〕冯梦龙：《太霞新奏》，《善本戏曲丛刊》本，台湾学生书局 1984 年版，第 598 页。

准之下进行处置的权宜之法。事实上,这样的权宜之法对于吴语音系的作家创作南曲是非常实用的。是否以《中原音韵》作为用韵标准的问题,曲学家们的看法也不一样。王骥德认为:“且周之韵,故为北词设也;今为南曲,则益有不可从者。盖南曲自有南方之音,从其地也。”“古四方之音不同,而为声亦异……在南曲,则但当以吴音为正。”①王骥德所提出的是一个比较普遍的困惑,前引沈璟及冯梦龙的曲论谈到“韵依东嘉”的现象就是此困惑的注脚。沈璟等对《琵琶记》等早期戏文用韵的评价也与此相关。南曲自民间兴起,体式也相对灵活。字声和乐曲往往搭配随意,因为南曲用韵没有规范,以致曲作家们模仿早期戏文,以传奇之祖《琵琶记》作为样本,但与《中原音韵》相比较,《琵琶记》中多个韵部都显得散乱,有混押出韵的现象,不足以形成规范。②

沈宠绥曾转述沈璟的话说:“词隐谓:周韵惟‘鱼居’与‘模吴’,尾音各别;‘齐微’与‘归回’,腹音较异;余如‘邦’、‘王’诸字之腹尾音,原无不各与本韵谐合。至《洪武韵》虽合南音,而中间音路未清,比之周韵,尤特甚焉。且其他别无南韵可遵,是以作南词者,从来俱借押北韵,初不谓句中字面,并应遵仿《中州》也。”③在没有一本足以归纳南韵的韵书的情况下,以影响较广的《中原音韵》为准,未尝不是一个合宜的选择。

据研究者分析,“《太霞新奏》的韵部共二十部,和《中原音韵》

---

① 〔明〕王骥德:《曲律》,《中国古典戏曲论著集成》(四),中国戏剧出版社1959年版,第112、114~115页。

② 吴梅:“又如高则诚之《琵琶记》,亦有错误,支时与鱼模不分,歌罗与家麻并用。”(《顾曲麈谈　中国戏曲概论》,上海古籍出版社2000年版,第24页)考察其经常混用的几个韵部,可知与永嘉等地的方音入曲有关。

③ 〔明〕沈宠绥:《度曲须知》,见《中国古典戏曲论著集成》(五),中国戏剧出版社1959年版,第235页。

相比，少了桓欢韵，多了居蘧韵和机奇韵。居蘧和机奇二韵，在《太霞新奏》里各出现过一次"，"考察这两个韵部用字的特点，与吴方言有关"①。因此，可以看出，《太霞新奏》用韵的特点是以《中原音韵》为标准，同时也受到吴音的影响，这一点与冯梦龙的"韵严"的观点是一致的，《发凡》中指出"曲中原不用艰深字眼，间有音切，以防俗误"，只是对吴音作家来说，方音的影响并不像他们宣称的那样容易防止。

冯梦龙的曲学观点还可从《太霞新奏》选曲情况中表现出来。《太霞新奏》一共选取了 46 位作家的 319 首（套）曲子。入选曲子数量最多的是王骥德，有 34 套套数、28 支小令和 5 支杂曲，其次是沈璟，有 35 套套数、1 支杂曲和 11 支小令，再次是冯梦龙自己，有 17 套套数和 6 支小令（改编本以原作者为作者），卜大荒有 10 套套数、8 支小令和 2 支杂曲入选，陈荩卿则有 12 支小令和 8 套套数，其余作家入选的曲数多为十个以内。从数量上看，冯梦龙最推崇的是王骥德和沈璟。但在眉批和尾评中，常可看到冯梦龙对王骥德及其《曲律》的赞美、引用，而对沈璟及其《曲谱》则多指摘之处。如：

"无聊常殢，酒病难胜"亦仿《琵琶》句法，查古曲此句止该七字。然先辈亦多有作八字二句者，疑原有二体也。词隐先生于《琵琶记》必欲去也字一板，近固矣。（卷六评王伯良【梁州序】《春怀》）②

雅艳不减《西厢》，其叶律处真是熟能生巧。（卷三评王伯良【倾杯玉芙蓉】《寄中都赵姬》）③

---

① 黄亮：《〈太霞新奏〉用韵研究》，载《常熟理工学院学报》2011 年第 5 期。

② 〔明〕冯梦龙：《太霞新奏》，《善本戏曲丛刊》本，台湾学生书局 1984 年版，第 262～263 页。

③ 〔明〕冯梦龙：《太霞新奏》，《善本戏曲丛刊》本，台湾学生书局 1984 年版，第 139 页。

此【惜奴娇】本体与《荆钗记》“家道贫穷”同,《琵琶记》“杏脸桃腮”亦是此调,而中间缺两字,句不可训也。时曲皆以【夜行船序】误作此调,不可不辨。(卷十二评王伯良【惜奴娇】《惜别》)①

【四时花】即【四季花】,亦即【金凤钗】,宜以“和风扇柳荡烟”一曲为法。时曲“愁杀闷人天”稍异,不知何本,决非出知音者之手。末句“奈天远地远山远水远人远”,那有此句法,特好奇者为之耳,词隐不知驳正而复效颦,何也?(卷二评沈伯英【四时花】《偎情》)②

【白练序】与【醉太平】全是几个短韵,难押。近来《咏柳》、《咏芙蓉》诸作多于此脱韵,大非体矣。(卷三评沈伯英【白练序】《咏美人红裩》)③

对沈璟的批评可能与沈谱影响渐广有关,影响广则其谬误处也相对影响愈广,因此需要及时指正;而王骥德《曲律》正好有从理论上引导的作用,冯梦龙借此以规范当时曲律芜蔓的曲坛。他对王骥德的批评较多地体现在喜作犯调这一点上:

此调用【正宫】、【南吕】、【仙吕】错杂而成,亦未必协。只取曲名五字为巧耳,偶一为之,不可学也。(卷十三王伯良【白乐天九歌】《丽情》)④

南曲犯调在晚明大量出现,与曲体的文人化程度渐渐加强有

---

① 〔明〕冯梦龙:《太霞新奏》,《善本戏曲丛刊》本,台湾学生书局1984年版,第594页。

② 〔明〕冯梦龙:《太霞新奏》,《善本戏曲丛刊》本,台湾学生书局1984年版,第113~114页。

③ 〔明〕冯梦龙:《太霞新奏》,《善本戏曲丛刊》本,台湾学生书局1984年版,第155页。

④ 〔明〕冯梦龙:《太霞新奏》,《善本戏曲丛刊》本,台湾学生书局1984年版,第688~689页。

关。犯调本是文人出于表情达意的需要，将两支或两支以上现有的曲牌加以一定程度组合，集成新的曲牌，又称“集曲”，可谓文人在音乐形式与文学表达方面结合的创新，但后来成了挑战曲牌形式规则的文字游戏，如【巫山十二峰】所犯之调越来越多。冯梦龙对散曲创作中的这种文字游戏习气很反感，他首先提出文人对待犯调应慎重：

> 曲名亦方诸生自创，每曲减一二句，何所取义，此亦好奇之过。既可减，何不可增？遂有【两条江儿水】、【双声猫儿坠】，并尾声亦添句，如近日《蕉帕》所刻者。文人作俑，不可不慎。（卷十评王伯良【半面二郎神】《答寄》）①

冯梦龙专门设立一卷“杂宫调曲”，讨论应注意的问题，认为“凡诸调合成，全要斗笋无痕，如出一调方妙”②，指出王骥德犯调诸曲过接处常常不能和韵叶调。

由以上分析可知，在《太霞新奏》中，冯梦龙在选曲方面以王骥德、沈璟为尊，曲学观点也推尊王、沈，但在选本中他对二人的散曲格律，都参考古调和从创作实际需要出发，做了细致的校正。冯梦龙十分关注律法的严谨，认为史槃“每篇多秀句，恨于律法尚未深考，故不能多选”③。他对律法的要求专注于“调协”、“韵严”两个方面。

冯梦龙尽管对民歌小调的格律散乱颇有微词，却高度赞美民间小调文词本色自然且能表达真性情。《太霞新奏》选本尽管以文

---

① 〔明〕冯梦龙：《太霞新奏》，《善本戏曲丛刊》本，台湾学生书局 1984 年版，第 469 页。

② 〔明〕冯梦龙：《太霞新奏》，《善本戏曲丛刊》本，台湾学生书局 1984 年版，第 691 页。

③ 〔明〕冯梦龙：《太霞新奏》，《善本戏曲丛刊》本，台湾学生书局 1984 年版，第 108 页。

人所填散曲为主，其中所体现的主要文学精神仍然是"情真"。《太霞新奏》所选作品中不少是文人自抒性情，即使是常见的闺怨相思类题材，冯梦龙在批评中也提倡真情实感的表达，避免陈词滥调：

法律未必尽纯，而铺叙丽情俱真色动人，大有《北西厢》风味，自是古作家，非近日后学可及。按曲品，秦大夫亳州人，最工情语，然每带北路【粉红莲】腔，然北之【粉红莲】、南之【挂枝词】，其佳者语多真至，政自难得，彼以腐套填塞为词者，视此何如？（卷一评秦复庵【望吾乡】《暮春初会少华于谯词以纪之》）①

乩语云，人不灵而鬼灵，余谓鬼不灵而情灵。古有三不朽，以今观之，情又其一矣。无情而人，宁有情而鬼，但恐死无知耳。如有知，而生人所不得遂之情，遂之于鬼。吾犹谓情鬼贤于情人也。且人生而情死，非人；人死而情生，非鬼。（卷一评龙子犹【二犯傍妆台】《情仙曲》）②

所谓"情"可使人不朽，这也是冯梦龙以"情"立教的思想基础。

冯梦龙散曲绝大多数抒写他人情事和自己的恋情。抒写自己恋情的有5套，其中《怨离词》、《端二忆别》两套特别标明是为侯慧卿作，另三套《有怀》、《誓妓》、《怨梦》，实际上也处处有侯慧卿的影子。冯梦龙少年时流连青楼，爱慕侯慧卿，有过短暂的交往，后来侯慧卿放弃了冯梦龙，另嫁他人。在作品中，他表达自己对侯慧卿的思念，埋怨她对自己的薄情，懊悔当年陷入情网，却又回味恋情的缠绵欢愉。曲中流露出由爱生悔，由悔生怨，又由怨转思，纠结往事而无力自拔的感情，其情表达之深切细腻，确实是来自内心

---

① 〔明〕冯梦龙：《太霞新奏》，《善本戏曲丛刊》本，台湾学生书局 1984 年版，第 88 页。

② 〔明〕冯梦龙：《太霞新奏》，《善本戏曲丛刊》本，台湾学生书局 1984 年版，第 89～90 页。

的真实感受，绝非一般文人写离合时应景点缀的文字。后来，冯梦龙把这些散曲收入《太霞新奏》，也说这些曲子乃是自己出于真情所作：

> 子犹诸曲绝无文彩，然有一字过人，曰“真”。（卷十评龙子犹【集贤宾】《有怀》）①
>
> 而一段真情郁勃，绝不见使事之迹，是白描高手。（卷十一引用袁于令评龙子犹【黄莺儿】《端二忆别》）②

冯梦龙在《太霞新奏》选本中体现曲学的精神如“情真”，律法规则如“调协”、“韵严”，以及对语言的“本色”、“当行”之要求等都可与《墨憨斋定本传奇》中的曲论相通。

第四节 《墨憨斋定本传奇》考述

一、刊刻时间

“墨憨斋”是冯梦龙的室号，冯梦龙改编传奇据其在《双雄记·叙》里提及的数目有数十种之多③，这些经过更定的作品被冠之于冯梦龙的室名——墨憨斋，于天启、崇祯年间陆续出版。关于冯梦龙改刻传奇的记载，最早见于《太霞新奏·发凡》：“北曲凡第二曲谓之‘幺篇’，南曲谓之‘前腔’，《墨憨斋改刻传奇定本》用其一，其二、三、四，今从之。”由于《太霞新奏》刊于天启七年之前，一部分更

---

① 〔明〕冯梦龙：《太霞新奏》，《善本戏曲丛刊》本，台湾学生书局 1984 年版，第 489 页。

② 〔明〕冯梦龙：《太霞新奏》，《善本戏曲丛刊》本，台湾学生书局 1984 年版，第 562 页。

③ 《双雄记·叙》云：“余发愤此道良久，思有以正时尚之讹。因搜戏曲中情节可观，而不甚奸律者，稍为窜正。年来积数十种，将次第行之，以授知音。”

定的传奇作品也应刻于天启七年之前，但这个刻本已经不存，具体书名全题、剧目不详。后来冯梦龙陆续还有改订的戏曲作品，如《人兽关》、《永团圆》都改订于崇祯年间。①

二、冯梦龙改刻传奇的剧目著录情况

冯梦龙最早刊刻的传奇作品是《玉麟》、《双串》、《合纱》、《存孤》②，而较早提及"墨憨斋"之名下刊刻的传奇，有洪昇《长生殿·例言》云："今《长生殿》行世，伶人苦于繁长难演，竟为伧辈妄加节改，关目都废。吴子愤之，效《墨憨十四种》，更定二十八折。"③不知洪昇所见是哪十四种传奇，不过从文字之意，可见冯梦龙改编本在后来是受到认可的。清末王季烈题于《墨憨斋订定人兽关传奇》上的《螾庐题记》称冯梦龙"曾取古今传奇十四种，汇集删改之，名曰《墨憨斋定本》"④，十四种的数目与洪昇所记录的一样，可能冯梦龙刊刻的《墨憨斋定本传奇》确有一个版本是十四种，不过具体剧目如今无法考证得知。

梁廷枏《曲话》著录冯梦龙名下传奇《双雄记》，另冯犹龙名下

---

① 龚笃清认为那些冠有"墨憨斋"堂号的各种传奇作品都是在崇祯年间才刊刻，因为冯梦龙晚年与祁彪佳、沈自晋、阮大铖交往，对传奇的兴趣越加浓厚，又"成了一名官员"，由丹徒训导到寿宁知县，"开始有了余钱剩米"，"经济状况有了好转，但手头仍不宽裕，只能刊刻一些小部头的作品，且一次只刊两卷，这样一次花费不大，他才刊刻得起"。在天启七年以后，冯梦龙仍刊刻了一些传奇作品，"次第行之"，与龚笃清的揣测是一致的。（参阅龚笃清《冯梦龙新论》，湖南人民出版社2002年版，第367页）

② 〔明〕祁彪佳《远山堂尺牍·与袁凫公》云："昨所云冯犹龙初刊五种，忆是《玉麟》、《双串》、《合纱》、《存孤》，乞仁兄留神。"所列五种，具名只有四部，且今佚失。

③ 〔清〕洪昇：《长生殿·例言》，人民文学出版社2005年版。

④ 《墨憨斋订定人兽关传奇》，清初刻本。

并举三种:《万事足》、《新灌园》、《风流梦》,可见其时梁廷枏也并不十分清楚冯梦龙改编与创作传奇情况。其后卷三又云:"龙氏有《墨憨斋传奇定本》十种:《新灌园》、《酒家佣》、《女丈夫》、《量江记》、《精忠旗》、《双雄记》、《万事足》、《梦磊记》、《洒雪堂》、《楚江情》,皆取近时名曲,再加删订而成,颇称善本。"①这段评述为姚燮所引用,《今乐考证》著录比梁廷枏多出一种《风流梦》。②

庄一拂《古典戏曲存目汇考》③标为八种:除《双雄记》、《新灌园》、《酒家佣》、《女丈夫》、《万事足》、《楚江情》、《风流梦》,同时标注的还有《凤双飞》。据谭正璧《弹词叙录》考证,《凤双飞》为弹词作品:"关于作者,蒋瑞藻《小说考证》卷七引《缺名笔记》云:'阳湖程蕙英莒俦,著有《北窗吟稿》。家贫,为女塾师。曾作《凤双飞》弹词,才气横溢,纸贵一时。其所为诗,纯乎阅世之言,亦非寻常闺秀所能。……《自题凤双飞后寄杨香畹》云:半生心迹向谁论,愿借霜毫说与君。未必笑啼皆中节,敢言怒骂亦成文。惊天事业三秋梦,动地悲欢一片云。开卷但供知己玩,任教俗辈耳无闻。'……邓之诚《骨董琐记》卷五《凤双飞弹词》条著录云:'全书四十回,后增为五十二回。'"④因此,《凤双飞》与其他传奇作品归入冯梦龙改刻传奇名下,于理不合。

马廉《马隅卿小说戏曲论集》标为《墨憨斋十种传奇》铁瓶书屋刊本,以及《墨憨斋重订一笠庵四种传奇》,计十四种,其中《万事

① 〔清〕梁廷枏:《曲话》,见《中国古典戏曲论著集成》(八),中国戏剧出版社 1959 年版,第 275 页。

② 〔清〕姚燮:《今乐考证》,见《中国古典戏曲论著集成》(十),中国戏剧出版社 1959 年版,第 255 页。

③ 庄一拂:《古典戏曲存目汇考》,上海古籍出版社 1982 年版,第 969 ~ 972 页。

④ 谭正璧、谭寻:《弹词叙录》,上海古籍出版社 1981 年版,第 75 页。

足》及《双雄记》注明为自编。①

卢前《卢前曲学四种》标为两种:《墨憨斋定本》(《楚江情》、《双雄记》、《梦磊记》、《洒雪堂》、《酒家佣》、《新灌园》、《人兽关》)和《新曲十种》(剧目同上)。

吴梅《中国戏曲概论》著录《墨憨斋十四种》,不知所收具体曲目。《奢摩他室曲丛目》著录墨憨斋重订本:《新灌园》、《女丈夫》、《梦磊记》、《洒雪堂》、《精忠旗》、《量江记》、《风流梦》、《邯郸梦》、《酒家佣》、《楚江情》。

陆树仑《冯梦龙研究》标为十九种:《双雄记》、《新灌园》、《酒家佣》、《女丈夫》、《量江记》、《精忠旗》、《万事足》、《梦磊记》、《洒雪堂》、《楚江情》、《风流梦》、《邯郸梦》、《人兽关》、《永团圆》、《双丸记》、《三报恩》、《杀狗记》、《占花魁》、《一捧雪》。②

三、《墨憨斋定本传奇》具体版本及剧目存佚情况

明崇祯间(1628~1644年)墨憨斋原刻本,收入《双雄记》、《万事足》、《新灌园》、《酒家佣》、《女丈夫》、《精忠旗》、《梦磊记》、《洒雪堂》、《楚江情》、《风流梦》、《邯郸梦》、《人兽关》、《永团圆》。

明末刻本《墨憨斋新曲四种》,国家图书馆藏,有吴梅跋,收入《邯郸梦》、《双雄记》、《万事足》、《风流梦》。

明末刻清初印《墨憨斋定本十种传奇》,收入《双雄记》、《万事足》、《新灌园》、《酒家佣》、《女丈夫》、《量江记》、《精忠旗》、《梦磊记》、《洒雪堂》、《楚江情》。《今乐考证》著录称:所刻不列《风流

---

① 马廉:《马隅卿小说戏曲论集》,中华书局2006年版,第155页。

② 参阅陆树仑《冯梦龙研究》,复旦大学出版社1987年版,第128页。在《双丸记》下称:“未见。”且引任讷《曲海扬波》卷三“齿雪余香”条记载:“《墨憨斋定本传奇》内,有史槃《双丸记》一种。”并说明:“任氏此说(冯梦龙曾更定史槃的《双丸记》),不知出何依据?冯氏更定本亦不知存在与否?”

梦》一种。

明末刻清初铁瓶书屋印《墨憨斋定本十种传奇》，清乾隆五十七年(1792 年)重修《墨憨斋新曲十种》，所收同上。《墨憨斋定本十种传奇》现藏上海图书馆，收入《双雄记》、《万事足》、《新灌园》、《酒家佣》、《女丈夫》、《量江记》、《精忠旗》、《梦磊记》、《洒雪堂》、《楚江情》，缺《新灌园》上卷和《洒雪堂》上卷，缺"叙"和"总评"，版心有"墨憨斋定本"字样，有冯梦龙的评点。

商务印书馆 1954 年出版《古本戏曲丛刊》初集收入《杀狗记》①、《风流梦》，1955 年出版《古本戏曲丛刊》二集收入《双雄记》、《万事足》、《酒家佣》、《量江记》、《精忠旗》、《梦磊记》、《洒雪堂》、《三报恩》②。

中国戏剧出版社 1960 年出版的影印本《墨憨斋定本传奇》及黄山书社 1992 年出版的影印本《墨憨斋定本传奇》，收入《双雄记》、《万事足》、《新灌园》、《酒家佣》、《女丈夫》、《量江记》、《精忠旗》、《梦磊记》、《洒雪堂》、《楚江情》、《风流梦》、《邯郸梦》、《人兽关》、《永团圆》。

江苏古籍出版社本及上海古籍出版社本所收剧目同上，另附录《杀狗记》、《一捧雪》、《三报恩》、《占花魁》。

从影印本的传奇看，其版本形式并不统一，如"叙"、"总评"、"下场诗"等，有的作品有，有的没有，有的残缺不全，显然不全是原刻本体例。大部分《墨憨斋定本》都在曲牌前标明所属宫调，《量江记》却在折首题名下标明使用的宫调，说明这些定本的刊刻时间并不一致。

---

① 据明汲古阁刻本影印，署名徐畛，龙子犹订定。

② 《古本戏曲丛刊》据明刊本影印，题为《滑稽馆新编三报恩传奇》，署"姑苏第二狂笔，同邑龙子犹窜定"。卷首有序。

上述版本中，依据墨憨斋原刻本的剧目有《双雄记》、《万事足》、《新灌园》、《酒家佣》、《女丈夫》、《量江记》、《精忠旗》、《梦磊记》、《洒雪堂》、《楚江情》、《风流梦》、《邯郸梦》、《人兽关》、《永团圆》等十四种①，《三报恩》（滑稽馆新编）、《杀狗记》（汲古阁刻本）等不属于墨憨斋刻本，也没有冯梦龙的评点。墨憨斋原刻本中原本尚存的有《新灌园》（原本《灌园记》）、《女丈夫》（原本《红拂记》②）、《量江记》、《楚江情》（原本《西楼记》）、《风流梦》（原本《牡丹亭》）、《邯郸梦》（原本《邯郸记》）、《人兽关》、《永团圆》八种。

《酒家佣》，原本为陆无从、钦虹江的《存孤记》，今存《私期》一出，收入《怡春锦》，即为冯梦龙改编本中的第十八折。《南词新谱》卷二十三【仙吕入双调·金水令】署名陆无从，为冯梦龙改编本中第二十八折的一支曲子。

史槃的《梦磊记》现今存一支曲子【仙吕·解酲乐】，收入《南词新谱》卷一，与冯梦龙改编本第二十八折【仙吕·解三醒】同。

四、《墨憨斋更定传奇》的原作者情况

《墨憨斋更定传奇》的原作者有徐畛、陆采、陆弼、钦虹江、张凤翼、刘晋充、凌濛初、史槃、汤显祖、佘翘、李梅实、梅孝巳、袁于令、李玉、毕魏。

关于冯梦龙《精忠旗》所据原本《精忠记》的作者，现在还有争论。一说李梅实，冯梦龙本署名“西陵李梅实草创，东吴龙子犹详订”；一说姚茂良；一说无名氏。李梅实所作《精忠记》今不存。《曲

---

① 本书以此十四种传奇为主要研究对象。

② 冯梦龙根据张凤翼、刘晋充《红拂记》改编《女丈夫》，另凌濛初所作杂剧《红拂三传》分别以红拂、李靖、虬髯公为主角，今存《北红拂》和《虬髯翁》，冯梦龙改编时应参考其中的《虬髯翁》。

海总目提要》卷九云："演岳飞事，杭州李梅实草创，苏州冯梦龙改定。梦龙云：'旧有《精忠记》，俚而失实，识者恨之，从正史本传，参以汤阴庙记事实，编成新剧，名曰《精忠旗》。精忠旗者，高宗所赐也。涅背誓师，岳侯慷慨大节所在。他如张宪之殉主，岳云、银瓶之殉父，蕲王诸君之殉友，施全、隗顺之殉义，生死或殊，其激于精忠则一耳。编中长舌私情，及森罗殿勘问事，微有妆点。然夫妇同席，及东窗事发等事，史传与别记俱有可据，非杜撰不根者比。方之旧本，不径庭乎？'"姚茂良所作南戏戏文《精忠记》久已失传。吕天成《曲品》，列姚茂良的三部剧作于旧传奇类，不同于昆山新腔格律创作的新传奇。评曰："此岳武穆事，词简净。演此令人眦裂。"现存《六十种曲》本《精忠记》署名明无名氏，其中剧本内容与冯梦龙改编本没有联系，绝非冯梦龙改编所依据之底本。《曲海总目提要》卷十三《精忠记》曰："不知谁作。"《远山堂曲品》不题《精忠记》作者姓名，评曰："《金牌宣召》一折，大得作法，惜闲诨过繁，末以冥鬼结局，前既枝蔓，后遂寂寥。"吕天成《曲品》、高奕《新传奇品》、无名氏《传奇汇考标目》中，《精忠记》俱署名为"武康姚静山作"。

《酒家佣》的原作《存孤记》，《墨憨斋定本传奇》题曰："姑苏陆无从、钦虹江二稿。"未提原创稿的作者。在《酒家佣·叙》中，冯梦龙指出："存孤奇事，胡可无传？先辈陆天池、钦虹江各有著述。"前文指出陆采和陆弼原作残存的部分均被冯梦龙改编本采用，因此，有可能陆采、陆弼均有同类同题作品。

将这些作者的情况简介如下：

徐畛，明洪武十四年(1381年)征秀才，浙江淳安人。

陆采(1497～1537年)，原名灼，号天池，长洲(今江苏苏州)人。

陆弼(1530～1615年)，字无从，江都(今江苏扬州)人。

张凤翼(1527～1613年)，字伯起，别署冷然居士，长洲(今江苏苏州)人。

刘晋充(约1602年~?),原名方,字晋充,江苏吴县(今苏州)人。

凌濛初(1580~1644年),字玄房,号初成,别署即空观主人。乌程(今浙江湖州)人。

史槃(1530~1630年或1531~1623年),字叔考,会稽(今浙江绍兴)人。

汤显祖(1550~1616年),字义仍,号海若、若士,别号清远道人,江西临川人。

佘翘(1567~1612年),字聿云,池州(今安徽铜陵)人。

李梅实,庄一拂《古典戏曲存目汇考》著录李梅实"浙江杭州人"。

梅孝巳,傅惜华《明代传奇总目》著录称为"湖北西陵(今黄冈)人"。

袁于令(1592~1674年),原名韫玉,字令昭,一字凫公,号箨庵等,江苏吴县(今苏州)人。

李玉(约1602年~约1676年),字玄玉,号苏门啸侣、一笠庵主人,江苏吴县(今苏州)人。

毕魏(约1623年~?),字万后,又字晋卿,号姑苏第二狂,室名滑稽馆,江苏吴县(今苏州)人。

以上14名作者,有6人是江苏吴县人,与冯梦龙应属同乡。今江苏、浙江地域有5人,其余3人分属今江西、安徽和湖北等地。从作者分布来看,冯梦龙改编选择的作品有很强的地域特征。从生活时间段来看,大部分都与冯梦龙(1574~1646年)是同时代人,冯梦龙与其中一些曲家有过交往,如袁于令就曾拿《西楼记》向他请教曲学。

相对于大部分原作者都是同代人,徐畛的《杀狗记》在墨憨斋更定本中显得比较独特，这可能与刻书家毛晋有关。冯梦龙与毛氏家族中的多人都有诗文往来，也许出自书商的邀请，他才更定了这本古戏，并交由汲古阁刊印。

据《冯梦龙年谱》，明万历四十七年（1619 年），冯梦龙读书楚黄（即湖北麻城，今黄冈），梅孝巳也是湖北麻城人，也许因此接触到传奇《洒雪堂》，不过没有证据说明冯梦龙是如何接触到这部作品的。

第二章　冯梦龙的戏曲改编理论

第一节　冯梦龙戏曲改编的思想基础

冯梦龙的文学活动涉略极广，但从总体上看，其创作动机都带有“以情立教”的功利性。这种功利性在小说领域和戏曲领域表现不同，冯梦龙编撰通俗小说有类型化倾向，而编撰戏曲则有经典化倾向。另外，“情教”思想对冯梦龙改编传奇有很大的影响。

一、治经著史与编撰俗文学

他的全部著述大致可以分成三大类：（一）文学类，举其要者列于下：编撰白话小说集，如“三言”；增补长篇小说《平妖传》、《忠义水浒全传》，将《列国志传》改作为《新列国志》；编撰文言小说集《情史》、《燕居笔记》；编撰散曲集《太霞新奏》；编撰戏曲，如《墨憨斋定本传奇》；搜集刊行民歌，如《挂枝儿》、《山歌》；编辑刊行笑话集《笑府》、《广笑府》、《古今笑》和笔记《智囊》等；编撰少量的诗文和散佚的曲谱等。（二）治经类文章，有《麟经指月》、《春秋衡库》、《春秋定旨参新》、《别本春秋大全》、《四书指月》等。（三）时事纪述，记当时之史，以《甲申纪事》、《中兴伟略》为代表（另有方志一部《寿宁待志》，内容除了对寿宁地方的风土人情的记录以外，同时记录了其施政活动，也归入此类）。[1] 以上粗疏的分类，即可看出冯梦龙的著述活动涉及面非常之广，尤其是俗文学的各个门类他几乎都涉及了。

冯梦龙大部分的著述不为当时的正统文坛所重视，本人也始终没有能够进入主流的士大夫文人的交际圈。[2] 冯梦龙及其著述在近代学者关注以前，关于他著作的著录、评价以及专门收藏的记载都很少，几乎是被掩埋在历史的尘埃之中。《苏州府志》对他仅有非常短小的简介："冯梦龙，字犹龙，才情跌宕，诗文丽藻，尤明经学。崇祯时，以贡选寿宁知县。"[3]

有明一代，科举是一般读书人进入社会上层、掌握权力、获得自我实现的唯一通道。尽管这条通道狭窄而艰难，并且充满了不可告人的暗箱操作以及无法预测的偶然性，冯梦龙还是孜孜以求地考了数十年，直至57岁高龄才补为岁贡，算是有了贡生的功名，过了四年之后，做到寿宁知县的官职。可以说他一生中历时最长的追求便是科考，并且积数十年治经的经验编写了科考的辅导书

---

① 冯梦龙的全部著述见江苏古籍出版社的俞为民校点本和上海古籍出版社的影印本《冯梦龙全集》。陆树仑的《冯梦龙研究》对冯梦龙的作品进行了分类介绍，聂付生的《冯梦龙研究》对之做了补充，并有较详尽的考述。当然，值得商榷的地方也有，比如，聂付生认为《古今谭概》由李渔改名为《古今笑》，而在高洪钧的《冯梦龙的俗文学著作及其编年》[载《天津师范大学学报（社会科学版）》1997年第1期]中则认为先有墨憨斋自刻的《古今笑》，而后改名为《古今谭概》，并交由叶昆池重版。徐朔方的《晚明曲家年谱》和傅承洲的《冯梦龙与通俗文学》亦对冯梦龙的作品以编年的方式进行整理及考证。

② 陆树仑列数了80余人为冯梦龙交游之人，其中真正有声望地位的正统文人并不多，交往方式也不密切。契友董斯张虽然出身世家，一生也无功名。（《冯梦龙研究》，复旦大学出版社1987年版，第69页）关于冯梦龙是否加入过复社的问题，还有争论。一些学者认为冯梦龙中晚年只是参加了研究春秋的文社，没有加入过复社（参阅聂付生《冯梦龙研究》，学林出版社2002年版，第63页），本书同意这个观点。

③ 《苏州府志》卷八十一《人物》，引《江南通志》。

《麟经指月》、《春秋衡库》等,这其中当然有功利性的目的。不过,他专注于研究《春秋》,应该是有所寄托的。其弟冯梦熊所言:“余兄犹龙,幼治《春秋》,胸中武库,不减征南,居恒研精覃思曰:‘吾志在《春秋》。’墙壁户牖皆置刀笔者,积二十余年而始惬。”所谓“志在《春秋》”,大概是因为《春秋》乃孔子删定的史书,“今天下镐京磐石,邈禾黍之离,辫琛叩关,绝金缯之耻,似无所用其忧患愤发。然而纪纲之窳窳也,形势之卑靡也,夷狄之侵陵也,则亦儒臣专以《春秋》入侍时也”①。他实在是对自己有极大的期许。这种自我期许在明末清初的巨变中化为实际行动,冯梦龙以七十高龄奔走在东南沿海一带,积极参与到各种抗清活动中,以手中一支笔书写当时的见闻,亲录历史,完成了一个文人的使命。②

虽然皓首穷经,但冯梦龙看起来不是一个迂腐的庸儒,至少他知道用治经的感悟谋利。他编的经学著作从体例到其中传授的读经之法,都是为了便于参加科考的学子学习,有很强的针对性和功利性。这些书籍销售很广,深受书坊业者的欢迎,看来获利颇丰。叶昆池曾云:“犹龙先生以《春秋》负重望,其经稿久传海内,兹书则帐中秘也。本坊恳请刊行未允,适麻城耿克励先生至吴,遂从臾出之,在本坊如获拱壁,愿海内共宝夜光。”③不管是否为生活所逼,一个出身“理学名家”④的儒生能有如此功利的心态对待经书,心态上必然会有一个自我说服的过程。说服力来自两个方向:一是外

---

① 〔明〕冯梦熊:《麟经指月·序》,转引自高洪钧编著《冯梦龙集笺注》,天津古籍出版社2006年版,第17~18页。

② 参阅龚鹏程《晚明思潮》,商务印书馆2005年版,第236页。龚鹏程先生认为冯梦龙于《春秋》情有独钟,用意在于经世资治。编写《春秋》指导书,不仅为获利,更为了传播自己治《春秋》得来的经世之学,以及对《春秋》文学经验上的理解。此观点可参考。

③ 转引自聂付生《冯梦龙研究》,学林出版社2002年版,第45页。

④ 陆树仑:《冯梦龙研究》,复旦大学出版社1987年版,第9页。

在的,晚明社会出现的“弃儒就贾”现象引发了“士商关系”的转变①;一是内在的,冯梦龙以“情”立教的思想变化。

晚明时期下层“士”与“商”之间的界限已经很模糊,这个变化是双方互动的,商人以财富拓展了政治文化的生存空间,最明显的事例就是花少许金钱就可以买到贡生的身份;读书人由于获得功名的机会越来越小(余英时先生的说法是由于人口激增,造成科举录取名额减少),不得不从商以谋生。研读经书一生,最后却捐了个贡生身份的冯梦龙已经不太可能对经书产生一种敬畏心理。冯梦龙精研《春秋》,但遍翻史书,似乎只看到一个“情”字:

> 文王、孔子之圣也而情,文正、清献诸公之方正也而情,子卿、澹庵之坚贞也而情,卫公之豪侠也而情,和靖、元章之清且洁也而情。情何尝误人哉?人自为情误耳!②

冯梦龙以实用而功利的态度对待经学,而把长期以来对“经世资治”的追求转移了方向。冯梦龙以“情教”理念来说服自己数十年追求的道德功业另有足以安身立命的地方,冯梦龙在《情史·叙》中说:

> 六经皆以情教也。《易》尊夫妇,《诗》有关雎,《书》序嫔虞之文,《礼》谨聘奔之别,《春秋》于姬、姜之际详然言之,岂非以情始于男女。凡民之所必开者,圣人亦因而导之,俾勿作于凉,于是流注于君臣、父子、兄弟、朋友之间而汪然有余乎!异端之学,欲人鳏旷以求清净,其究不至无君父不止,情之功效

---

① 余英时:《儒家伦理与商人精神》,广西师范大学出版社 2004 年版,第 135 页。

② 转引自高洪钧编著《冯梦龙集笺注》,天津古籍出版社 2006 年版,第 139～140 页。

亦可知已。①

这段话堪称冯梦龙“情教”说的宗旨，它借助对儒学经典的阐释，构建了“以情为本”的理论框架，同时也以攀附经典的方式，确立“情教”的思想地位。但其内在的理路是和当时儒学的官方学说“理学”背道而驰的。理学以性为本，“存天理，灭人欲”。“情教”说却以“情”是人心的合理要求出发，张扬男女之私情，弘扬人伦纲常之“公”情。与当时徐渭、李贽和汤显祖等人所推动的尊情思潮相比，冯梦龙其实走了一条折衷的中庸道路。

大多数研究者都承认冯梦龙青年时代一段失败的恋情给他的影响是很深刻的。“冯梦龙经历的这次刻骨铭心的恋爱悲剧，不仅改变了他的生活方式与人生态度，而且影响了他对情感的认识。”②不仅是恋情的失败，一个辗转科场的老生员所经历的现实人生中的炎凉冷暖——这一点简直无须论证，他编选的小说里比比皆是——自然让他对晚明恣情纵欲、势利媚俗的社会风气有不满，纯粹理想化地张扬“人情”，并不一定会带来良好的社会秩序。同时，与李贽、徐渭相比，他更缺乏思想的创造性，于是，研读了几十年的儒学经典的教化理论，顺理成章地就被他拿来解决这个难题。

> 冯梦龙的为人可以说是二重的，或可说是来往于两极端之间的。两极的这一端是一位机智幽默、风流倜傥、嗜酒狎妓的人物。……两极另一端的冯梦龙却是个严肃的儒家正统读书人。……在这两个冯梦龙中，我们感兴趣的是前面那一个。③

---

① 高洪钧编著：《冯梦龙集笺注》，天津古籍出版社 2006 年版，第 133 ~ 134 页。

② 傅承洲：《冯梦龙与侯慧卿》，中华书局 2004 年版，第 35 页。

③ 〔美〕韩南著，尹慧珉译：《中国白话小说史》，浙江古籍出版社 1989 年版，第 78 ~ 79 页。

但事实上,这不同的两极都是同一个人的。也无须将之当成一个矛盾的心理结构来看待。[1] “主情”与“存真”是一体之两面,与其将他当成一个矛盾的人,不如将他当成一个真实的人、一个功利的人。真实地面对人情之自然,也直面社会现状,冯梦龙很实用主义地将“儒家教化观”与“主情”说糅合到了一起,主张“以情立教”,不过是权宜处置而已。[2]

在冯梦龙庞杂的著述活动中,治经著史和编撰俗文学[3]分别代表了他思想上的两个追求——追求儒家治国平天下的事功理想和实现人生情感之自由。在思想上,他以教化观来规范主“情”说,在

---

① 聂付生认为:“说明冯梦龙没有形成一种超稳定的心理结构,他在经历当时风起云涌的心学思潮之后,又返回到他想挣脱又无法挣脱的伦理规范和治国、平天下的人生追求中。这种矛盾成为他思想发展的一个中心情结。”(参阅聂付生《冯梦龙研究》,学林出版社 2002 年版,第 54 页)

② 胡小伟认为,虽然冯梦龙时常从儒家知识分子的正统道路中逸出到商业出版物的编选,或者说为商业性出版物做编纂工作时亦不忘正统道路,实际上这意味着晚明(以至如今)一部分知识分子在两难处境中的变通权宜,而未必意味着二重人格。尽管冯梦龙以后,绝大多数知识分子还是走上了科第功名的道路,但毕竟有人开辟出了一条新路。例如较冯梦龙稍长、30 岁即焚儒者衣冠而靠艺文成名的陈继儒和较冯氏年轻、以戏曲小说“游荡江湖,人以俳优目之”的李渔,他们终于成为近现代“文艺家”们的先声(参阅胡小伟《〈冯犹龙文钞〉作者考》,载《明清小说研究》1996 年第 1 期)。

③ 本书以谭帆先生对俗文学的界定来形容冯梦龙所创作、整理和编辑的俗文学:(1)俗文学是一种文学现象,在“价值功能”、“表现内容”、“审美趣味”和“传播接受”等方面基本趋于一致,介于“雅文学”与“民间文学”之间。故“俗文学”是一个“文类”概念。(2)俗文学是指以受众为本位的文人加工、整理或创作的文学作品,是“书面文学”。(3)俗文学以道德教化、宗教布道、知识普及和娱乐消遣为最基本的价值功能。(4)俗文学是一种在表现内容、艺术形式和审美趣味上追求世俗化的文学作品。(5)俗文学具有传播普及化的特性,具有一定的商业消费性。(参阅谭帆《中国雅俗文学思想论集》,中华书局 2006 年版,第 19 页)

著述活动中，他也是以治经著史的精神来从事俗文学的创作和整理，这表现在两个方面：首先，他认为俗文学是可以起“导愚”、“适俗”的教化作用的；其次，俗文学甚至比经史更容易被下层民众理解，更适宜于“导愚”、“适俗”，更可以传之久远，有立言之功。

明者，取其可以导愚也；通者，取其可以适俗也；恒则习之而不厌，传之而可久。三刻殊名，其义一耳。①

《六经》、《语》、《孟》，谭者纷如，归于令人为忠臣、为孝子、为贤牧、为良友、为义夫、为节妇、为树德之士、为积善之家，如是而已矣。经书著其理，史传述其事，其揆一也。理著而世不皆切磋之彦，事述而世不皆博雅之儒，于是乎村妇稚子、里妇估儿，以甲是乙非为喜怒，以前因后果为劝惩，以道听途说为学问，而通俗演义一种，遂足以佐经书史传之穷。②

书契以来，代有歌谣，太史所陈，并称风雅，尚矣。自楚骚唐律，争妍竞畅，而民间性情之响，遂不得列于诗坛，于是别之曰“山歌”。言田夫野竖矢口寄兴之所为，荐绅学士家不道也。唯诗坛不列，荐绅学士不道，而歌之权愈轻，歌者之心亦愈浅。今所盛行者，皆私情谱耳。虽然，桑间濮上，国风刺之，尼父录焉，以是为情真而不可废也。山歌虽俚甚矣，独非郑、卫之遗欤！且今虽季世，而但有假诗文，无假山歌，则以山歌不与诗文争名，故不屑假。苟其不屑假，而吾藉以存真，不亦可乎？抑今人想见上古之陈于太史者如彼，而近代之留于民间者如此，倘亦论世之林云尔。若夫借男女之真情，发名教之伪药，

① 〔明〕冯梦龙：《醒世恒言·序》，转引自高洪钧编著《冯梦龙集笺注》，天津古籍出版社2006年版，第85页。

② 〔明〕冯梦龙：《警世通言·叙》，转引自高洪钧编著《冯梦龙集笺注》，天津古籍出版社2006年版，第82～83页。

其功于《挂枝儿》等,故录《挂枝词》而次及《山歌》。①

文之善达性情者无如诗。三百篇之可以兴人者,唯其发于中情,自然而然故也。自唐人用以取士,而诗入于套;六朝用以见才,而诗入于艰;宋人用以讲学,而诗入于腐。而从来性情之郁,不得不变而之词曲。……今日之曲,又将为昔日之诗。词肤调乱,而不足以达人之性情,势必再变而之《粉红莲》、《打枣竿》矣!②

从以上序言中,可以清楚地看到冯梦龙以通俗小说比附经史,是因为更容易传达他所提倡的"情教"观念,可以为"村妇稚子"、"里妇估儿"所接受,而他亦是以抚心世道的注经著史之精神在从事俗文学的编撰工作,事实上是把道德教化作为俗文学的一种价值功能,或者说,他把一生研读经史中都始终无法实现的价值取向倾注到了俗文学的编撰里。从这个角度看,所谓"借男女之真情,发名教之伪药"、"善达性情",都是坦率地承认俗文学中蕴藏的自然人情,从而借助俗文学虽然粗糙率性但真实强大的生命力,借助其深入市井民间的传播普及性,来完成另一番道德功业。

冯梦龙并没有纠缠在"性情之响"和"导愚"、"适俗"的理论困境之中,他有意识地以消费市场的趣味为先导,通过世俗化的文学内容和形式,寓教化于娱乐,从而实现俗文学的教化功能,获得经济和社会的双重效益。冯梦龙曾经很坦率地承认自己编纂"三言"的起因就是"因贾人之请"③。凌濛初也清楚地表明:"肆中人见其

① 《叙山歌》,转引自高洪钧编著《冯梦龙集笺注》,天津古籍出版社2006年版,第147页。

② 《太霞新奏·序》,转引自高洪钧编著《冯梦龙集笺注》,天津古籍出版社2006年版,第177页。

③ 〔明〕绿天馆主人:《古今小说·叙》,转引自高洪钧编著《冯梦龙集笺注》,天津古籍出版社2006年版,第80页。

行世颇捷,意余当别有秘本,图出而衡之。"[①]于是有了《拍案惊奇》的问世,"贾人一试之而效,谋再试之"[②],然后《二刻拍案惊奇》就应运而生。这说明了"三言"和"二拍"的出版是在编撰者和书商通力合作下促成的,也是迎合市场需求的谋利之举。

二、小说的类型化与戏曲的经典化

明代中叶以来,城市与集镇发展迅速,人口剧增,商业活动频繁,士子与商人的界限模糊,文学也有成为消费商品的可能。另外市民阶层渐渐形成,在文化领域内也需要有迎合其欣赏趣味的作品,这就为俗文学的兴盛准备好了创作者和接受者两个群体。而整个社会的思想环境由于受到"心学"的冲击,道学的控制已经相当宽松,娱乐成为上至仕宦簪缨之家、下至普通百姓的生活常态。供人们寻欢作乐的去处,如茶楼、酒肆、妓院等,在繁华的城市里随处可见,对人们具有巨大的吸引力。"娱乐不但能引人离开厌腻的工作,而且,还含有一种建设性的或创造性的元素……技术上的进步、科学上的发现、艺术上的新动机,都易由娱乐活动中创造出来的。它们是以娱乐的名义获得存在的权利。因此,它们所遭遇的传统的阻力是最小的。"[③]就这样,娱乐化的文化消费观念促发了创作观念的改变,士子向商人阶层的靠拢和流动产生了依赖写作为生的创作人员,工商市民的壮大使通俗小说的读者群、戏曲的观众群迅速扩大,文化消费市场日益活跃,这些都大大地促进了俗文学

① 〔明〕即空观主人:《拍案惊奇·序》,转引自丁锡根编著《中国历代小说序跋集》,人民文学出版社 1996 年版,第 785 页。

② 〔明〕即空观主人:《二刻拍案惊奇·小引》,转引自丁锡根编著《中国历代小说序跋集》,人民文学出版社 1996 年版,第 789 页。

③ 〔英〕马凌诺夫斯基著,费孝通等译:《文化论》,华夏出版社 2002 年版,第 89~90 页。

的创作。在晚明这个时代，由于俗文学迸发出蓬勃的生机，文学格局悄然发生着意味深长的变化。针对固定接受群体，迎合接受对象的审美需要，采用功利性的写作态度，都显示出文学趋于类型化①的发展迹象。

冯梦龙流传下来的作品中，诗文形式的作品非常少，橘君辑注的《冯梦龙诗文》以及高洪钧编著的《冯梦龙集笺注》中收入的诗文都只有数十篇。相反，他整理和创作了大量小说和戏曲，从当时的出版情况看，这些作品不仅广受坊间市井的欢迎，在上层社会及一般文人的私人传播圈内的流传也十分畅通。“三言”是冯梦龙“应贾人之请”而编纂的，冯梦龙在编辑选材和加工作品时就将读者定位在市民阶层，重大的时事、悲欢离合的故事、发人深省的伦理生活、都市的新事、海外的奇事等内容是市民阶层最感兴趣的，价值判断也努力切合市民化的标准。如《施润泽滩阙遇友》和《吕大郎还金完骨肉》都是写拾金不昧的故事；《刘小官雌雄兄弟》中的小酒店主人刘德慷慨好义，则体现了市民忠厚至诚、对爱情执著、富有同情心等朴素的美德。冯梦龙以情立教，他把“情”提到“王道乐土”的教化高度，他认为“王道本乎人情，不通人情，不能为帝王”。这种一厢情愿与其说是对“情”的推崇，倒不如说是对“以情立教”所能带来的美好愿景的推崇。事实上，倡导人情伦理，改善和协调社会秩序，使之稳定，也深切反映和迎合了当时新兴的市民阶层的

① 类型化具有惯性和经验系统特征。类型小说的产生与文学消费化密切相关，内容和形式均表现出趋同性和模式化，有着相对固定的接受群体。中国的类型小说起源较早，到明清时期，在文坛上已经初具规模，它的发展历程在鲁迅先生的《中国小说史略》中略有叙述，此不赘言。经过20世纪初的白话文运动，类型小说曾经繁荣，比如兴起了以鸳鸯蝴蝶派为代表的言情小说和侦探推理小说。后来，类型小说的发展势头一度被打断，直至改革开放以来，港台言情小说和武侠小说大规模涌入，掀起了类型小说的新的阅读热潮，可谓几起几落。目前学术界关于类型小说的理论构建尚未完善。

思想意向、价值观念和审美情趣。

对于“三言”的成就，孙楷第先生评价道：

犹龙子以一代逸才，多藏宋元话本，识其源流，习其口语，故所造作摹绘声色，得其神似，足以摩宋人之垒而与之抗衡，不仅才子操觚染翰，足为通俗文生色而已。以二人名誉之高，足以转移一世之耳目，故书出即盛行，作者继起，争相仿效，遂开李渔一派之短篇小说，其遗泽至于清初而未斩。①

孙先生对冯梦龙以“才子”身份致力于通俗文的整理和创作给予了很高的赞誉。吴梅《顾曲麈谈》第四章《谈曲》介绍冯梦龙改定之《墨憨斋定本》如下：

每曲又细订板式，煞费苦心，其书固可传也。其自著之曲，只有二种，一曰《双雄记》，一曰《万事足》，余亦有藏本。曲白工妙，案头场上，两擅其美，直在同时陆无从、袁箨庵之上，惜世之见之者少矣。所作散套至多，亦喜改订古词，如梁伯龙之《江东白苎》，沈伯英之《宁庵乐府》，多有考订焉，其用力之勤，不亚于沈词隐，而知之者卒鲜。文人之传，亦有命也。②

从近代以来分别对冯梦龙小说和戏曲的总结性评价中，我们可以看到批评的价值取向的细微差别，都是赞美冯梦龙雅俗共赏的文学成就，但影响力大不相同。前者指出冯梦龙通俗小说“书出即盛行，作者继起，争相仿效”，后者赞美冯梦龙戏曲改编，考订精细，“惜世之见之者少矣”。何以如此呢？

小说与戏曲文体既不同，其文学命运也各不同。这种命运，与时代和文体之间的关联有关，比如唐之诗、宋之词，比如20世纪的

① 孙楷第：《三言二拍源流考》，见《沧州集》，中华书局2009年版，第108页。

② 吴梅：《顾曲麈谈　中国戏曲概论》，上海古籍出版社2000年版，第113页。

诗歌和小说。某种文体形式只有适合此时代的创作需要和接受审美的需要，它才会风行一时。

但就冯梦龙笔下的戏曲和小说的文学命运不同而言，自然也和冯梦龙本人的文学观念有关。冯梦龙对待小说和戏曲的态度是不一样的，他主动将“三言”等小说的内容、语言以及审美趣味向市井民间靠拢，尽管也有“为通俗文生色”的提升，总体上来说，仍然是以市民阶层的接受需要为定位，类型化的创作特征保证了较稳定的受欢迎程度，所以效仿者趋之若鹜。冯梦龙在改编传奇的时候，分别有两大不同的接受对象：针对文人创作群体，主要是以规范其体性特征为目的；针对普通观众群体，又以突出强调演出效果为目的。而创作群体和接受群体对曲体的定位又各不一样，冯梦龙尽其力以兼顾两端，致力于建立传奇之典范，不能说不成功，但文人创作传奇的主流趋势是文人化①，而民间欣赏戏曲的趣味转移又非常快，其改编意义在戏曲思想发展背景之下耐人深思。

李昌集《中国古代曲学史》在论述“曲体文学本性”时云：“对某种特定文体文学本性的确认是古代文论中特有的命题之一……‘理论’的意义只是强调某种文体的主责，确认其主导的性质，而对某种文体文学本性的确认，往往反映着某种社会文化氛围和文学思潮的变迁，反映着一定历史阶段不同文体承担的主要社会功能和审美功能的差异，反映着不同阶层、不同观念的人们对某种文体

① 谭帆先生认为，从杂剧到传奇，戏曲文学发展的主流趋向是文人化，其中对民间性、通俗性的重视常常是以“反拨”的面目出现的，体现为在文人化的前提下有意向下“拉”的倾向。而从宋元话本到明清章回小说，小说的主流倾向则是通俗性，文人化的重视恰恰表现为在通俗性前提下有意向上“提”的趋向。如同戏曲史上以民间性、通俗性反驳戏曲文学的文人化是局部的一样，小说史上以文人化提升通俗小说的艺术品位其实也是局部的、非主流的。（参阅谭帆《中国雅俗文学思想论集》，中华书局2006年版，第39页）

文学本性的不同理解，由此而形成不同创作思想和审美观的互相对峙或互相补充。”①

曲学家对戏曲体性特征的争议从明初就开始了，“主情”说一开始是对早期的“风化”说的反拨。明代文人参与戏曲创作，经历了从“祖宗开国，尊崇儒术，士大夫耻留心辞曲”②这样一个不屑一顾的阶段，到“名人才子，踵《琵琶》、《拜月》之武，竞以传奇鸣，曲海词山，于今为烈”③的竞相投入的过程。这个转变的心理基础最初就在于将戏曲与传统诗教关联起来，这种倡导一方面与统治阶级的舆论导向是一致的，如高明《琵琶记》之“不关风化体，纵好也徒然”，另一方面则与人们把曲看做与诗词一脉相通的认识有关，如明代朱有燉把曲和诗一样用传统诗教的眼光加以评价，认为“若其吟咏情性，宣畅湮郁，和乐实友，与古之诗又何异焉?”并认为曲与古诗“体格虽以古之不同，其若可兴可观可群可怨，其言志之述，未尝不同也”④，强调了曲与诗具有同样的审美功能和社会功能。但是，道学教化观影响下的戏曲创作很快就遭到了大多数文人的摈弃。一部分曲学家直截了当地说“填词出才人余技，本游戏笔墨间耳”⑤，教化是道学家们的责任，与文人墨客的关系不大。另一部分曲家则仍然从诗、词、曲一路的理论角度，先把诗和曲看做是同

① 李昌集:《中国古代曲学史》，华东师范大学出版社 1997 年版，第 365 页。

② 〔明〕何良俊:《曲论》，见《中国古典戏曲论著集成》(四)，中国戏剧出版社 1959 年版，第 6 页。

③ 〔明〕沈宠绥:《度曲须知》，见《中国古典戏曲论著集成》(五)，中国戏剧出版社 1959 年版，第 198 页。

④ 〔明〕朱有燉:《〈白鹤子〉咏秋景有引》，见吴毓华编《中国古代戏曲序跋集》，中国戏剧出版社 1990 年版，第 30、31 页。

⑤ 〔明〕沈德符:《顾曲杂言》，见《中国古典戏曲论著集成》(四)，中国戏剧出版社 1959 年版，第 207 页。

起于人心的，是人的情感的自然流露。[①] 徐渭的观点非常鲜明："人生堕地，便为情使。聚沙作戏，拈叶止啼，情昉此已。迨终身涉境触事，夷拂悲愉，发为诗文骚赋，璀璨伟丽，令人读之喜而颐解，愤而眦裂，哀而鼻酸，恍若与其人即席挥麈，嘻笑悼唁于数千百载之上者，无他，摹情弥真则动人弥易，传世亦弥远，而南北剧为甚。"[②] 王骥德认为，曲与诗词同出一源，但表现力要胜过诗、词，"诗不如词，词不如曲"，主要是因为曲比词更能切中人心，"夫诗之限于律与绝也，即不尽于意，欲为一字之益，不可得也"，"而曲则惟吾意之欲至，口之欲宣，纵横出入，无之而无不可也"，所以，王骥德提出："快人情者，要毋过于曲也。"[③]主张曲应该也更适于表达人的情感。

明代中期戏曲从道学教化的束缚中解脱出来的同时，又引出一种倾向：出于填词乃才人余技的创作心态，曲家常出于文人审美习惯，以词为曲、以诗为曲、以才学为曲，或如徐渭《南词叙录》言"以时文为南曲"，使曲体变成了案头读本。所以王骥德指出："宛陵（梅鼎祚）以词为曲，才情绮合，故是文人丽裁。四明（屠隆）新采丰缛，下笔不休，然于此道，本无解处。"[④]"主情说"此时又是在"骈

---

① 宋人王灼在《碧鸡漫志》中则认为："天地始分而人生焉，人莫不有心，此歌曲所以起也。……故有心则有诗，有诗则有歌，有歌则有声律，有声律则有乐歌。永言，即诗也，非于诗外求歌也。"这段论述是词曲主情说的理论基础之一。[见《中国古典戏曲论著集成》（一），中国戏剧出版社 1959 年版，第 105 页]

② 〔明〕徐渭：《选古今南北剧·序》，见吴毓华编《中国古代戏曲序跋集》，中国戏剧出版社 1990 年版，第 67 页。

③ 〔明〕王骥德：《曲律·杂论》，见《中国古典戏曲论著集成》（四），中国戏剧出版社 1959 年版，第 160 页。

④ 〔明〕王骥德：《曲律·杂论》，见《中国古典戏曲论著集成》（四），中国戏剧出版社 1959 年版，第 166 页。

俪典雅”的曲风①的对立面，强调“曲尽人情”的特征，而认为戏曲表现以意趣为主。如张凤翼认为：“曲之兴也，发舒乎性情，而节宣其欣戚者也。”②明确指出，曲的出现就在于抒发人的性灵情感，节制和宣泄人的悲苦欢欣，而不是逞才炫技的文字游戏。以“意趣”为主的主情说的代表人物是汤显祖。他强调“情”与“理”的不相容，从两者不可调和的尖锐对立中，批评了“理”对人性和人情的戕害，阐释了自己的艺术思想，形成了以“情致”、“意趣”为核心的戏曲本体意识。

明代中期南戏与地方声腔艺术结合形成了海盐、余姚、弋阳、昆山四大声腔，魏良辅等戏曲音乐家进行昆山腔的改革，使之雅化成字正腔圆的声腔艺术模式③，吸引了大批文人创作与此声腔相匹配的传奇作品。文人圆熟华丽的文字技巧与典雅端正的声腔特色

① 梁辰鱼的《浣纱记》，这部历来被认为是第一部文人创作的昆曲，吕天成《曲品》评为：“罗织富丽，局面甚大。”凌濛初《谭曲杂札》称：“自梁伯龙出，而始为工丽之滥觞。”郭英德认为：“文词派是明中后期传奇的主要流派，它滥觞于成化、弘治间邵灿的《香囊记》，开派于正德、嘉靖间的沈龄（寿卿）和郑若庸。……其后，嘉靖、隆庆年间，李开先、陆采、梁辰鱼、张凤翼等推波助澜。……至万历前期，梅鼎祚、屠隆、许自昌等登峰造极，愈演愈烈。……流风所及，连汤显祖的初期作品《紫箫记》和沈璟的初期作品《红蕖记》，也都以骈雅藻丽见称。”（参阅郭英德《明清传奇史》，江苏古籍出版社1999年版，第60页）

② 〔明〕张凤翼：《江东白苎·小序》，见吴毓华编《中国古代戏曲序跋集》，中国戏剧出版社1990年版，第108页。

③ 魏良辅改良后的昆腔被称为“水磨调”，形成了一种更加文人化的风格。明末沈宠绥《度曲须知·曲运隆衰》曰：“调用水磨，拍捱冷板，声则平上去入之婉协，字则头腹尾音之毕匀，功深镕琢，气无烟火，启口轻圆，收音纯细。……要皆别有唱法，绝非戏场声口，腔曰‘昆腔’，曲名‘时曲’。”［见《中国古典戏曲论著集成》（五），中国戏剧出版社1959年版，第198页］昆腔新声主要特点是“依字声行腔”，依据曲词字句的平仄、阴阳和声调等的巧妙搭配，字声的格律之美与曲调旋律相协调，对于文人的音乐修养和表演者的文化修养来说，都是较高的要求。

相结合，使昆腔传奇的文人化达到了一个高峰。以朴素的民间文艺的状态自然生长的南戏，从高明《琵琶记》起，就与当时社会风气、文艺思潮和声腔变迁联系紧密，逐渐被文人审美趣味所浸染。文人以特有的艺术才情和创作手段来创作剧本，至明万历年间，对传奇体制的剧本结构和音乐格律的规范化基本完成。从戏文到传奇，剧本结构体制的变化主要表现在题目、分出标目、分卷、出数、开场、生旦家门、下场诗等方面的规范化。梁辰鱼、张凤翼等在昆山腔改革之后，将用昆腔新声演唱的传奇《浣纱记》、《红拂记》搬上了舞台，昆山腔流播更广。而沈璟等人对传奇的字声格律的规范引起了汤显祖等人的质疑。汤显祖极力强调"世总为情，情生诗歌，而行于神"，认为"天下之声音笑貌大小生死，不出乎是"①，他毫不在意地宣称自己不精通声律之道："凡文以意、趣、神、色为主。四者到时，或有丽词俊音可用，尔时能一一顾九宫四声否？"②以一种强硬的语气表示对步趋格律规范的不满。而他所依仗的理论也是主"情"说。

文人有意识地雅化曲体的过程中，主"情"的观点虽面目各异，但始终相伴随，推动或反拨这个过程。冯梦龙的"情教说"就是在这个背景下，与李贽、徐渭、汤显祖等人的观点一起切入戏曲的理论框架，成为戏曲以情为本的思想基础。而从以上的梳理中可以看出，曲体依附于诗体的色彩较浓，文人大多将诗、词、曲作为同一类型来欣赏和批评，曲体的体性特征并未完全凸显出来。

明代中期以来，与通俗小说一样，江南的戏曲歌舞也日趋兴盛。王锜记载江南吴地的繁荣景象，称："水巷中，光彩耀目，游山

---

① 〔明〕汤显祖：《耳伯麻姑游诗序》，见徐朔方笺校《汤显祖全集》（二），北京古籍出版社 1999 年版，第 1110 页。

② 〔明〕汤显祖：《答吕姜山》，转引自秦学人、侯作卿编著《中国古典编剧理论资料汇辑》，中国戏剧出版社 1984 年版，第 70 页。

之舫，载妓之舟，鱼贯于绿波朱阁之间，丝竹讴舞与市声相杂。”①徐渭曾描述嘉靖间四大声腔的流行范围之广：“今唱家称‘弋阳腔’，则出于江西，两京、湖南、闽、广用之；称‘余姚腔’者，出于会稽，常、润、池、太、扬、徐用之；称‘海盐腔’者，嘉、湖、温、台用之。惟‘昆山腔’止行于吴中，流丽悠远，出乎三腔之上，听之最足荡人，妓女尤妙此，如宋之嘌唱，即旧声而加以泛艳者也。”②

缙绅阶层讲究享乐、崇尚奢华的生活需求使得戏曲歌舞的演出活动豪华奢靡，而且也影响到民间娱乐活动的艳冶之风。“夫古称吴歌，所从来久远。至今游惰之人，乐为优俳。二三十年间，富贵家出金帛，制服饰器具，列笙歌鼓吹，招至十余人为队，搬演传奇；好事者竞为淫丽之词，转相唱和；一郡城之内，衣食于此者，不知几千人矣。”③吴地祀神赛会的演出盛况则是：“其明艳柔曼，奇巧怪异，炫视骇听，荡心褫志者，悉皆妄举。不经淫祀，无福者也。”④祁彪佳在《祁忠敏公日记》中记载了15年内207次观剧活动，有些在筵席厅堂，有些在民间社集，可见当时文人与民众极大的观剧热情。

戏曲表演旺盛的消费需求导致了江南文化市场的发达，营利性的戏曲演出活动开始活跃在乡间、歌楼和厅堂。除一些著名的家班外，江南地区于万历以后还涌现出许多营利性的职业戏班，著名的有兴化班、华林班等，演员已经开始职业化。观看戏曲表演实

① 〔明〕王锜：《寓圃杂记》卷五“吴中近年之盛”条，见《续修四库全书》，上海古籍出版社2002年版，第1170册，第524页。

② 〔明〕徐渭：《南词叙录》，见《中国古典戏曲论著集成》（三），中国戏剧出版社1959年版，第242页。

③ 〔明〕张瀚：《松窗梦语》卷七《风俗纪》，上海古籍出版社1986年版，第122~123页。

④ 明万历《长洲县志》卷一《风俗》。

际上已经成为中晚明时期广受社会各阶层欢迎的休闲娱乐方式。

赵敏俐从生产和消费的角度对歌诗发展过程的阐述说明，这种分离也是歌诗生产的雅俗之分。[①] 在这种艺术生产的雅俗区分之下，导致了文学批评标准的一次变化。冯梦龙对民歌的肯定，便出于突破传统文学的雅正规范，而追求诗歌艺术中自然真情的可贵。他在《太霞新奏》中坦然自陈："子犹诸曲绝无文彩，然有一字过人，曰'真'。"[②]存"真"的思想作为对"雅正"的逆反，在审美情趣上表现为从"文心"转为从"里耳"追求通俗之美，本书在前面提过的主情与存真乃是一体之两面，徐渭在《南词叙录》中说："夫曲本取于感发人心，歌之使奴、童、妇、女皆喻，乃为得体。"便是从体性上对抒情与通俗的特点加以肯定。丰富的观剧经验则促使祁彪佳在评价戏曲时不得不将"谐于里耳"作为标准之一，尽管那对于文人来说并不算愉悦的鉴赏经历：

> 作者目中，止识数字，便欲掉弄笔端；虽浅浅铺叙，而优人已有歌舞之矣。（《远山堂曲品·金花》）[③]

---

① 参阅赵敏俐、吴相洲等《中国古代歌诗研究——从〈诗经〉到元曲的艺术生产》，北京大学出版社2005年版，第23页。赵敏俐认为："受分工的出现、阶级的出现以及受教育机会的不平等等因素的影响，自娱式歌诗的队伍开始分化，那些传播于社会底层的自娱式歌诗，在艺术生产上受到了更大的限制，广大群众的艺术天才被逐渐泯灭。而那些受过教育的贵族、文人以及达官显宦，成为自娱式歌诗的主要生产与消费者。并且，是他们使中国古代的自娱式歌诗生产与消费朝着两个方面分化——一个方向是朝着雅文学的方面发展，并逐渐开始与乐相分离，使其中的一大部分变成了文人士大夫们抒情言志的徒诗，走上了一条独立发展之路。另一个方向是继续坚持俗文学的传统，诗乐合一，以满足自己的艺术消费为主要目的。"

② 〔明〕冯梦龙：《太霞新奏》，《善本戏曲丛刊》本，台湾学生书局1984年版，第489页。

③ 〔明〕祁彪佳：《远山堂曲品》，见《中国古典戏曲论著集成》（六），中国戏剧出版社1959年版，第32页。

全不知音调,第效乞食瞽儿沿门叫唱耳。无奈愚民佞佛,凡百有九折,以三日夜演之,哄动村社。(《远山堂曲品·劝善》)①

王骥德亦考虑到将戏曲作为综合性舞台艺术看待,将通俗、本色等易于场上传播的特点作为戏曲文学创作和评论的主要标准。②他所提出的"剧戏"的概念已经将"剧"的因素描述为曲体独立于诗体之外的特征。③ 王骥德既重视戏曲中的"句法"、"字法"、"衬字"等"诗"的因素,又重视"宫调"、"板眼"、"务头"等"乐"的因素,更重视关目、结构、宾白、插科、脚色行当等"剧"的因素。这些观点几乎全部被冯梦龙的改编活动所接受。

在文人群体参与创作戏曲以前,民间自发的戏曲歌舞表演活动已经相当繁荣,南戏本身就萌生于乡间,流行于乡间闾巷的俗曲时调多为民间自发创作。而当文人将"曲"纳入到文人已有的一套"乐府"体系中来时,创作方式就发生了根本的变化,依腔填字转变为依字行腔,逐渐导致"诗"与"乐"的分离、文本与舞台的分离。文人批评家对曲体中"俗"的特点的接受和对"剧"的因素的认识,虽

① 〔明〕祁彪佳:《远山堂曲品》,见《中国古典戏曲论著集成》(六),中国戏剧出版社 1959 年版,第 114 页。

② 〔明〕王骥德《曲律·杂论第三十九》:"剧戏之行与不行,良有其故。庸下优人,遇文人之作,不惟不晓,亦不易入口。村俗戏本,正与其见识不相上下,又鄙猥之曲,可令不识字人口授而得,故争相演习,以适从其便。以是知过施文彩,以供案头之积,亦非计也。"[见《中国古典戏曲论著集成》(四),中国戏剧出版社 1959 年版,第 154 页]

③ 〔明〕王骥德《曲律·杂论第三十九》:"古之优人,第以谐谑滑稽供人主喜笑,未有并曲与白而歌舞登场如今之戏子者……至元而始有剧戏,如今之所搬演者是。""曲与诗原是两肠。""诗人而以诗为曲也,文人而以词为曲也,误矣,必不可言曲也。"[见《中国古典戏曲论著集成》(四),中国戏剧出版社 1959 年版,第 150、162、159 页]

然有效地促进了传奇表演体系的完善，但并没有从根本上调和这种分离状态，他们的争论点仍然在于曲体的曲牌与用韵的分歧。[①]曲坛上，存在着清曲演唱与剧曲演出、民间戏班演出与家乐家班演出的并行和交叉的现象。演出形式多样，清曲成为士大夫们欣赏的雅乐，剧曲则是伶工们演唱的俗乐，昆腔以外的其他声腔剧种在士大夫阶层里确实不受欢迎，但在民间仍大有势力。[②] 随着昆腔传奇文人化的过程，文人观剧活动逐渐缩小和封闭，文人的艺术生产与市井民间的艺术消费有脱离的迹象，或者说，文人的创作在实际上不以市井民间的艺术消费为前提，而以满足文人的艺术标准为前提，尽管这个艺术标准也部分地包含了市井民间消费者的审美需要。

冯梦龙改编传奇，是对传奇文本经典化的自觉行为，意欲通过典范的传奇作品为传奇创作订立标准。其订立标准的行为本身没有脱离文人化的路数，提倡"人情"，语言上雅俗共赏，形式上意法双美，案头与场上并重，经过"汤沈之争"以后，这些标准基本上已

① 刘召明《从依字声行腔与南曲用韵看汤沈之争的曲学背景与论争实质》（载《戏剧艺术》2006 年第 3 期）认为，如果把汤沈之争单纯看做是文辞与音律或场上之曲与案头之曲的矛盾冲突，有失表面化，没有把握到论争的根本与实质。若联系当时的曲学背景，不难发现，其论争的焦点在曲体，实质是曲牌和用韵上的分歧，即唱法改革后是否有必要严格坚持曲牌的格律；在用韵上，南戏自有系统，是否有必要遵从《中原音韵》。而造成论争的最根本的原因在于其戏剧观念的差异。路应昆《中国剧史上的曲、腔演进》（载《文艺研究》2003 年第 1 期）认为，魏良辅雅化昆腔的主要方式便是强调"五音以四声为主，四声不得其宜，则五音废矣"。腔主要是依字而行，而不是依照音乐逻辑来组织。笔者认为，尽管沈璟"非常注重曲牌的格律谱式及其在实际曲唱中的口法技巧及演唱效果"，但是并没有改变"曲"、"腔"分离的状况。在"依字行腔"的理解上，沈璟与汤显祖没有本质的区别，曲谱的订立进一步推动了"曲"、"腔"的分离。

② 参阅陆萼庭《昆剧演出史稿》，上海教育出版社 2006 年版，第 71、79 页。

经成为当时文人曲家的共识。不过，经典化是由多种外力来作用的，不仅仅依循文学艺术的规律，还为接受环境中政治、经济、文化等多种因素的作用合力所决定。而且，经典化是历时性的，俗文学中的小部分作品经过时间的积淀以后一定能成为经典作品，但是，如果以成为经典来衡量和要求当下的俗文学的创作，很有可能对俗文学的发展而言是种束缚。

而出于“以情立教”、“导愚”、“适俗”的目的，冯梦龙改编传奇的实践活动预设的接受对象既包括文人群体，也包括市民阶层，在具体细节上尊重了戏曲作为表演艺术的规律，总结了戏曲创作和演出的丰富经验。

三、“以情立教”与戏曲思想

冯梦龙在《新灌园》下场诗中写道：“墨憨笔削非多事，要与词场立楷模。”所谓“楷模”，即前文所指制定标准、显示典范之意，朱自清先生对标准有一番独到的解释：

> 我们说“标准”，有两个意思。一是不自觉的，一是自觉的。不自觉的是我们接受的传统的种种标准。我们应用这些标准衡量种种事物、种种人，但是对这标准本身并不怀疑，并不衡量，只照样接受下来，作为生活的方便。……“标准”原也离不了尺度，但尺度似乎不像标准那样固定；近来常说“放宽尺度”，既然可以“放宽”，就不是固定的了。这种“标准”和“尺度”的分别，在一个变得快的时代最容易觉得出；在道德方面在学术方面如此，在文学方面也如此。①

晚明时期无疑就是这样一个“变得快的时代”。在这个变化的时代里，冯梦龙对文学功能的认识也产生了一些变化，其秉持的

① 朱自清：《标准与尺度》，广西师范大学出版社2004年版，第14页。

"诗教"的观点是一个不自觉的标准,但他自觉地采用了新的尺度——以情立教。这与他从注经著史的方式转到编撰俗文学的方式的选择是一样的,"经世资治"精神的标准没有变,但是尺度变化了。

冯梦龙早在编纂小说时就曾明确表示:"天下之文心少而里耳多,则小说之资于选言者少,而资于通俗者多。试令说话人当场描写,可喜可愕,可悲可涕,可歌可舞;再欲捉刀,再欲下拜,再欲决脰,再欲捐金;怯者勇,淫者贞,薄者敦,顽钝者汗下。"①文学应当提供道德教化的功能是他的一贯主张。他在《酒家佣·叙》中说:"传奇之衮钺,何减春秋笔哉!世人勿但以故事阅传奇,直把作一具青铜,朝夕炤自家面孔。可矣。"这段话说明了戏曲艺术在道德教化方面的巨大作用——可以令观者照见自我,唤起观众心灵上的自我反省。他在《邯郸梦·总评》中说:"因情入道,即幻悟真。阅之令凡夫俗子俱有厌薄尘埃之想,四梦中当推第一。"在眉批中更明确指出戏曲所具有的"唤醒人"的作用。②

1. 他在评点和改编中表达对剧中人物及世事的看法,直接将自己的观点说出来,以达到唤醒人的目的

《酒家佣》第四折戏是梁冀阴谋的展开,他想要安排较为软弱的蠡吾侯继承王位,以便于自己擅权,李固、杜乔等则主张立贤立长,倾向立清河王为储君,小净扮演的胡广却似墙头草一般,说:"清河王也可立,蠡吾侯也可立。"李固讽刺道:"怪不得人说道,天下中庸有胡公。"胡广还恬不知耻地说:"《中庸》俺曾读过,却没有立清河王的话。"把依附梁冀的心思掩藏在冠冕堂皇的话中。以至

① 〔明〕冯梦龙:《古今小说·序》,转引自高洪钧编著《冯梦龙集笺注》,天津古籍出版社2006年版,第80页。

② 《酒家佣》第三十四折眉批:"君子落得做君子,小人落得做小人,此等传奇,最可唤醒世人,劝他为善。"《邯郸梦》第二十四折眉批:"卢生离极乐,受极苦,正是作者唤醒人处。须要演出一段感慨至情,方能动人。"

于李固怒斥:“你平时说忠谈孝,到临期附势趋炎。”冯梦龙也在此眉批曰:

趋炎附势之徒,惯有说孝谈忠之口。

这句话既是冯梦龙赞同李固对胡广的断语,也是他对世事的看法,谴责那些言行两端、表里不一的小人,谴责那些满嘴仁义道德却做着营私丑事的道学家们。这句评点也是冯梦龙对晚明政治腐朽、世风日下尤其是读书人的道德沦丧的指斥。在《精忠旗》的评点里,关心时局、忧心国是的心态更加明显,冯梦龙不时地借戏说事,针砭时弊,以唤醒世人,从戏中看到现实世界。

《精忠旗》第十七折也是一场群奸构诬、陷害忠良的戏。一群小人在评价韩世忠等人不肯与己同流合污:“偏生向着那一边趋奉。”冯梦龙对此评曰:

小人见君子义合,只说趋奉,犹今之排挤正人,便说朋党。

这里说的是戏中人物,指的却是现实人事。明末皇帝昏庸软弱,文官集团之间互相倾轧,宦官专权,边患内乱不断,社会秩序处于一片混乱之中。冯梦龙在《代人赠陈吴县入觐序》中说道:“逆珰权焰如汉,黄雾四塞天下,而吴中逻诇尤密,士大夫饮食言笑将罹罪案……迨缇骑变起,如天河覆,海水立,而公实邑令……上以消君侧履虎之咥,下以调举国醉象之狂,而中以保护橐饘乎忠介,虽古史传所载门生故吏,冒死执谊周旋患难者,无丝毫愧。”①赞美了周顺昌忠直的士大夫气节以及陈文瑞维护正义的勇气,对东林党人恶劣的政治处境表示了极大的愤慨。可见,在评点中,冯梦龙所批判的正是现实世界里的权宦。

① 高洪钧编著:《冯梦龙集笺注》,天津古籍出版社 2006 年版,第 276 页。

《精忠旗》里冯梦龙赞美岳飞“念念不忘君国”[1]的爱国精神，对隗顺将岳飞遗体偷偷运出并安葬城外的行为赞叹道：“公道在人，天心未泯。”[2]布衣刘允升在法场上为张宪、岳云痛哭，痛骂刽子手：“你这杀人媚人的小人，亏你下得手！”冯梦龙批曰：“烈哉！快哉！”刽子手上前要捉拿刘允升，刘允升愤慨道：“我怎肯死于奸贼之手！唉，太山一死重，鸿毛一死轻。宁为蹈东海，不处小朝廷。”言毕撞死在法场。冯梦龙的批语亦十分激越：“更快更烈，宁谓南国无人？”[3]这段批语表明冯梦龙有着鲜明的忠奸斗争观念，与当时黑暗的政治现实有关，他赞扬为国家正义慷慨就死的忠臣义士，痛斥误国殃民的奸臣贼子，他没有像后来的《倒精忠》那样改变历史，让岳飞直捣黄龙，但也在虚幻的阎罗殿里使秦桧得到惩罚，而岳飞被封为神。由于李梅实《精忠记》的原本不存，我们无法看到冯梦龙具体更改了哪些细节，但仍可以肯定他具有鲜明的忠奸观念。并且，冯梦龙进一步地将朝政混乱、国势衰颓的原因归结为最高统治者，他在改编《女丈夫》的时候，增入《隋帝南巡》一折，认为“隋帝荒乱，唐兵始兴也”[4]。也可以理解为，他把批判的矛头直指晚明昏君，寄希望于君王励精图治，改变现状。

冯梦龙借助戏曲来表现其政治参与热情和社会忧患意识。冯梦龙强调王孙贾母子忠义情节的重要性，提出“忠孝志节”、“有关风化”，目的在于抬高戏曲文本的道德价值。其实，这个情节的添加使得全剧结构零乱，有可能分散了观众的注意力。他赞美《双雄记》里丹信与刘双抗击倭寇、建功立业的英雄壮举，在《邯郸梦》里鞭挞当时黑暗、险恶的官场。他对戏曲社会功能的认识建立在情

---

① 《精忠旗》第二十折眉批。

② 《精忠旗》第二十六折眉批。

③ 《精忠旗》第二十七折眉批。

④ 《女丈夫·序》。

教思想基础之上，认为戏曲既然可以反映人情物理，就应该宣扬合乎情教的政治伦理。

《酒家佣》第三十五折出批指出：

虬髯又来听诏，并下海亦不必矣，此《红拂记》之大病处。使王成受爵，即存孤亦非绝品，有此一行，方足千古。中间拜李基叹梁宗，又收拾一簿善恶兴衰之案。

这里谈到了两处改动，将《红拂记》第三十四折中虬髯翁听诏受封的细节删去，改为虬髯翁一席坦荡的拜别言辞：

药师公，你又差了。他得中原，俺得扶余，各自为君，说甚么尽忠报国，只为当初临行之际，与一妹有一言相约，因此冒险而来。如今夷王已擒，不负前诺了。就此拜别。

改编本中突出的是虬髯翁的君子重诺的品质。

《酒家佣》原本不存，但从批语中可以得知，原本王成受爵，而冯梦龙改为辞官归隐，强调王成等人“存孤”是不求回报的自发的正义之举。改编本身就是一种批评行为，冯梦龙在戏曲改编中对作品主旨的重置，强调了他认为戏曲应具备的道德教化功能的观点。

冯梦龙在《人兽关》中传达了善有善报、恶有恶报的因果循环论。桂薪得到施济赠金的帮助而脱离困境，他感激涕零，并发誓永不忘恩。可是后来当桂薪发迹变泰后却将落难的施家妻儿赶出门外，背信弃义终遭天谴，乃至于变成狗。“誓语不磨于佛殿，现报明示于冥司。宁不令负心者惕惕焉。”①冯梦龙认为这个故事可以令负心忘恩者警醒。

从以上例证可以看出，冯梦龙的教化思想不出于“忠孝节义”四端，仍然在儒家道德伦理的规范之内。

---

① 《人兽关·总评》。

2. 对真情、至情的赞美

冯梦龙的情教说以情立教、以情为本，其戏曲改编表现出对人情的张扬，对真情、至情的赞美。《洒雪堂·总评》曰：

> 是记穷极男女生死离合之情，词复婉丽可歌，较《牡丹亭》、《楚江情》未必远逊，而哀惨动人更似过之。

《洒雪堂》中贾云华钟情于魏鹏，但因贾母拒婚，云华相思成病，一病身亡，死后还魂，与魏鹏重续情缘。这样的情节与《牡丹亭》并无二致，也因此有“活剥汤义仍，生吞《牡丹亭》”之讥，但冯梦龙以其言之决绝更哀惨动人，肯定其痴情，并批曰：“于情字别抽新意，不似近日‘活剥汤义仍，生吞《牡丹亭》’者。”①具体还表现在第三十二折《冥府怜情》中，贾云华身处阴森恐怖的阎罗地府，面对着“变为异类”的惩罚威胁，她仍然以坚决的口吻说：

> 【集贤宾】〔旦〕便是刀山剑垒，割不断这场情义。
>
> 【黄莺儿】〔旦〕便痴心塞海成精卫，愿得鸳鸯并飞，梧桐并栖。【二郎神尾】须做了情痴到底，业魂迷，为多情便成异类何悲！
>
> 【黄莺儿】怕狱深不似情无底，便冰山万堆，铁城四围……【皂罗袍】……这地狱呵，值什么紧？只怕多情人别有个伤心地。

连阎罗王也不得不为之感动，令其还魂与魏鹏重聚，成就一段良缘。梅孝巳的《小引》亦指出：“况夫钟情之至，可动天地。精气为物，游魂为变，将何所不至哉？故重言情者，必及死生。然而变不极者，致不穷也。极之为此，死而彼生，神生而躯死，尽之矣。”

冯梦龙说：“天地若无情，不生一切物。一切物无情，不能环相

① 《洒雪堂》第三折眉批。

生。生生而不灭,由情不灭故。……万物如散钱,一情为线索。散钱就索穿,天涯成眷属。”①他这种把“情”置于万物之间关系本源的观点,是其在戏曲中主张至情、真情的思想基础。而是否写出了至情,是否表现了真情实感,则成为他评价戏曲的重要标准。汤显祖一篇《牡丹亭》情动天下,冯梦龙称他为“情种”②,而在诸多情感类型中,男女之情是最为动人亦最不容忽视的力量。

《西楼记》写于叔夜与穆素徽之间炽烈真挚的情感。他们都能为对方放弃生命,虽然交杂着误会错过,但是几经周折磨难,最终有情人得成眷属,令人十分感动。穆素徽倾慕于叔夜的才情,许定终身,至死不渝,而于叔夜也以真情相回报。于叔夜的父亲强行拆散于、穆两人之后,于叔夜为素徽病得死去活来,在听说素徽为自己自尽的消息时,心神恍惚的他无心科举,《泣试》一出他唱道:“慵将笔砚亲。只待凝眸。一见修文。棘院重重。料难来芳魂。何忍,忍教我青云上骋?忍教你黄泉下等?你却做多情的鬼,我做了少情人。”于叔夜在考场中辗转哭泣,受到监考号军的责备催促。原文中有一段于叔夜与监考号军的对话:

〔生〕唉,是我的妻子死了。〔净〕原来如此,不要怪你。如今及早写起,内边着实催卷哩。

冯梦龙改为:

〔生〕唉,是我的妻子死了。〔净〕原来如此,唉,至爱莫若夫妻,爷倒不消做文字了,竟哭哭儿罢。

冯梦龙特别加上“至爱莫若夫妻”,并认同在爱情面前,重要的科举也不那么重要了。眉批曰:“传奇凡考试必插科取笑,此番真

① 《情史·序二》,转引自高洪钧编著《冯梦龙集笺注》,天津古籍出版社2006年版,第134~135页。

② 《风流梦》下场诗:“新词催泪落情肠,情种传来玉茗堂。”

景脱套,吃紧在描叔夜情痴,令人可笑可泣。”便是在惯常插科打诨的戏中也不忘痴情,可谓笑中含泪。在《归途自叹》一折中,于叔夜因痴情而视功名于不顾,随便应付完科举考试后即追寻爱人的踪迹:

今星夜驰归,寻问素徽尸骸,拜哭一番。死葬其侧,亦不负西楼生死之约。

不能遂生死愿,谁承望长安锦绣旋?

在古典戏曲中,女子为情而亡的并不少见,男子为情爱抛却功名性命的毕竟不多,可见《西楼记》写情又与别本不同,冯梦龙评点中也处处点明“痴情语”、“尽情”、“情深”、“情真”等。

在人物形象的“情痴”方面,《牡丹亭》中的柳梦梅便不如于叔夜,《风流梦》第二十二折眉批指出:“原本幽遘之后更不提起真容,殊为薄幸。添此一段,转展多情。”《总评》中也说明:“真容叫唤,一片血诚。一遇魂交,置之不问,生无解于薄情矣。《阻欢》折,添【忒忒令】一曲,为生补过。”冯梦龙的改编本便增加了一些细节表现柳梦梅的深情。

第二节　《墨憨斋定本传奇》中的评点

评点的文学批评方式,起于南宋,盛于明清。“评”,指评论,对作品的内容意义和艺术价值进行阐发和评价,包括对作品中显露出来的“为文之用心”的体会和阐释,对作品艺术形式的评价,对创作技巧诸如章法布局、字句组织等的评论。“点”,即圈点,指以一些特殊的符号对作品中关键的地方进行标注,以引起注意。评点作为我国特有的文学批评方式,应用范围极其广泛,涵盖了诗、词、文、小说、戏剧等几乎所有的文学形式。明代中后期,文人参与戏曲创作蔚然成风,对戏曲艺术的探讨和争论趋于热烈。在这样的创作氛围中，戏曲评点也兴盛起来。“从版本形态考察，现存的明代戏曲评点本有五种类型：释义兼评型、注音间评型、改评型、考订兼评型、纯粹评点型。”①《墨憨斋定本传奇》就属于改评型的戏曲评点，冯梦龙对《牡丹亭》等作品进行改编，并把这些改编本和自己创作的作品辑成集子一起加以评点，改编和评点的批评方式都体现了“便于登场”的观念。就内容而言，他讨论了关目设计的得失、曲律的依循与失范，以及叙事艺术、表演技巧的应用等。

一、改编与评点结合的批评方式

在形式上，批评与作品是结合在一起，形成一个系统的文本。在这个文本之中，批评家与作者展开对话。但《墨憨斋定本传奇》的独特之处就在于冯梦龙不是以一个旁观者的角度对一个自己没有参与创作过程的作品进行评点，他所批评的对象是经过自身改编过或自己创作的文本，这是独立于原本之外的一个文本，他在与原作者对话的同时，也在与自己对话。

加达默尔说：“说话者与被说出的东西之间的关系表明一种动态的过程，它在组成这关系的两个成分的任何一个中都没有固定的基础。”②那么，冯梦龙对作品的修改本身表示一种批评态度和批评意见，而评点又再一次地表现了他的批评态度和意见。在后一层次的表达中，评说者和被评说者都是同一个对象。显然，他们之间的这种动态过程有一个循环，之所以循环不是封闭性的，是因为它始终通向文本的阐释。这种阐释的循环与经学注疏的方式是相似的，一代一代的注经者从经书的文本和文本的解释本中寻求经

① 朱万曙：《明代戏曲评点研究》，安徽教育出版社 2002 年版，第 31 页。

② ［德］加达默尔著，夏镇平、宋建平译：《哲学解释学》，上海译文出版社 1994 年版，第 50 页。

典的微言大义,通过文本间的追寻,希望洞悉古代圣贤的心志。钱锺书说:“朴学者的霸道是可怕的。”①可怕的是,这种一次又一次的追索某一个文本意义的方式,排除了通往其他文本意义的努力,从而建立起经典的意义秩序。冯梦龙试图通过评说自己的行为,使其对传奇规范的理解得以强调,同时也带有排他性。

对于戏曲评点来说,评点家将作品文本置于中心地位,始终围绕作品文本进行解释,阐发作者之用意与审美阅读之得失等。对于改编文本评点来说,改编本始终处于评点活动的中心地位,在整个评点活动中,评点家以改编本为中心,将改编者和读者联系起来,尽量阐释改编者的理解,显示改编本的示范作用。

《墨憨斋定本传奇》中评点主要由以下几种形式组成:序跋与总评、批语、圈点。圈点用圈、点和短线等符号对曲文句读、韵位、板眼进行标记。戏曲评点的批语主要有出批、眉批和夹批、尾批等几种方式。《墨憨斋定本传奇》以出批和眉批为主,出批是对某一折戏的特点作出评价,比如《楚江情》第二十折出批:“此折揣想摹情,曲白俱字字绝顶,神矣,化矣,不可思得矣。”以极其推崇的语气赞美此折的曲白精妙。又如《楚江情》第十四折出批:“素徽使鸨母拒池生,虽见钟情,尚落窠臼。独《空泊》一折,正十分白描处。蠢梨园无识,反删此折不演。可笑！可恨!”说明此折的好处,批评当时演出不该轻易忽略。全部批语除“某字音某、某某字切”这类注音式批语外(此类单纯注音、不涉说明的批语在文本中随处可见,数量极多),共计近600条,谈论戏曲创作的思想和技法,关于改编的细节阐释尤其分明,涉及关目的安排如何巧妙、如何照应和合律与否等方面,粗略分类如下:

① 钱锺书:《写在人生边上》,中国社会科学出版社1991年版,第174页。

批语类别 传奇名称	关目	曲律	曲白科介	脚色	场上	本事
《新灌园》	3	6	10	2	2	1
《酒家佣》	9	10	10	13	6	3
《女丈夫》	3	7	4	4	3	
《量江记》	2	5	7	5	1	
《精忠旗》	2	7	8	5		
《双雄记》		29	3	2		
《万事足》	10	7	4	6	1	
《洒雪堂》	3	7	15	2	3	
《梦磊记》	7	7	5	3	2	
《楚江情》	8	13	57	2	1	
《风流梦》	7	20	43	1	1	
《邯郸梦》	1	16	3	5		
《人兽关》	7	15	16	3		
《永团圆》	6	11	24			

在墨憨斋十四个评点本①中有叙、小引共8篇，总评9篇。另外附录了梅孝巳、陈继儒和汤显祖的叙、小引。叙、小引是冯梦龙评点的重要形式，篇幅有长有短，大多是300字左右，往往用于对评点对象作出整体评价，包括题旨和艺术效果，并说明改编缘由。比如在《新灌园·序》中，冯梦龙认为“灌园”故事奇特，有可以搬演传播的价值。而目前所流行的张凤翼的传奇本子，不仅没有能够体现出这个故事的奇特价值，而且有可能使之泯然众作，因此，出

① 主要依据上海古籍出版社影印本《冯梦龙全集》之《墨憨斋定本传奇》，参考江苏古籍出版社出版的俞为民点校本。

于“忧其终不传也”的目的,冯梦龙加以改窜。这种为奇事立传的改编目的,冯梦龙几乎在每一篇叙里都表达过。如《酒家佣·叙》:“存孤奇事,胡可无传?”《洒雪堂·小引》:“取而奇之,亦传者之情耳。”都是如此。他在《精忠旗·叙》中说:“旧有《精忠记》,俚而失实,识者恨之。从正史本传,参以汤阴庙记事实,编成新剧,名曰《精忠旗》。”岳飞故事是颇具传奇色彩的,但在戏曲流传中变得几乎面目全非,促使他加以改编。冯梦龙在叙中解释了他的改编往往能够弥补各戏曲作品在思想道德和创作技法上的缺陷,既有助于“奇事”的传播,也能借助“奇事”传播他所提倡的道德观念。《永团圆·叙》:“上卷精采焕发,下卷颇有草草速成之意。余改窜独以此篇最多,诚乐于相成,不敢为佞。然余犹嫌兰芳投江后,凡三折而始归高公,头绪太繁;且惧内涉套,而劫官劫库,甚非美事,有碍宾筵。若能于香客处生一花头,径达高所,似更雅观。且此处省力,俾优人得尽力于后折。方在拟议,而演者已布吴中。习其热闹,因而置之,尚留微憾。”冯梦龙表达了因为戏曲传播的速度太快,以至于没能来得及将自己的改编意图贯彻到舞台上的遗憾。

总评是概括性的,主要针对创作技法。冯梦龙以总评的形式在介绍原本的艺术特色的同时,主要解释一些重大增删改窜之处,以及说明传奇经过改编之后的效果。比如《酒家佣·总评》:“秦宫事,用陆天池本;吴祐、友通期等事,用钦虹江本,可谓合鲭。天池本尚有赵子贱妻劝夫一折,以事冗,删去。惟孙寿四妆,余前刻已删,以其便于女优杂演,故复存之。”留下孙寿的戏份,是因为便于演员排演,表现演员的演出技巧,而其他多余的场次就都被他删掉了。他反复强调:“不得不全改之,观者勿以余为多事。”(《永团圆·总评》)“观者幸勿以点金成铁,而笑余也。”(《风流梦·总评》)冯梦龙希望自己的匠心独运之处能为观众所欣赏。

《墨憨斋定本传奇》是一部评点本的合集。它的各个形式要素具有评点批评的“全面性”、“多向性”、“细微性”的特色。① 这些评点本既有概括性的批评，也有细致入微的具体批评，从大体构思、主旨的重新发掘、关目的调整到曲白的改动乃至道具的更换，无不苦心孤诣地加以说明。它们组合成一个整体，全面地体现了冯梦龙的戏曲改编思想。

二、批评对象的选择

在《墨憨斋定本传奇》这部集子里，一共有十四个评点本。

首先，其中冯梦龙的早年剧作《双雄记》是作为守音律的范本被收入的。《双雄记》的总评很短，只有一句话，没有像其他定本的总评一样谈及创作技巧的得失，只是重申了此剧能反映时事，“感愤而作，虽云伤时，亦足警俗”。叙却很长，全面阐述了当时戏曲创作的现状，以及他对南词音律散乱的忧虑。试引录如下：

词家于今日，佥谓南音盛，北音衰，盖时尚则然。余独以为不不。北音幸而衰，南音不幸而为盛也。夫北词畅于金元，杂剧本勾栏之戏，后稍推广为传奇，而南词代兴，天下便之。《荆》、《刘》、《蔡》、《杀》而后，坊本彗出，日益滥觞。高者浓染牡丹之色，遗却精神；卑者学画葫芦之样，不寻根本。甚至村学究手摭一二桩故事，思漫笔以消闲；老优施腹烂数十种传奇，亦效颦而奏技。中州韵不问，但取口内连罗；九宫谱何知？只用本头活套。作者逾乱，歌者逾轻。调罔别乎宫商，惟凭口授；音不分乎清浊，只取耳盈。或因句长而板妄增，如《荆钗记》“小梅香”之类，或认调差而腔并失，如《琵琶记》把“土泥独报”之类。弄声随意，平上去入之不精，如读“忿”为上声，“脏”为去声之类。识字未真，唇舌齿喉之无辨，如“娘”、“你”

① 朱万曙：《明代戏曲评点研究》，安徽教育出版社2002年版，第44页。

之为舌尖音，宜北不宜南，又不可以中州韵为据也。语云："童而习之，白首不解。"南词之谓与！而世多耳食，谬谓南词易，北词难。呜呼！南词岂独易哉？时尚在南，而为南者多；时尚不在北，而为北者少。为南者多，则易之；为北者少，则难之。易南而南之法已坏，难北而北之体犹存。由此言之，南非盛，北非衰也。孰幸孰不幸，亦可知也已。说者又谓北调入于弦索，南调便于箫管。吴人贱弦索而贵箫管，以故南词最盛。是又不然。吴人直不知弦索耳，宁贱之耶！若箫管是何足贵？夫填词之法，谓先有其音，而以字肖之。故声与音戾，谓之不协。不协者绌。今箫管之曲，反以歌者之字为主，而以音肖之。随声作响，共曲传讹，虽曰无箫管可也。然则箫管之在今日，是又南词之一大不幸矣。余发愤此道良久，思有以正时尚之讹。因搜戏曲中情节可观，而不甚奸律者，稍为窜正。年来积数十种，将次第行之，以授知音。他不及格者，悉罢去。庶南词其有幸乎！

在叙中他谈论了自南戏兴盛以来，大批文人士大夫染指作曲，他们虽然富有才情，但由于不谙音律，以至于芜词杂曲充斥曲坛。而冯梦龙编成这部集子，便是有意于转移风气，厘正曲律。他的《双雄记》批语有30余条，其中有29条是谈论音律的，涉及曲律中声、韵、板、南北套数、时调等各个要素，完全可以用来去印证曲谱所载明的细则。冯梦龙在为王骥德《曲律》所写的序言中点明："余早岁曾以《双雄》戏笔，售知于词隐先生。先生丹头秘诀，倾怀指授，而更谆谆为余言王君伯良也。"吴江人沈璟雅好词律，著有曲学著作《遵制正吴编》（佚）、《论词六则》（佚）、《唱曲当知》（佚）、《南九宫十三调曲谱》、《南词韵选》、《考定琵琶记》等，是当时的曲学名家。冯梦龙将《双雄记》呈给沈璟请教，求证曲律规范。

祁彪佳《远山堂曲品》也著录了《双雄记》，把它列入"妙、雅、逸、艳、能、具”六种等次中的“能品”，评价并不算高。具体的评价是“确守词隐家法，而能时出俊语”。可见确实只是一部谨守沈氏曲谱音律规范的作品，冯梦龙也有意拿《双雄记》来做一部守曲律的样本。

其次，选择合适的作品进行改编，再加以评点。《双雄记·叙》清楚地阐明了他改编传奇的目的和标准，也因此被当做是整个评点本的总纲。在此文中，冯梦龙明确提出选择他人传奇进行改编时所依据的两条标准——“情节可观”和“不甚奸律”。所谓“情节可观”，是指情节曲折、叙事动人，其实就是要有一个好故事。一个好故事是戏曲能感动观众、广泛传播的基础。一个新奇的故事能调动观众极大的兴趣和热情，但如果人们乐此不疲地重复欣赏同一个故事、看同一出戏曲时，讲述和表演的方式便成为故事的意趣所在。将一出好戏重新编排，就像将一个好的故事加以重组一样，其实是非常吸引人的文字游戏，当然，对戏曲改编而言，也是音乐的游戏。所以，在选择作品进行改编时，“情节可观”和“不甚奸律”这两条标准是没有先后之分的，这些有着好的故事基础的戏曲流传较广，同时却在编排上出现了一些不合规范的错误和疏漏，才触发冯梦龙的改编热情。另外，处在晚明曲坛文词与音律之争的背景下，他也希望通过改编，提供给曲坛一批合律依腔、便于登场的范本。因此，他对传奇的曲式做了全面细致的更定，从宫调、曲牌、唱腔、板式、韵律到字音正讹、平仄、反切等进行严格考订。

周立波的《从〈墨憨斋定本传奇〉的题材选择看冯梦龙的思想形态》①一文将《墨憨斋定本传奇》分成四大题材类型：爱情剧、求取功名型、历史题材剧以及人生哲理剧。首先，可以看出他选择的

① 周立波：《从〈墨憨斋定本传奇〉的题材选择看冯梦龙的思想形态》，载《宁夏社会科学》2005 年第 4 期。

题材很宽泛，基本上涵盖了明末清初流行的几大类型。据统计，明末清初的传奇作品一共有235种，其中爱情题材剧有120种，抒发个人抱负的剧作有37种。① 而由于明末朝政黑暗、社会动荡，引起人们的反思，借古鉴今的历史题材剧成为传奇创作的新的热门。

《牡丹亭》主要描写柳梦梅和杜丽娘生死相随的爱情。《西楼记》讲述了于叔夜和穆素徽终成眷属的故事。《洒雪堂》中的生死离合与《风流梦》极为相似。《灌园记》、《酒家佣》里王孙公子落难时与某小姐相恋的故事，穿插在激烈的政治斗争之间。《红拂记》里红拂夜奔李靖的行为，在逐鹿天下的豪杰争霸中颇为动人。《双雄记》写丹信与魏氏、刘双与素娘之间的恋爱，同时更赞颂了双雄驱除倭寇的英雄故事。《量江记》、《精忠旗》写的两国之争下的将臣的遭际，其中以岳飞故事为底本的《精忠旗》把忠臣良将含冤就死描写得尤为惨烈，当然最后仍然由阴司审判得以昭雪。从基本的叙事情节来看，求取功名与得遇佳人是最主要的模式，李渔说："十部传奇九相思。"才子佳人的故事是十分受观众欢迎的，戏曲中许多广为流传的关目都与男女间的悲欢离合有关，再加上忠奸斗争、军事场面等比较紧张的关目以及因果报应的套路，这些作品已经具备当时传奇作品中大多数可观的情节。

但是，这些情节可观的传奇存在着各式各样的问题，不仅是音律上存在缺陷，在作品旨趣上也有不合乎教化观念的地方，关目设置等诸多方面都不够完善。

《新灌园》是《墨憨斋定本传奇》的第一篇。在叙里，冯梦龙表达了自己改编这部戏的原因：

> 奇如灌园，何可无传？而传奇如世所传之《灌园》，则愚谓

① 孙书磊：《明末清初戏剧研究》，社会科学文献出版社2007年版，第147页。

> 其无可传，且忧其终不传也。夫法章以亡国之余，父死人手，身为人奴，此正孝子枕戈、志士卧薪之日，不务愤悱忧思，而汲汲焉一妇人之是获，少有心肝，必不乃尔。且五六年间，音耗隔绝，骤尔黄袍加身。而父仇未报也，父骨未收也，都不一置问，而惓惓焉讯所私，德之太傅，又谓有心肝乎哉？君王后，千古女侠，一再见而遂失身，即《史》所称阴与之私，谭何容易？而王孙贾子母忠义为嗣君报终天之恨者，反弃置不录。若是，则灌园而已，私偶而已。灌园、私偶何奇乎？而何传乎？……自余加改窜，而忠孝志节，种种具备，庶几有关风化，而奇可传矣。若夫律必叶，韵必严，此填词家法，即世俗论议不及，余宁奉之惟谨。

他认为，首先，“灌园”故事奇特，有可以搬演传播的价值。其次，目前所流行的张凤翼的传奇本子，不但没有能够体现出这个故事的奇特的价值，而且存在三个毛病：一是生、旦两个主角道德上都有缺陷，不合情理。田法章本来忧心国事，但亡国丧父之后，沦落为奴仆，却不卧薪尝胆，不思报仇复国，反而缠绵于儿女私情，即位以后，首先想到的只不过是报个人之恩，忘掉了国仇家恨，显然于大义有亏。太史家的小姐本来很有些见识，与法章见了两次面后便失身于他，不贞不节，品行有亏。二是王孙贾母子二人的忠义行为堪称儒家人物典范，怎么可以被编剧轻易放弃？三是情节关目设置得突兀、不合常理，缺乏足够的铺垫和必要的伏笔。这三个毛病就有可能使之泯然众作，因此，出于“忧其终不传也”的目的，冯梦龙加以改窜。冯梦龙对戏曲作品的评判标准，不仅是指情节或人物性格的奇异超拔，而且奇事、奇人也应合乎人情物理，是存在于生活中的奇特，才能具备更广泛、更长远的接受性，改编以可传为目的，正是文本经典化的一种自觉意识。当然，他所理解的生活中的人情物理是存在于儒家思想规范之中的，即他所提倡的“情教”。

冯梦龙在《新灌园》下场诗中写道："墨憨笔削非多事，要与词场立楷模。"他大都是选择在当时有一定影响力的作品进行改编，它们"情节可观"但"不甚奸律"，而且其他细节处理也有问题，包括像《牡丹亭》和《西楼记》这些艺术成就相当高的作品。冯梦龙将这些已经流传开来而他认为有缺陷的作品加以改编，原本熟悉旧作的读者和观众便是很大一批受众，更容易看出他所增加的不同的观念和新的技法所达到的效果，当然，也更容易招致这批受众的抵触和反对。但无论如何，以这些改编文本为批评对象，将有助于其戏曲思想的传播。

三、合律依腔的曲律观

冯梦龙把沈璟的论曲之作【二郎神】套曲放在《太霞新奏》卷首，并在《太霞新奏·发凡》中指出：

> 词学三法：曰调，曰韵，曰词。不协调则歌必捩嗓，虽烂然词藻无为矣。自东嘉沿诗余之滥觞，而效颦者遂籍口不韵，不知东嘉宽于南，未尝不严于北。谓北词必韵，而南词不必韵，即东嘉亦不能自为解也。是选以调协、韵严为主。二法既备，然后责其词之新丽，若其芜秽庸淡，则又不得以调韵滥竽。

由此可见，冯梦龙强调调、韵、词三者并重，认为调协韵严是填词第一位的要求。在《双雄记·叙》中，他也谈到押韵、宫调、格律、清浊、板式、字声等都应该采取严格的态度，合律依腔是评价传奇的重要标准。冯梦龙在每一折的出名之下都标注韵脚，每一支曲牌之前都标明所属宫调，在曲词的每一句旁都记有点板，文本中随处可见的注音式批语，指出演唱上应用准确合适的字音，这些可以看出冯梦龙的对字声格律的严格要求。

《楚江情》第六折《妓馆怀笺》中于叔夜有一段白和唱，基本反映冯梦龙的这一主张：

歌之所重,大要在识谱。不识谱,不能明腔;不明腔,不能落板。往往以衬字混入正音,换头误为犯调,颠倒曲名,参差无定。其间阴阳平仄、换押转点之妙,又尽有未解者。

蘸彩毫,费良工推与敲,入平去上都相拗,改正了方协调。羽越清脆,黄钟最浊,正宫雄壮,商角冷落,这其间就里多微妙。

他认为必须要遵依曲谱,明腔落板,一丝不苟。他一再强调某曲是正调、正体。如:

【双调·醉公子】:此【醉公子】正调,各传多用换头,于【锦堂月】之后。此调知音者少矣。(《女丈夫》第三十四折眉批)

【仙吕·八声甘州】:四曲第六句"万"字、"郢"字、"眼"字、"马"字,俱仄韵,合调。(《酒家佣》第二十一折眉批)

冯梦龙常常依据古谱来判断曲之正讹,而不是他所推崇的沈璟①:

"画阑"句,原只该七字,"围曲曲"三字,效《琵琶记》句法。(《酒家佣》第九折眉批)

"看上了远山眉"即《琵琶记》"他只道我不贤"句。旧本作"道我是司马相如"、"道我是贾午私窥"句。俱用四字,腔板俱乱,今改正。(《女丈夫》第十七折眉批)

【摊破地锦花】:"论姻亲"效《拜月》"绣鞋儿"句法,毕竟《彩楼》"那时"二字为正体,《沈谱》因三字遂于"绣"字加腰板,谬。(《永团圆》第七折眉批)

在确定曲谱规范方面,他既推崇沈璟等曲学名家又不盲从,对遵依何种曲谱以及如何合律依腔也有自己的见解,主要表现在对

① 详见本书第一章第三节。

待时调的态度都灵活而务实。① 在理论上冯梦龙崇古忽今，但实践上他更重视所制之曲是否便于登场，在实践上遵依“场上之谱”。比如，在《风流梦》第二十折《魂游情感》中，冯梦龙将原作《牡丹亭》中十六支曲牌改成十支分属双调和越调中的曲牌，原因就是因为原作中的曲牌居然跨越了南吕、中吕、双调、商调、越调等宫调，真是有可能拗折天下人嗓子。在第二十一折《梅庵幽遘》的眉批中，他还指出：“(【中吕·渔家傲】)旧用【红衲袄】，毕竟是引子，少宛转之致，且与《悼亡》一折犯重，故改之。”说明他能结合场上具体情境选择声情适合的曲调。

冯梦龙赞美汤显祖为“千古逸才”，但对其填词“不用韵，不按律”深以为憾：

> 夫曲以悦性达情，其抑扬清浊，音律本于自然。若士亦岂真以捩嗓为奇？盖求其所以不捩嗓者而未遑讨，强半为才情所役耳。识者以为此案头之书，非当场之谱。欲付当场敷演，即欲不稍加窜改而不可得也。若士见改窜者，辄失笑，其诗曰：
>
> 醉汉穷筵风味殊，通仙铁篴海云孤。
>
> 总饶割就时人景，却愧王维蕉雪图。
>
> 若士既自护其前，而世之盲于音者，又代为若士护之，遂谓才人之笔，一字不可移动。是慕西子之极，而并为讳其不

① 李延贺《遵古：冯梦龙曲律观之浅析》(载《艺术百家》2000 年第 2 期)认为：冯梦龙的《新谱》比沈谱更遵循格律的遵古立场；度曲的规范只能来自传统，而现实中的戏曲创作随意轻率地破坏了传统。沈璟提供的规则，因为其例曲下限向当代延展，导致了其自身被轻易地破坏，而冯梦龙因此想依靠传统建立一种无懈可击的规范。他引用了沈自晋的说法：“大抵冯则详于古而忽于今，予则备于今而略于古。考古者谓不如是则法不备，无以尽其旨而析其疑；从今者谓不如是则调不传，无以通其变而广其教。两人若意不相若，实相济以有成也。”并且指出冯梦龙以“从俗优”的方式在操作层面上试图融通古法与时调。此观点可供参考。

洁。何如浣濯以全其国色之为愈乎？余虽不佞甚，然于此道窃闻其略，僭删改以便当场，即不敢云若士之功臣，或不堕音律中之金刚禅云尔。①

其《风流梦·小引》中所引汤显祖的诗，是汤显祖为自己做的辩护。汤显祖批评吕天成对《牡丹亭》的改窜就好像以前有人嫌王维冬景芭蕉不是实有之景，割蕉加梅一样，“冬则冬矣，然非王摩诘冬景也。其中骀荡淫夷，转在笔墨之外耳”②。王维的《雪中芭蕉》以神遇突破形似，有中国古典美学中“得鱼忘筌”、“得意忘言”式的思维方式，汤显祖以之为自己突破曲律形式的限制辩解。但汤显祖的“捩嗓”和王维的“雪中芭蕉”不可以放在一个层面来比较。“雪中芭蕉”是意象对生活经验的突破和超越，不是对书画艺术形式的突破，而汤显祖不肯以词就曲便于演唱，却是对歌唱艺术形式的突破。艺术的创造都应合乎“技进于道”的规律，而技艺的锤炼则应该遵循艺术形式的规范。冯梦龙以为音律本于自然，提倡以场上之曲来悦达性情，是有道理的。而场上之曲是否一定要以昆腔曲谱为规范，则是另外一个话题。

冯梦龙订正当时之曲的错讹的规范意识非常强，评点中显出其示范之意。

【正宫·马上水红衫】：旧作【二犯朝天子】，岂【福马郎】别名【朝天子】耶？“丹”字、“倾”字二板，人多不知，即如【二犯傍妆台】，不知【八声甘州】二句四板也。（《新灌园》第十七折眉批）

【收江南】：旧此套牌名俱乱，今查正。（《新灌园》第三十四折眉批）

---

① 《风流梦·小引》。

② 〔明〕汤显祖：《答凌初成》，见徐朔方笺校《汤显祖全集》（二），北京古籍出版社1999年版，第1442页。

【五韵美】:此下二调都被高瑞图《玉簪记》胡乱做坏,今订正之。(《风流梦》第二十折眉批)

而他对“俗优”的时调的态度有很矛盾的地方。他常常批评“俗优”破坏曲调的正格,造成体式混乱:

【簇御林】第六句,只该六字,今俗调皆用七字句矣。(《洒家佣》第五折眉批)

【正宫·锦缠道】:首句三字宜韵,原稿“本待学”失韵矣,“我有屠龙剑”二句太长,唱者遂误增一板,可恨。(《女丈夫》第二折眉批)

【倾杯序】首句四字,次句七字,查元曲皆然。《纲常记》“步蹑云霄”为句,“际圣朝”属下。俗优不知,误以首句为七字,传讹至今,可恨!(《洒雪堂》第六折眉批)

但有时他又常常屈从于“俗优”的自发选择:

【南吕·古一江风】:比近调多“传语”句。“行行”句从俗重唱亦可。(《双雄记》第十四折眉批)

“听他”句从俗重唱亦可。(《风流梦》第二十折眉批)

而且,他有意识地“从时调”以便俗唱:

【耍孩儿】从时调,亦便于俗优也。与仄调谱不同。(《双雄记》第二十八折)

【南吕·罗带正湖】:此套总名为【九疑山】,以九调合成也。今分为四曲,使唱者便于删削。(《精忠旗》第二十三折)

以上谈论了冯梦龙依腔合律的曲律观,他主要从早期南曲中寻求格律依据,以古调、本调为标榜,相对来说比较轻视当时流行的曲唱,同时又能以尊重曲坛现状的态度,注意表演者的演出实践。

四、便于登场的传奇观念

如前所述,冯梦龙在《风流梦·小引》中提出了“以便当场”的改编目的,这一原则不仅适用于曲律规范,也适用于传奇改编的其他方面,虽然不是冯梦龙独创的,却是冯梦龙影响最大的戏曲观念。"直到明末,戏剧观念虽有所发展,出现了转变的趋势,但'曲'的观念还是根柢盘深地占据着戏剧观念的中心地位"①,但由于评点批评紧附于作品文本,它就更加贴近戏曲的"文类"特征和"艺类"特征,在评点批评中实现了批评话语的转换。② 冯梦龙的评点,在一定程度上,有一种戏剧性自觉。

首先,冯梦龙意识到接受对象的重要,他认为,戏是演给观众看的。在《酒家佣·叙》中,冯梦龙提出,演员的精彩表演要塑造生动的艺术形象,让观众留下鲜明的印象,打动观众。

> 马季常,经术名儒,一为不义,千载而下,讨不得一副干净面孔。而文姬、王成、郭亮、吴祐,至今凛凛有清霜烈日之色。令当场奏伎,虽妇人女子,胸中好丑,亦自了了。

马季常即马融,是《酒家佣》中梁冀门下从事。剧中说他"最有文学",应该是颇富学问的大儒,但人品不端,他听从梁冀的指使,构陷忠臣李固,全然没有读书人的骨气,所以冯梦龙说他"讨不得一副干净面孔"。而王成、郭亮等人为保全忠良之后,置身家性命于脑后,表演者将这凛凛正气展现给观众,令观众也能辨别是非美丑,这是表演的目的。他在《洒雪堂·总评》中,也殷殷以"当场更得真正情人写出生面,定令四座泣数行下"为念,在《永团圆·总评》中则希望经过他改编的戏曲,"观者勿以余为多事"。

观众概念的预设,是形成"场上之曲"观念的前提,也是区别书面接受和剧场接受的关键。也只有在这个前提下,戏曲的各种形式要

---

① 谭帆、陆炜:《中国古典戏剧理论史(修订版)》,华东师范大学出版社2005年版,第49页。

② 朱万曙:《明代戏曲评点:批评话语的转换》,载《文艺研究》2007年第10期。

素——曲、白、科介、脚色等才能有效地组织成一个有机整体，而冯梦龙在评点中提出的种种对演员的告诫和要求，也才有意义。

在《酒家佣》第七折出批正好和冯梦龙在叙中所说相照应：

此折全要描写吴祐一片义气，马融伪儒，亦须还他架子。俗优扮宰嚭极其猥屑，全无大臣体面，便是不善体物处。宰嚭要还个大臣架子，马融要还他个儒者架子，方是水墨高手。

这段指点非常高明，不是所有的坏蛋都獐头鼠目，即使獐头鼠目了，也还有身份地位在端着，大臣要像个大臣，儒者要像个儒者，才令人相信。只有令观众相信了，观众才会顺顺当当地进入剧情，随之喜怒，为戏所动。所谓“水墨”，是借助绘画语言来进行戏曲人物形象塑造的阐述，指简单勾勒几笔就能绘出精神气韵，演员也要能凭举手投足的简单动作就显出人物身份性格等方面的特征。《万事足》第二十八折出批亦云：“此套关目甚好，字字精神。演之令人起舞，切不可删削一字。”因为可能产生良好的戏剧效果，而嘱咐演者留神的评点有很多。如：

□□□以后□□张本，不然何以知刘公路之婿耶！□节细微，观演俱要着眼。（《梦磊记》第十三折眉批）

语多转折，俱借占卦表白，演者须要清楚。（《梦磊记》第二十七折眉批）

原本得力俱在宋内相，演者要着实描写。（《梦磊记》第三十三折眉批）

此段说白极有做，不可草草。（《风流梦》第二十二折眉批）

此折情节出人意外，演者须十分细心。（《永团圆》第九折眉批）

在上面这些眉批中，他不但指点场上的演员应该处理好的细节，而且提醒观众注意戏的好处在哪里，不要轻易放过作者精心布设的场面。冯梦龙敏锐地了解到了观众和脚色之间的视角差异，并且表现出一种焦虑感。《楚江情·叙》：

> 观剧须于闲处着眼,《买骏》一折,似冷。而梅花胡同之有寓,马之能致千里,叔夜、贞侯之才名,色色点破,为后来张本,此最要紧关目。

《歌筵买骏》这一折戏是冯梦龙全部改过的。原本《侠概》只是胥长公出场与妾在一起抒发感慨的戏,在冯梦龙改编本中是一个过渡的场子。胥长公在听歌妓唱曲时,听说了于叔夜、李贞侯的才名。借歌妓之口交代出于叔夜之名,将原本中把玩徐夫人匕首的细节改为观赏骏马,这为后来借骏马给于叔夜埋下伏笔,上下文的衔接自然妥帖。但是,后来胥长公要与于叔夜相见,而此刻的观众不知道,一不留神,这些细节就放过去了,所以冯梦龙特地点出来,提醒观众注意。

其次,以场上之曲的标准来评价传奇艺术的各个要素,王骥德《曲律》中用"可演可传"将"本色"、"当行"具体化,事实上冯梦龙也是这样理解的。在这个意义上,他以整体性的观念批评传奇艺术。

1. 语言

"本色"一词最早见于刘勰《文心雕龙·通变》:"夫青生于蓝,绛生于茜,虽逾本色,不能复化。""本色"在这里指蓝草、茜草的颜色,但已经与形容作品相联系了。后来,"本色"被用于"诗词"评论,陈师道评价苏轼的作品虽然很好,但是"要非本色",不合词体特质,这里"本色"就是指一种词体的本来的特点,与诗体不同。在明代曲论中,李开先较早以"本色"理论来分析戏剧语言风格。何良俊也是用"本色"概念来评价戏剧语言。他认为:"(《拜月亭》)无一板一折非当行本色语,此非深于是道者不能解也,弇州乃以'无大学问'为一短。不知声律家正不取于弘词博学也。"①徐渭认

① 〔明〕何良俊:《曲论》,见《中国古典戏曲论著集成》(四),中国戏剧出版社 1959 年版,第 235～236 页。

为梅鼎祚《昆仑奴》从“语入要紧处，不可着一毫脂粉，越俗越家常越警醒”①的角度而言，是符合“曲”体的“得体”之作，主要是强调通俗易懂，而何良俊则主要将曲体语言从诗词语言中区别开来。

而作为明代戏曲理论集大成的王骥德《曲律》，言“本色”含义更丰富全面，《曲律》全书中“本色”一词有十九处之多，分别指向以下含义：本色是戏曲语言区别于其他文体的重要特征；本色语言通俗易懂，雅俗共赏。王骥德把“本色”与“当行”结合起来，认为戏曲语言应该可演可传。②

---

①　〔明〕徐渭：《昆仑奴·题词》云：“语入要紧处，不可着一毫脂粉，越俗越家常越警醒。此才是好水碓，不杂一毫糖衣，真本色。若于此一恧缩打扮，便涉分该婆婆犹作新妇少年哄趋所在，正不入老眼也。至散白与整白不同，尤宜俗宜真，不可着一文字，与扭捏一典故事，及截多补少，促作整句。锦糊灯笼，玉镶刀口，非不好看，讨一毫明快，不知落在何处矣！此皆本色不足，仗此小做作以媚人，而不知误入野狐，作娇冶也。”（转引自吴毓华编《中国古代戏曲序跋集》，中国戏剧出版社 1990 年版，第 65 页）《南词叙录》云：“夫曲本取于感发人心，歌之使奴、童、妇、女皆喻，乃为得体；经、子之谈，以之为诗且不可，况此等耶？直以才情欠少，未免辏补成篇。吾意：与其文而晦，曷若俗而鄙之易晓也？”［见《中国古典戏曲论著集成》（三），中国戏剧出版社 1959 年版，第 243 页］

②　〔明〕王骥德《曲律·论家数第十四》云：“曲之始，止本色一家，观元剧及《琵琶》、《拜月》二记可见。自《香囊记》以儒门手脚为之，遂滥觞而有文词家一体。近郑若庸《玉玦记》作，而益工修词，质几尽掩。夫曲以模写物情，体贴人理，所取委曲宛转，以代说词，一涉藻缋，便蔽本来。然文人学士，积习未忘，不胜其靡，此体遂不能废，犹古文六朝之于秦、汉也。大抵纯用本色，易觉寂寥；纯用文调，复伤雕镂。《拜月》质之尤者，《琵琶》兼而用之，如小曲语语本色，大曲引子如‘翠减祥鸾罗幌’、‘梦绕春闱’，过曲如‘新篁池阁’、‘长空万里’等调，未尝不绮绣满眼，故是正体。《玉玦》大曲，非无佳处；至小曲亦复填垛学问，则第令听者愦愦矣！故作曲者须先认其路头，然后可徐议工拙。至本色之弊，易流俚腐；文词之病，每苦太文。雅俗浅深之辨，介在微茫，又在善用才者酌之而已。”这段话较详细地说明了王骥德的本色论。又在《论剧戏第三十》中指出：“大雅与当行参间，可演可传，上之上也。”［见《中国古典戏曲论著集成》（四），中国戏剧出版社 1959 年版，第 121～122、137 页］

吕天成和臧懋循的“当行”理论较为丰富。吕天成说:“当行兼论作法,本色只指填词。当行不在组织饾饤学问,此中自有关节局概,一毫增损不得;若组织,正以蠹当行。”①臧懋循有所谓“行”、“戾”之辩,以为“称曲上乘,首曰当行”②。

冯梦龙在《太霞新奏》卷一二提出:“词家有当行、本色二种。当行者,组织藻绘而不涉于诗赋;本色者,常谈口语而不涉于粗俗。”③与上述王骥德的论述观点相似。他在评点用“本色”、“当行”时,也强调搬演出来效果好,接近臧懋循,如:

本色语自然妥贴。(《酒家佣》第四折眉批)

卖妻非小事,必如此宛转撺成,不得直遂。原本不要净办,亦不似公差本色。(《人兽关》第三折眉批)

将错就错,情节妙甚,曲俱当行。(《梦磊记》第十八折眉批)

第一条评点是赞美梁冀的曲词通俗且符合其身份。第二条指“净”脚的言语行为要合乎他所扮演的人物公差的身份。第三条是说宋太监深有侠气,他设计在刘家嫁女的时候制造混乱换了轿子,抬来的却已经是易嫁的秋红。秋红与文景昭两人各不相识,却又不敢说破,各自沉吟。秋红的唱词很准确地把当时情状表述出来,绘声绘色,冯梦龙给予“当行”的评价。在戏曲评点中,他有时虽不用“当行”、“本色”为评语,常常评价语言风格通俗自然,脚色语言合乎人物身份,以及能显示当时情境。如以下眉批:

是个君王后声口。(《新灌园》第二十八折眉批)

---

① 〔明〕吕天成:《曲品》,见《中国古典戏曲论著集成》(六),中国戏剧出版社1959年版,第211页。

② 〔明〕臧懋循:《元曲选·序二》,浙江古籍出版社1998年版,第3页。

③ 〔明〕冯梦龙:《太霞新奏》,见《善本戏曲丛刊》本,台湾学生书局1984年版,第611~612页。

写施全口气，描出当时人心一段公愤。（《精忠旗》第三十一折眉批）

原本白云，“况且四个字顺口好读”似起荒田，全不似丽娘了。（《风流梦》第四折眉批）

科诨俱妙，曲尽无耻小人伎俩，令人绝倒。（《精忠旗》第三十三折眉批）

说的明白痛切，直令奸臣自悔无地。（《精忠旗》第三十六折眉批）

词俱雅致，足备清讴。（《楚江情》第十二折眉批）

诨都不俗。（《风流梦》第十六折眉批）

前三条主要从符合人物身份及性格特点来评价。第四、第五条评点则是从语言描绘剧中情境角度作出的评价。最后两条要求传奇语言自然、雅俗共赏，曲词雅致要适于歌唱抒情，而科诨通俗切不可粗鄙。

2. 做法

“做法”是冯梦龙评点中用的一个术语，指演员的扮演技巧，常常与场上处理结合起来评论。冯梦龙在《酒家佣 · 家门大意》中说：“漫将旧记纂新篇，好倩知音搬演。”他始终以“搬演”为目的改编传奇，这种目的性在评点中处处体现出来，关注着表演艺术形式，主要指脚色和场面两大方面。

为使舞台演出达到编者预设的效果，冯梦龙从场景的处理直到道具、服装等各个方面都加以说明。比如，《女丈夫》第三十一折中虬髯客既然已在海外称王，王者之气的排场即不可少，“演此折须文武宫监极其整齐，不可草率，涉寒酸气”。第三折眉批亦云：“洪客有道之士，其焚符伏坛，略见意，不可犯俗道常套。”徐洪客是有见识的道士，气质飘逸，其做派不可寻常庸俗。第三十五折出批：“此折如四夷天贡，龟兹奏乐，太上皇颁赐，插花饮酒，妆点热闹。俗优以底板,故不肯详演,大负作者之意。”

冯梦龙的评点中体现出来的现场感,是因为在从改编到批评过程中场上意识始终存在。他多次指出不可“冷场”。冯梦龙在《风流梦》第十八折《冥判怜情》眉批“花神引旦先下”、“则判好收科”,是上下场次序改动的一个说明。为保持场上节奏流畅,脚色上下场的方式和时间是很讲究的,原本是判官唱本套尾声时抒情完毕下场,花神和杜丽娘还在台上显得很累赘,冯梦龙评曰“冷场”,故此他在改编中调整了一下判官和杜丽娘下场的次序。《永团圆》第十折《府堂对理》眉批曰:“府公与贾旺、江纳问答甚长,须发付生暂退,方不冷淡,然生须在傍察听,不得径下。”

《女丈夫》第十五折《棋决雌雄》中,两人对弈,一个低头下棋,一个抬眼观望,场面上就不至于冷淡,所以冯梦龙特意标明:“小净手虽则下棋,眼亦要带看小生,时时叹息,方是来意。”

如以下眉批:

原本惟净脚色太少,番太史敫最匀,不然要用两外,不便矣。或以花脸为嫌哄张,独不搽脸。(《新灌园》第七折眉批)

出王孙贾为后来诛淖齿报仇张本,此最要紧关目。用小净者亦取脚色之匀也。(《新灌园》第九折眉批)

这里关注了脚色的搭配。在《新灌园·总评》中,他还表示:“旧本臧儿、牧童,率皆备员,未足发笑。”丑、净这两种脚色在场上插科打诨,往往能调动舞台气氛,使之活泼有趣,增强娱乐性,吸引观众的注意力。

童牧打断话头,妙甚。(《新灌园》第二十一折眉批)

有此夜祭,不惟见法章之孝,且推食情节亦不冷淡。情节妙,有做法。(《新灌园》第二十一折眉批)

老旦问时,旦背唱,旦唱完,老旦唱。(《新灌园》第二十五折眉批)

此出情节妙，生、旦吊场更有余味。（《酒家佣》第三十四折出批）

此段说白极有做，不可草草。（《风流梦》第二十二折眉批）

外在唱时，生随意作赞叹园石语，方不冷淡。（《梦磊记》第五折眉批）

天不雨，则情不见真；门公不醉，则景不入趣。（《楚江情》第十折眉批）

这是关注脚色在舞台上的表演效果，说明如何“有做法”和“做法”的妙处。

舞台布设了虚构的故事场景，通过演出形式，将这虚化的场景转化为观众认可的现实场景。传奇艺术中，转化的方式不是通过写实的布景、道具来实现的，虽然它也借助这些，但更依赖于脚色传神的表演手段。

刻背是精忠大头脑，扮时作痛状，或直作不痛俱非，须要描写慷慨忘生光景。（《精忠旗》第二折眉批）

此折生不怕恐无此理，若太怕则情又不深，多半痴呆惊讶之状，方妙。（《风流梦》第二十三折眉批）

岳飞背刺“精忠报国”的关目是全剧的精神所在，最能体现出岳飞的爱国主义精神，这部传奇的忠奸斗争也由此生发，具有强烈的道德感召力。背上刺字，痛苦中有一种为国献身的精神满足。如何表现，是值得脚色好好推敲的。柳梦梅拾到杜丽娘的画像后，爱上了她，但当杜丽娘鬼魂出来相会时，对鬼神的恐惧是人类与生俱来的，柳梦梅此时应当有一种恐惧与爱恋的挣扎，而后爱恋胜过了恐惧，这种分寸的把握也是脚色表演的难度所在。

以上两段批语揭示了关目与脚色之间的互相依赖。冯梦龙首先指出了在特定情理之中的脚色和脚色表现之中的特定情理之间,应该具有的一定平衡。其次,他指出了脚色性格化的表演对情节的推动作用,以及情节发展对脚色性格塑造所起的作用。这一点,到了折子戏时代尤其不可忽略,在折子戏的片段表演中,整个故事的情节退后到背景之中,成为场上场下所共同预设的心理情境,如何处理某个关目和脚色的平衡就很重要。

五、叙事技巧的经验总结

1. 尚新奇与合情理

如前所述,"为奇事立传"是冯梦龙改编戏曲的目的。"奇"本来就是传奇的审美标准,甚至作为一种体制特征,所谓"传奇,传奇也。不过演奇事、畅奇情",孙月峰传奇"十要"首曰"事佳"。王骥德"三要"首推"传奇之佳"。① 冯梦龙在评点中也经常以"奇"、"新奇"来进行评价。《梦磊记》第三十一折有两条眉批:

> 宛转俱有至理。
>
> 关目绝新绝奇,遣词次第可味,用调亦称。

《梦磊记》也可以说是经几番离合悲欢方得团聚的才子佳人戏,关目巧妙有趣,安排得曲折跌宕。祁彪佳说:"叔考诸作,多是从两人错认处搏捖一番。一转再转,每于想穷意尽之后见奇。"②但

---

① 《鹦鹉洲·序》,转引自李昌集《中国古代曲学史》,华东师范大学出版社 1997 年版,第 499 页。另外,戏曲作家和理论家论情节关目,特别重"奇"。人们称戏曲为"传奇","非奇不传"。茅暎的《题牡丹亭记》亦云:"传奇者,事不奇幻不传,辞不奇艳不传。其间情之所在,自有而无,自无而有,不瑰奇愕眙者亦不传。"吕天成《曲品》评《牡丹亭》则云:"杜丽娘事,甚奇。而着意发挥,怀春慕色之情,惊心动魄。且巧妙叠出,无境不新,真堪千古矣。""奇"在古典戏曲理论中是一个相当重要的审美范畴,即戏曲情节的曲折多姿、引人入胜。"奇"和"新"紧密关联。

② 〔明〕祁彪佳:《远山堂曲品》,见《中国古典戏曲论著集成》(六),中国戏剧出版社 1959 年版,第 43 页。

新奇亦须近情，所以新奇和宛转合理，在冯梦龙的评点里经常是连在一起的，评价了一出关目巧妙，一般会跟着评一句，安排合理。如在《楚江情》第二十折眉批中：

从《草桥惊梦》来，而想路更幻绝奇绝。

先老鸨，次丫鬟，又次客妓，关目一步紧一步。

的是梦境，收拾得好。

关目巧妙奇特，有戏剧性，但不可脱出情理之外，一定要有可信性。一般的观众都有好奇心理，人情具有“喜新厌旧”的特点，只有把观众作为戏曲欣赏的主体，才能把新奇性摆在创作的重要地位上。人物的行动、事态的发展都要求具有可信性。这种可信性就是指要符合现实生活中的人情物理。这里有两个层次：一是合乎生活逻辑，所以，冯梦龙才会说巧妙的关目需要宛转铺排，令之合理，这是戏曲情节具有真实性的内在特质。一是合乎情感逻辑，汤显祖说“情之所至，生可以死，死可以生”，强烈真挚的感情能打动观众，宁愿相信奇迹的发生是可能的。所以冯梦龙在《洒雪堂》卷末下场诗中道：“谁将情咏传情人？情到真时事亦真。”

袁于令的《西楼记》中，胥长公为了搭救素徽，竟然将自己的爱妾轻鸿去换，致使轻鸿被迫自杀，显然于常理不通。冯梦龙认为这一情节“其伎俩亦拙甚矣！”（《楚江情·叙》）因此他在改编本《楚江情》中，改为胥长公用三百两银子买来的洪宝儿去换穆素徽，剧情也合理多了。在《永团圆·叙》中他指出：

一笠庵颖资巧思，善于布景，如太守乔主婚事，情节本妙，添作二女志鹿得獐，遂生出多少离合悲欢段数。文人机杼，何让天孙？江翁一女是靳，乃至挈双璧而归之，又俱作太守人情，自己全不讨好。所谓小人枉自做小人也。中间《投江遇救》近《荆钗》，《都府挜婚》近《琵琶》，而能脱落皮毛，掀翻窠臼，令观者耳目一新，舞蹈不已。

追求新奇是因为戏曲需要“令观者耳目一新”的审美效果，新奇的美学效果从“布局”和“段数”两方面得以实现。“段数”即今所谓桥段，指一些特别的关目。在评点中也主要是针对“布局”和“关目”来谈论“新奇”。如以下眉批：

原本迎立与祭王蠋俱觉突然，得此出先透个消息，甚妙。且臧儿与世子亦觉关目有情。（《灌园记》第二十七折眉批）

为园中见旦张本，若非原有倩媒过眼之约。章虽甚不肖，无引外人看其甥女之理。原本欠妥，今为改正。（《梦磊记》第三折眉批）

私自送亲，比《荆钗》情节更胜。（《梦磊记》第七折眉批）

传奇中凡宸游俱以富丽为主，此独清雅脱套，入梦中一段更妙。（《梦磊记》第二十六折眉批）

始终团圆，俱仗宋监发挥，章舅更自快人。此等结束，更胜《金印记》矣。（《梦磊记》第三十五折眉批）

不用生旦结局，而以二神收之，此是化腐为新处。（《女丈夫》第三十六折眉批）

以上评点分别表达了这样一些观点：首先，关目的设计必须合乎情理，否则即令人感到突兀欠妥。其次，戏曲的创作中一些关目设计的模式已经开始陈陈相因，原本巧妙的现在也已经不再新奇了，如宸游的关目、结局生旦团圆等已成陈套，所以冯梦龙强调“化腐为新”、“清雅脱套”，对于超出前人作品的地方，都指出来并表示肯定。

在以上评点中出现的“关目”一词，主要是指安排妥当巧妙的富有戏剧性的情节。在冯梦龙的评点中，有时也直接使用“情节”一词。如《永团圆》的批语：

此折情节出人意外，演者须十分细心。（第九折）

原本三人相见，全无一语，殊少情节，须如此点缀，前后血

脉灵通。(第二十七折)

看录是极妙情节,胸中应有许多宛转,自非一曲可草草而尽。(二十八折)

原本江纳与蔡母、蕙芳俱在末折草草一面,殊欠情节,得此折预先领出头绪,末折不费词说矣。(第三十折)

"情节"在冯梦龙的笔下与"关目"的差别有一些,适用范围更宽泛,有时就指具体的事件。当然,事件、人物和场景之间的关系组合成叙事艺术的情节。本书在论述情节和结构时就是在叙事艺术的意义上使用的。

2. 情节与结构①

冯梦龙没有像其他曲家那样,从理论上阐述关于戏曲情节、结构的特征,冯梦龙的评点总结了他从改编中得来的传奇叙事艺术的一些经验。可以从各叙及总评中看到他一一指出原本中的结构的缺陷和情节安排的不合理,并对自己如何改编予以说明。"凡传奇最忌支离",好的传奇应该是有完整的结构、合理的情节安排,所以冯梦龙把汤显祖《牡丹亭》中"旦梦生—生梦旦"改为"旦梦生—

① 参阅郭英德《明清传奇戏曲叙事结构的演化》(载《求是学刊》2004年第1期)。明清戏曲家对传奇戏曲叙事结构的这一特性都有明确的认识,如王骥德《曲律》卷三提出"毋令一人无着落,毋令一折不照应";祁彪佳《远山堂曲品》提出"贯串如无缝天衣";李渔《闲情偶寄》卷一提出要"密针线",全剧各部分不能有"断续痕","务使承上接下,血脉相连"。然而,传奇戏曲结构毕竟是一种点线式组合的艺术结构,在创作与演出的实践中,点的设置与构成常常重于线的连接与贯串。也就是说,在传奇戏曲结构中,点作为部分常常具有一种偏离于整体、独立于整体的潜在趋向。结构松懈散漫是传奇戏曲从南曲戏文叙事结构中继承而来的先天性不足。因此,如何处理整与散的关系,做到既保证点的耀眼光彩,又使点的部分成为线的整体的有机成分,这也是传奇戏曲叙事结构的一大难题。以上观点,可供参考。冯梦龙没有从理论上系统分析这个难题,他试图从实际创作中解决这个难题。

生梦旦—生旦合梦”,“原本生出场,便道破因梦改名,至三四折后,且始入梦,二梦悬截,索然无味。今以改名紧随旦梦之后,方见情缘之感。《合梦》一折,全部结穴于此”①,这样的情节安排更加紧凑,更加具有情感的张力。

冯梦龙认为主要通过“减头绪”和“密针线”两条途径来达到结构完整。他强调:“原本如老夫人祭奠,及柳生投店等折,词非不佳,然折数太烦,故削去。即所改窜诸曲,尽有绝妙好辞。譬如取饱有限,虽龙肝凤髓,不得不为罢箸,观众幸勿以点金成铁,而笑余也。”②如《牡丹亭》第十五出《虏谍》由金主出场,封李全为溜金王,命其侵犯淮扬,冯梦龙认为:“李全原非正戏,借作线索,又添金主,不更赘乎?”所以冯梦龙改编本只将此事一提而过,将《虏谍》全部删掉。

“密针线”指情节与情节之间的照应,能达到他在《洒雪堂·总评》提及的“情节关锁,紧密无痕”的效果。故此,他提出以“张本”和“伏案”来照应情节。

> 展玩女史,为后折守节及题诗张本。出兰芳亦清雅不俗。(《永团圆》第三折眉批)
>
> 江纳嫌婿,借看会以出之,不惟热闹动人,而王宁侯,毕如刀,皆于此折会面,又为第十八折江边解闹张本。此等针线,不可不知。(《永团圆》第五折眉批)
>
> 此折惧内,为第二十折正旦全身张本。(《永团圆》第十六折出批)
>
> 文姬是传中第一要紧人,故独提出伏案。(《酒家佣》第三折眉批)
>
> 文姬而下,王成是第一副手。赈寡事虽缓,借以表白师门

①② 《风流梦·总评》。

一脉,为后文张本。(《酒家佣》第五折眉批)

二雄不两栖,"李姓中又有此人"句便伏下降心之案,此等意须着眼。(《女丈夫》第二折眉批)

不同情节间的前后呼应,是冯梦龙戏曲改编、保证结构完整统一的一条重要法则。在点线结构的传奇中,疏通理顺点与点的关系,以前一情节为后一情节铺垫,推进情节的线性发展,正是"张本"、"伏案"的作用。而所谓"张"和"伏"都要求自然和合理,不露痕迹,在不经意间将后来的情节隐隐逗出。如上述第一条眉批,则是指出江兰芳"展玩女史"的行为所表现出的个性和思想,那么后来她对父亲退婚不满并且抵抗,就显得合情合理。《山城惧内》一折中,也是先表现出山贼惧内,后来兰芳被山贼擒获时才有可能保全清白。在《看会生嫌》一折中,出场人物众多,但没有多余的脚色,蔡生、江纳以及后来帮助江纳谋划悔婚并陷害文英的毕如刀等人都在此时出现了,在一个合理的场景下安排关键人物上场。① 《酒家佣》中人物出场的安排也是如此。最后,情节的透露往往在谈话、心理活动、动作等小细节中呈现,如《女丈夫》中刘文静与李靖的谈话,李靖得知有李世民这等人物存在,暗忖道:"原来李姓中又有此。"暗示后来棋决雌雄的情节。

传奇的结构并不是只有一条线性情节,往往是一条主线一条副线的双重结构,其中还隐含一些小事件的发展线索。在这样多

① 《永团圆·总评》中还提到所补其他情节,俱为全剧结构宛转合理所改:"余所补凡二折,一为《登堂劝驾》,盖王晋登堂拜母,及蔡生辞亲赴试,皆本传血脉,必不可缺;又一为《江纳劝女》,盖抚公捱婚,事出非常,先任夫人,岂能为揖让之事?必得亲父从中调停一番,助姑慰解,庶可强可。且父女岳婿,借此先会一番,省得末折抖然毕聚,寒温许多不遂。此针线最密处也。《捱婚》、《看录》及《书斋偶语》三折,俱是本传大紧要关目。原本太直遂,似乎高公势逼,蔡生惧而从之;蕙芳含怨,蔡母子强而命之。不成事体。须是十分委曲,描出一番万不得已景象。"

重点线结构中，冯梦龙往往是先删除一些不必要的冗杂的人和事，使情节主线突出，如《红拂记》中，原本是红拂与李靖帮助李世民建立功业一条线，乐昌公主和徐德言破镜重圆是另一条线，而冯梦龙将后一条线基本删除，只在《红拂自叹》折中一笔带过："我想越公既肯成就乐昌的姻缘，料不是轻贤重色的人，只不知我的终身，将何结果？"这一句话还为后来《公门纵妓》一折戏埋下伏线。其次，冯梦龙致力于每一条线性结构的有始有终，首尾完整，关联多条线索，宛转铺排，巧妙而合理。

史槃的《梦磊记》"运用双重结构，奠定了传奇戏曲正生与小生、正旦与小旦的二生二旦崭新格局。而且他还善于自觉地采用'错认'的结构手法，精心地将双重结构交织为一体"①。这部《梦磊记》题目出于文景昭的一个梦，梦中仙人以"磊"字示之。文景昭因游刘家花园，主人刘逵爱其才，即以家中珍藏的太湖奇石为媒，许以其女亭亭；其时花石纲盛行，朱勔与刘逵有怨，故意强取刘家园中太湖石，将章氏及章子春一道拘系；最后宋徽宗出《神运昭功石》为题，亲自面试，文景昭竟得中状元，又与亭亭、秋红团聚。所以说，姻缘功名，俱出于石，加起来一共是三石，正是一个"磊"字。冯梦龙评曰："又点明赋石关节，照应三十三折宋公自称手段语。"

宋太监出于侠义，想了个主意，替文景昭换轿抢妻。蔡以为娶到美貌的小姐，章子春担心秋红代嫁被看破，哪知轿子打开，看到的是泥菩萨一尊；那边文景昭却对着换来的不相识的婢女有苦说不出，婢女又以为嫁的是蔡公子。真是各人有各人的心思，巧到了极处，细节却真实而生活化。冯评中先早早指明"宋监是极要紧脚色"，点出关键人物。对"换轿抢妻"关目则评曰"将错就错，情节甚

① 郭英德：《明清传奇戏曲叙事结构的演化》，载《求是学刊》2004 年第 1 期。

妙，曲俱当行”，“错认甚奇”，把这出写得活泼而喜谑的戏的特点说得非常到位。

晚明的戏剧批评十分热闹，尤其是万历年间的“汤沈之争”引发了曲家对戏曲的深入思索，出现了王骥德《曲律》、徐复祚《曲论》等著名的戏曲理论著作，以评点方式展开批评的也十分众多，王思任的《清晖阁批点玉茗堂还魂记》等十分著名。臧懋循曾经改订《荆钗记》，编选《元曲选》，所提出的对“本色”、“当行”的看法影响深远，改评《玉茗堂四种曲》以显示“协律之功”。从戏曲理论上来看，冯梦龙并没有什么特别突出的地方，更多的是对当时已有的一些理论观念的复述和应用。但是因为他的改编不仅重视音律，而且还注意到关目处理、场次调度、脚色配置等诸多方面，就他对“剧”论的理解来说，比同样又评又改的臧懋循要全面细致得多，再加之以评点与改编文本的紧密结合，使得他的观点显得具体而实用。

冯梦龙的“合律依腔”的戏曲观念受沈璟、王骥德影响之处颇多，同时又在“场上之曲”的观念和叙事技巧两个方面极大地启发了李渔的戏曲理论。王骥德的《曲律》面对南曲创作处于“无律可循”的状况，论述了宫调系统的音乐特征、字声平仄与阴阳、曲韵、腔调、板眼等方面的问题，建立完整的南曲格律体系。李渔以“非奇不传”为核心，从创作、表演、装扮等方面综合论述，其著作《闲情偶寄》形成了一套较为完整的戏曲理论，这些理论要素在冯梦龙的评点中几乎全部出现过。李渔提出“结构第一”的观点，王骥德的《曲律·论剧戏》中也提出“结构”这个概念，但王骥德的叙事“结构”这个要素是在音乐结构的框架之内的，李渔把戏曲叙事的结构布局放在戏曲创作的首要位置，表现出一种重视戏剧结构的审美趋向，同时提出了“立主脑”、“减头绪”、“密针线”、“戒讽刺”、“脱窠臼”、“审虚实”、“戒荒唐”等一系列的叙事理论，对戏剧叙事理论的发展具有十分重要的意义。因此,从王骥德到李渔,从《曲律》到《闲情偶寄》,清晰展示了中国传统戏曲由戏曲的抒情中心向戏剧的叙事中心转移的发展过程,其中《墨憨斋定本传奇》以改评的批评方式留下了不可磨灭的印迹。

叶长海对冯梦龙的改编曾有这样的评价:“就具体见解而言,冯梦龙在有关创作理论中主张抒发性情,是对明中叶以来关于戏曲‘言情’理论探索的总结;主张艺术形式的脱套致新,是对明代中、后期作家如徐渭、沈璟、李玉等人创作经验的概括。在有关表演理论中,他特别注重演员对全剧总体风格的把握和对角色的创造,这是为清代表演理论极大发展张本。其他一些见解中,也多有承前启后的作用。因而可以说,冯梦龙不仅是明末最重要的戏曲理论家之一,而且就其戏曲理论涉及的方面之多而言,可谓是元明两代绝无仅有的舞台艺术理论的多面手。”①

① 叶长海:《中国戏剧学史稿》,上海文艺出版社1986年版,第232页。

第三章　冯梦龙的戏曲改编

冯梦龙改编传奇的目的在于提供典范的传奇作品，本章主要针对《墨憨斋定本传奇》中原本与改编本的比较，分析改编本在形式、曲调组合的方式、曲词、宾白、科介和脚色等方面的变化，论述冯梦龙改编理论在改编本中的应用和改编本所取得的艺术成就。

第一节　冯梦龙改编本的基本形式

传奇的体制结构主要有剧本结构和音乐格律两个方面。剧本结构主要指题目、分出标目、分卷、出数、开场、生旦家门、下场诗等方面。①

一、题目

宋元戏文剧本一开头用来总括剧情的四句韵语，被称为“题目”，这部分内容在明清传奇中演变为开场后的下场诗。明清传奇剧本的题目变得简单一些，往往只是单列出传奇的名字及出版的信息。传奇开场白的下场诗有简介剧情的作用，其中有的下场诗会延续戏文题目的习惯，包含剧本的名字，有的作品则不再保留戏文题目的痕迹，说明题目由对演出宣告的重视逐渐向为文字出版

① 参阅郭英德《明清传奇史》，江苏古籍出版社 1999 年版，第 52 页。

服务转化。当然有时传奇作品也简称一个名字。冯梦龙更定戏曲从题目入手，试比较原本和改编本，发现冯梦龙以统一的格式命名其作品：

冯梦龙改编本题目正名	原本题目	备注
墨憨斋重定新灌园传奇	新刊出像音注齐世子灌园记	原本(明富春堂刻本)①
墨憨斋详定酒家佣传奇	存孤记	原本仅存《私期》一折，收入《怡春锦》
墨憨斋重定女丈夫传奇	红拂记	原本(明吴兴凌氏刻本)
墨憨斋重定量江记	新镌量江记	原本(明陈氏继志斋刻本)
墨憨斋新订精忠旗传奇	绣刻精忠记定本	原本(《六十种曲》本)②
墨憨斋重定双雄记传奇	双雄记	
墨憨斋订定万事足传奇	万事足	
墨憨斋重定梦磊记传奇	梦磊记	原本仅存一曲，亦见冯梦龙改编本【仙吕·解醒乐】
墨憨斋新定洒雪堂传奇		原本不存
墨憨斋重定西楼楚江情传奇	剑啸阁自订西楼梦传奇	原本(《古本戏曲丛刊》二集)
墨憨斋重定三会亲风流梦传奇	还魂记	徐朔方笺校本
墨憨斋重定邯郸梦传奇	邯郸记	徐朔方笺校本
墨憨斋订定人兽关传奇	人兽关	(《古本戏曲丛刊》三集)
墨憨斋重定永团圆传奇	永团圆	(《古本戏曲丛刊》三集)

① 原本作品流传有较多版本，择其一以作比较。

② 该本并不是冯梦龙的底本。在此仅将同题材常见之剧本用于形式上的比勘。

出现了“重定”、“详定”、“新订”、“新定”、“订定”等不同说法，其实也从题目上表现出这些作品更定于不同时期，因此采用的名目不一。

戏名基本没有变化的是《灌园记》、《量江记》、《人兽关》、《永团圆》等。戏名改编比较大的主要是《红拂记》、《西楼记》、《牡丹亭》这三本戏。其中《红拂记》有刘晋充的作品名为《女丈夫》，所以也不能完全算是冯梦龙改编的题目。但他之所以采用“女丈夫”而不用更为通行的“红拂记”，显然是因为“女丈夫”更令人惊奇。《西楼记》被更名为《西楼楚江情》，也没有面目全非。原本以故事情节的发生地点为名，犹如《西厢记》之得名于“西厢”，改编本则增加以“楚江情”，显示出改编者对主旨“情”的强调。

冯梦龙还说明《酒家佣》是根据《存孤记》进行的改编，改名理由如下：

> 《汉书》李燮变姓名为酒家佣，以此名传，甚当。旧本生脚，或用赵伯英，或用李固，总不如用李燮。滕公以女娶李燮，亦实事也。（《酒家佣·总评》）

选择《酒家佣》为题目，是因为“李燮变姓名为酒家佣”这一个故事情节，而且用李固为主角，总不如用李燮，是因为“滕公以女娶李燮，亦实事也”。可见，冯梦龙的目的是为了凸显这出戏与历史事件的关联。

至于将《牡丹亭》改名为《风流梦》的理由也说明了：

> 梅柳一段因缘，全在互梦，故沈伯英题曰《合梦》，而余则题为《风流梦》云。（《风流梦·小引》）

“梦”字点出剧情发展的最重要的关目，无梦则柳、杜相见无缘，情牵无依，故事全部都要落空，所以沈伯英以“梦”名之。冯梦龙则形容这一段情梦为瑰丽多姿的韵事，进一步名之曰“风流梦”。将《邯郸记》（又名为《邯郸梦记》）定名为《邯郸梦》也与此相似。

题目是作品吸引观众的第一步,要将最能引起注意的要素传达给观众。冯梦龙的改动表达了他对情节要素在吸引观众注意力方面所发挥重要作用的认识。

二、“折”与“出”

冯梦龙对戏曲出目标题的修改也很有意思。从形式上看,无论原本是两字还是四字,改编本均定为四字格式。原本以“出”来命名戏曲结构的段落,而冯梦龙改编本则全部以“折”进行命名。“折”用于元明杂剧结构段落的划分,而“出”则用于南戏传奇的组曲方式。[①] 这也是冯梦龙“遵旧式”戏曲观的体现。

北曲杂剧大多是四折一楔子的定式,有一种严整的形式美。南戏传奇的结构灵活自由,有一种散漫的韵味。这两种体式的形成是在各自的发展过程中自发调整形成的,与各自的演出形态有关。郭英德先生[②]认为,北曲杂剧篇幅短小,一个演出单元如一上午、一下午或一晚上则能演出完毕,四折一楔子的结构能适应城镇娱乐演剧市场的需要;而南曲戏文则大多流行于乡间,节日祭祀时演出,有足够长的时间演出全剧,因此体制漫长也没有特别不合

① 折:元明清杂剧剧本结构的一个段落。“折”在元刊本杂剧里的意思与“场”相近,即以剧中人物的上下场为一个段落……元钟嗣成《录鬼簿》所列“折”则指以一个套曲为核心的段落……但从元到明初,杂剧剧本刊刻均不标折……至万历年间的几种元杂剧选本刊刻,才正式分折,如《元曲选》等。在明刻元杂剧中,“折”有时写成“摺”,但并不多见。出既是传奇的一个剧情段落,又是一个完整的音乐段落,传奇的组曲方式比较灵活,不限于一个宫调,曲文也可换韵。明王骥德《校注古本西厢记凡例》:“元人从折,今或作出。”但宋元南戏,早期传奇并不标出,更无标目。有些情节比较完整、紧凑的“出”也可以单独上演。(参阅齐森华等主编《中国曲学大辞典》,浙江教育出版社 1997 年版,第 707 ~708 页)

② 郭英德:《明清传奇史》,江苏古籍出版社 1999 年版,第 500 ~501 页。

适。宋元南戏和早期传奇,文本结构尚未定型,既不分“折”也不分“出”,戏曲刻本中开始出现分段的结构、标明出目大约在明中叶出现。此时,传奇已经由村坊进入城镇,日益受到各阶层人群的欢迎,为适应城市演出的需要,传奇体制逐渐缩短,还出现了选折演出。而为适应这种选折的需要,将南戏传奇的演出段落称之为“折”的也逐渐出现。如《金瓶梅词话》第六十三、六十四回里,描写了搬演《玉环记》的情况,头一晚至五更尚未演完,第二晚西门庆吩咐:“将昨日《玉环记》做不完的折数,一一紧做慢唱,都搬演出来。”臧懋循在评论《紫钗记》传奇时也指出:“自吴中张伯起《红拂记》等作,止用三十折,优人皆喜为之,遂日趋日短,有至二十余折者矣。”由此可见,冯梦龙直接将更定传奇之结构段落以“折”名之,亦有适应演出需要的目的。

而与南戏演出体式变化的同时,北曲杂剧的体制规范到明中叶也越来越松动,刘东生的《娇红记》便有八折,也有极少的杂剧只有一折,还有的多达二十余折。冯梦龙以“折”代“出”也顺应了南北交融的体制变化趋势,但同时也避免杂剧对传奇影响过度。一般来说,传奇的篇幅不固定,在三十出至五十多出之间,有些作家如张凤翼等敏锐地察觉到传奇演出的需要,将传奇篇幅缩减,有少至二十余出的,开传奇杂剧化之先声。而冯梦龙将传奇的篇幅相对固定下来,他更定的剧本或增或删,都是三十多折,长不过四十折,短也不少于三十折,并分出上下卷,显示规范,有意稳定传奇的体制特征。

三、开场、吊场与下场诗

作为联曲体的戏曲形式,明中晚期的传奇秉承了南戏的乐体和文体特征,而结构形式更为固定,比如一般都有开场家门和下场诗等。开场家门用于说明创作意图,介绍一下剧情大概,并不是故事情节的组成部分,李渔论述了传奇开场格局笼罩全戏的作用:

> 开场数语，谓之“家门”。虽云为字不多，然非结构已完，胸有成竹者，不能措手。……未说“家门”，先有一上场小曲，如【西江月】、【蝶恋花】之类，总无成格，听人拈取。……予谓词曲中开场一折，即古文之冒头、时文之破题，务使开门见山，不当借帽覆顶。即将本传中立言大意，包括成文，与后所说“家门”一词，相为表里。前是暗说，后是明说……元词开场，止有冒头数语，谓之“正名”，又曰“楔子”，多则四句，少则二句，似为简捷。然不登场则已，既用副末上场，脚才点地，遂尔抽身，亦觉张皇失次。增出“家门”一段，甚为有理。然“家门”之前，另有一词，今之梨园，皆略去前词，只就“家门”说起。止图省力，埋没作者一段深心。①

传奇的开场在戏曲结构上类似于杂剧的楔子，起导语或引子的作用。如徐渭云：“宋人凡勾栏未出，一老者先出，夸说大意，以求赏，谓之‘开呵’。今戏文首一出，谓之‘开场’，亦遗意也。”②可能戏曲的演出有一种类似宗教仪式的形式，康保成认为“开”或“开呵”有沿门逐疫的遗迹，同时也受到俗讲“开题”、“押座文”的影响。③ 尽管作用相似，但杂剧的楔子和传奇的开场毕竟不同，楔子有故事情节，有曲有白，可放在全剧开头，也可以置于全剧之中场。后来杂剧受南曲的影响，也使用传奇的开场形式，但是，由于自身篇幅短小，而且有更为强烈的自我表达的主体意识，已经很难沿用开场家门的模式，往往简单几句曲词就交代完毕，南杂剧的变化反过来也推动了传奇开场模式的新变，开场家门的地位在明末清初

---

① 〔清〕李渔：《闲情偶寄》，浙江古籍出版社 1985 年版，第 54 ~ 55 页。

② 〔明〕徐渭：《南词叙录》，见《中国古典戏曲论著集成》（三），中国戏剧出版社 1959 年版，第 246 页。

③ 康保成：《傩戏艺术源流》，广东高等教育出版社 2005 年版，第 145 页。

的一些传奇戏曲中有所削弱。清代随着折子戏的兴起,家门的功能也不复存在。①

把原本的开场家门标目列举如下:

《灌园记》	《红拂记》	《量江记》	《精忠记》	《西楼记》	《牡丹亭》	《邯郸记》	《人兽关》②	《永团圆》
开场家门	传奇大意	标略	提纲	标目	标目	开场		无题③

除李玉的两部戏曲的形式不确定以外,都有略说家门的开场,而名称不一。冯梦龙改编本强调了开场的规范,以"末上开场",并统一于"家门大意"这样的名目。李玉的作品中开场家门虽然事实上还存在,但形式上已经有逐渐泯灭的迹象,并且逐渐和剧情相结合,打破了由末开场的固有模式,正是这种新变的显现。冯梦龙对开场家门的刻意讲究,表现出与李玉不同的态度。

下场诗又称"落诗"、"落场诗",在每出戏的末尾,由剧中人物念几句韵文,一般是四句,简单概括剧情或者突出重要场景和创作意图等。传奇下场诗的体制源起于南戏时期,王骥德指出:"落诗,亦惟《琵琶》得体。每折先定下古语二句,却凑二语其前,不惟场下

① 中国戏曲旧有的规律,凡上演首尾完具之全本戏,上场之前,例有副末开场,说明全剧大意,报完家门,本剧的角色方能登场,散场时例为生旦团圆,向戏场四方作交拜状,谓之"送客"。这例子,在清代全本昆曲中仍保持原状,以后乱弹兴起,则所演多为零出,故将副末开场改作跳加官,其扮相为相貂红蟒,戴白面五绺的面具,持牙笏,小锣上,用夹层加官条子,向观众翻出"一品当朝"、"禄位高升"等字句,然后从容下场。(参阅周贻白《中国戏曲论集》,中国戏剧出版社 1960 年版,第 341 页)

② 开场只在第一出"慈引"的开头一小部分,从形式上没有把开场家门从正文中剥离出来。而且原本由大士开场,冯梦龙改为末上开场。冯梦龙在改编本第一折《家门大意》回评中说:"原本大士开场,欠妥,如今常。"

③ 第一出前有两段起开场作用的"瑶轮第五曲"和"瑶轮第六曲",但没有给予一个标目。

人易晓,亦令优人易记。自《玉玦》易诗语为之,于是争趋于文。迩有集唐句以逞新奇者,不知喃喃作何语矣。"①

原本中全部都有"下场诗",具体使用情况不一,列表如下:

作品名称	具体使用情况
《灌园记》	(1)仅第五出没有下场诗;(2)有5出是五言句,其余为七言句
《红拂记》	(1)仅第二十五出没有下场诗;(2)有6出是五言句,其余为七言句;(3)有1出下场诗只有两句
《量江记》	(1)有7出没有下场诗;(2)均为四句下场诗;(3)有18出下场诗为集唐七言句;(4)有4出下场诗为集唐五言句;(5)有1出下场诗为集杜五言句;(6)有3出下场诗没有采用集唐句
《精忠记》	(1)有26出下场诗为七言四句;(2)有2出下场诗为五言两句;(3)有4出下场诗为五言四句;(4)有1出下场诗为六言四句;(5)有1出没有下场诗
《西楼记》	(1)有21出下场诗为七言四句;(2)有1出下场诗为五言两句;(3)有9出下场诗为五言四句;(4)有3出下场诗为六言四句;(5)有1出下场诗为七言两句;(6)有3出没有下场诗
《牡丹亭》	(1)下场全部采用七言四句集唐诗;(2)有1出没有下场诗
《邯郸记》	(1)有16出下场诗为七言四句;(2)有1出下场诗为五言两句;(3)有11出下场诗为五言四句;(4)有1出下场诗为六言四句;(5)以集唐句为主
《人兽关》	(1)有14出下场诗为七言四句;(2)有1出下场诗为七言两句;(3)有6出下场诗为五言四句;(4)有5出下场诗为六言四句;(5)有4出没有下场诗
《永团圆》	(1)有8出下场诗为七言四句;(2)有1出下场诗为五言两句;(3)有7出下场诗为五言四句;(4)有2出下场诗为六言四句;(5)有9出没有下场诗;(6)有1出下场诗为七言四句且有衬字

① 〔明〕王骥德:《曲律》,见《中国古典戏曲论著集成》(四),中国戏剧出版社1959年版,第142页。

这些戏曲的下场诗形式多样,句式、字数参差不齐,但以七言四句为主。有些出戏没有下场诗,当然,也可能是由于流传过程遗漏缺失,如《量江记》最后一页原缺;《牡丹亭》全部采用七言集唐句为下场诗,只有一出戏没有,令人怀疑是由于缺失的缘故。不过大部分应该是本来就没有。下场诗的语言也雅俗有别,有的使用古语,有的使用当时俗语,有的集唐人诗句,还有的自创新词。而在剧终时的韵文,通常被称为"卷场诗"。各作品的情况则各不一样,列表如下:

作品名称	具体使用情况
《新灌园》	16 折有下场诗,大部分沿用或稍稍改动了原本的下场诗
《女丈夫》	7 折沿用了原本中的下场诗,7 折的下场诗与原本不同
《量江记》	10 折沿用了原本中的下场诗
《精忠旗》	17 折有下场诗
《西楼记》	18 折有下场诗,大部分沿用或改动了原本的下场诗
《牡丹亭》	21 折有下场诗,大部分与原本的下场诗不同
《邯郸梦》	21 折有下场诗,18 折沿用了原本的下场诗
《人兽关》	21 折下场诗沿用了原本的下场诗,5 折下场诗与原本不同
《永团圆》	17 折下场诗沿用了原本的下场诗,8 折下场诗与原本不同

从下场诗的数量上看,冯梦龙改编本比原本减少了一些。在《永团圆》的开场家门的下场诗最后,冯梦龙有意点出"永团圆"的剧名,流露出好古风的趣味。冯梦龙还会利用终场的下场诗直接表达个人的戏曲观点:

孝子忠臣女丈夫,却将淫亵引昏途。墨憨笔削非多事,要与词场立楷模。(《新灌园》)

新词催泪落情肠,情种传来玉茗堂。(《风流梦》)

除下场诗外,用于一出戏的结尾还有吊场,试举例如下:

【丑吊场】丛祠特建祀贞臣，方表当年狥节身。惟有感恩并积恨，万年千载不成尘。（《灌园记》第二十八出）

这一处吊场冯梦龙改编本虽然不再注明，但实际上还存在。《新灌园》第三十四折《祭墓表忠》在舞台提示中注明"众下、丑复上笑介"，显示此时场上惟留丑角臧儿，增加大量说白，并将张本中《墓祭王蠋》丑角所唱的曲子【柰子花】由一支单曲改为一支集曲【柰子大】，丰富了丑的表演。冯梦龙改编本中"那见君王亲祭，独为忠臣破例。请观遗臭万年，何似流芳百世"，与张本下场诗比较也更通俗晓畅。

原本和冯梦龙改编本出现的吊场并不对应，有时候原本有的，而改编本没有，原本没有的，改编本却添加了。这些变化一般来说并不呈现出某种规律，似乎较为随意。在原本《牡丹亭》中，一共有5次吊场，第九出《肃苑》、第十六出《诘病》、第二十九出《旁疑》、第三十二出《冥誓》、第四十五出《寇间》，而改编本在第二十三折《设誓明心》、第二十六折《夫妻合梦》、第三十一折《最良遇寇》安排了吊场。在二十六折的吊场处眉批曰："生旦姻缘全在一梦，吊场表白，此是大收拾处，如《琵琶记》之《书馆相逢》也。不然，二梦没结末矣。俗优或削去，可恨。"

冯梦龙在《楚江情》第二折的评点中称赞原本在此处的吊场：

一吊场无限深情，若□锣鼓散，便是寻常看灯者。

这次吊场出现在于叔夜与朋友夜游歌楼买醉，友人在酒醉后纷纷散去，而于叔夜独自在灯下徘徊，感叹自己的孤独寂寞。这一吊场把剧中人物的心理活动显现于观众面前，既使得场上节奏急缓有间，也有助于直接引发剧情变化。

冯梦龙在《精忠旗》第十七折中使用吊场的方式间隔开两种不同的场景，使剧情发展在场景转换间十分流畅。可见，冯梦龙对吊场的使用相当灵活，使之起到多方面的作用。

吊场这个名词在元代即已出现，有两种解释，一种看法认为，吊场是"戏情告一段落，部分脚色已下场，剩少数脚色在场，作承前启后的交代"，后来又补充说明吊场有"吊住场子，不使表演中断的意思"①。另外一种看法则是"吊场即作场，乃乐家习用语"②。这几种不同作用，其实也可以看做是"吊场"在不同时期的演变。陆萼庭把它分成三个时期：早期的作品，如戏文中所见；传奇兴盛时期的用法变化；昆剧折子戏的新形式。③ 在冯梦龙改编本中，吊场形式变化较多，有独白、对白、唱诨等，交代脚色上下场，呈现隐性剧情，应用于场次的连接转换，已经成为很熟练的处理戏曲舞台的方法。

第二节　曲调组合的改编

昆曲传奇的音乐体制从总体上说属于曲牌联套体。曲牌作为南曲、北曲的使用单位，曲牌体是指建立在南曲、北曲曲牌基础上的音乐体制，这种体制的形式特征主要从曲牌的选择和曲牌的组合方式进行描述。冯梦龙的改编在曲牌选择和曲牌组合方式这两方面都要求规范。

冯梦龙改编本对于《楚江情》的音律以赞赏为主，改动不大，在音乐程式上改编意义较大的主要体现在《风流梦》和《邯郸梦》这两部戏上，《新灌园》和《女丈夫》虽然在音律上的调整也比较多，但其影响比不上在情节结构上的更定。再加上汤显祖的《牡丹亭》和

---

① 钱南扬：《永乐大典戏文三种校注》，中华书局 1979 年版，第 252 页；《元本琵琶记校注》，上海古籍出版社 1980 年版，第 172 页。

② 孙楷第：《傀儡戏考原》，见《沧州集》，中华书局 1965 年版，第 144 页。

③ 陆萼庭：《传奇"吊场"的演变与昆剧折子戏（上）》，载《上海戏剧》2004 年 Z2 期。

《邯郸记》，除冯梦龙改编本以外，还有其他改编本存世①，其中较为著名的是臧懋循的改编，但受到吴梅的质疑："惟臧晋叔删改诸本，则大有可议耳。晋叔所改，仅就曲律，于文字上一切不管，所谓场上之曲，非案头之曲也。且偶有将曲中一二语，改易己作，而往往点金成铁者。"②从改编目的出发，臧本和冯本都是要调协律吕，以便当场，同时比较冯本和臧本的话，更能凸显冯梦龙改编的用意和效果。

臧懋循的《玉茗堂四种传奇》最早见于万历年间，比冯梦龙改编本要早，但冯梦龙似乎对臧本借鉴不大，改动之处与臧本相同的地方很少，而且更改的幅度比臧本更大。试比较冯本和臧本在曲牌上对汤本的改动之处③：

《牡丹亭》	未改	少改	半改以上	全改	新增	删削
冯本	21 曲	57 曲	51 曲	152 曲	27 曲	139 曲
臧本	62 曲	99 曲	49 曲	43 曲	1 曲	164 曲

《邯郸记》	未改	少改	半改以上	全改	新增	删削
冯本	15 曲	53 曲	41 曲	117 曲	18 曲	14 曲
臧本	92 曲	66 曲	22 曲	23 曲	2 曲	40 曲

当然，仅从改动之处的数量来看，不能完全说明两人对音律处理的态度及方式有什么具体的不同，因为冯本在曲牌及曲文改动

① 文人改编本主要有沈璟改编本、臧懋循改编本、徐日曦改编本等。此外，冰丝馆本《牡丹亭》表现了清代宫廷演出的避讳情况。

② 吴梅：《顾曲麈谈　中国戏曲概论》，上海古籍出版社 2000 年版，第 110～111 页。

③ 列表参考刘君珺《冯梦龙传奇剧本改编艺术》，高雄复文图书出版社 2006 年版，第 84 页。

上远较臧本为多,很大程度上是因为在剧本关目和结构上冯本做了更大改动。①

刘君珰的《冯梦龙传奇剧本改编艺术》在比对冯本和臧本的基础上,分析了冯梦龙改编本对单支曲牌的改编、冯梦龙改编本处理南套和北套的原则以及"缩长为短"的音乐改编手法。他认为臧本的改编秉持尽量保持原本的态度,如果由于情节变更的原因不得不改选曲牌或更动曲文,臧本常常是一删了之,或点窜一二改至"能歌"即可,而冯梦龙则在严守音律的基础上,配合情节发展,结构严谨,并且兼顾套曲音乐的和谐,更改曲牌及曲文的幅度要大得多。② 刘君珰比勘两个改编本非常细致,观点是令人信服的。但对冯本在曲调组合体式以及演剧影响两方面的表现论述不够充分。

中国戏曲情节结构的特有形式——"点线结构",指全剧"以一条主线作为整个剧情的中轴线,并且围绕这条中轴线安排容量大小不等的场子——大场子、小场子、过场,形成纵向发展的点线分明的组合形式"③。这些场子就相当于一个个表演单元,按时间顺序连缀起来,推移剧情。这些相互关联的单元也被曲家称为"排场",通过脚色的歌唱和宾白,铺陈故事的发展,分别突出各个重要的关目,许之衡《曲律易知》卷下《论排场》,开章就说:"作传奇第一须知排场,若不明排场,鲜不笑柄百出者。"④并列举了一些传奇联套的常套,说明"排场"是选择脚色适用的曲牌和联套进行叙事,

① 详见附录二:《牡丹亭》改编本场次删削合并情况表。

② 刘君珰:《冯梦龙传奇剧本改编艺术》,高雄复文图书出版社 2006 年版,第 110 ~ 111 页。

③ 沈尧:《戏曲结构的美学特征》,见《戏曲美学论文集》,台北丹青图书有限公司 1986 版,第 4 页。

④ 许之衡撰,吴梅订:《曲律易知》(下),饮流斋刻本,1922 年版,第 1 页。

也是传奇的音乐程式。林鹤宜在《论明清传奇叙事的程式性》中认为,明清传奇的“事随人走”的情节进行模式、“点线组合”的情节结构形式以及音乐程式以情节类型为基础而形成等特点,将传奇叙事和表演程式、音乐程式紧密扣联起来,直接关系着传奇叙事的程式化。①

就后世影响而言,臧本引发的评价非常之多,但多为批评之意,最尖锐的无过于将臧懋循自认为是便于登场的改编全盘推翻,论其“为案头之书,而非场中之剧。乃删其采,剉其锋,使其合于庸工俗耳。读其言,苦其事怪而词平,词怪而调平,调平而音节平。于作者之意,漫灭待尽。并求其如世之词人俯仰抑扬之常局而不及”②。臧本以昆腔为雅调正声,认为汤显祖的作品过于逞才而失律。但他的删改仅仅考虑音律的问题而“不顾文字”,削足适履,显然有矫枉过正之嫌。而冯本虽无具体评价见诸记载,但在后世演出诸选本中,常见依据冯本的折子戏。如卢前所指出的:“今歌场所流行《游园》、《惊梦》,及《拾画》等出,皆冯所改订本也。”③许之衡《曲律易知》亦云:“冯改本并易名《风流梦》,今剧场所歌《拾画》、《叫画》诸折,即冯所改本也。”④可见,冯本除情节关目的合理调整和谐音合律外,还能注意到套曲体式适宜于排场需要,音乐程式上相对完整独立的形式可以单独演出,也可以经过重点择取,组成所谓的节本,因此更易为选折演出所接受。以下分析冯梦龙套

---

① 林鹤宜:《论明清传奇叙事的程式性》,见徐朔方、孙秋克编《南戏与传奇研究》,湖北教育出版社2004版,第465页。

② 〔明〕茅元仪:《批点牡丹亭记序》,见徐朔方笺校《汤显祖全集》(四),北京古籍出版社1995年版,第2574页。

③ 卢前:《明清戏曲史》,见《卢前曲学四种》,中华书局2006年版,第57页。

④ 许之衡撰,吴梅订:《曲律易知》(下),饮流斋刻本,1922年版,第47~48页。

曲组合的原则和形式在折子戏的形成过程中的具体影响。

一、依宫调组曲形式

《灌园记》、《红拂记》、《量江记》、《牡丹亭》等原本的大多数刻本并没有将各套曲所用之宫调标出，而冯梦龙改编本在各曲组之前都清晰地标出。

关于南曲宫调，徐渭认为是固无宫调，因为南曲早期是从"宋人词而益以里巷歌谣"的，并进一步贬斥"国初教坊人所为，最为无稽可笑"①。而王骥德则感慨："宫调之说，盖微眇矣。"②但同时他又对沈璟等人创制曲谱采用了宫调系统加以肯定。沈璟在理论上把南曲曲牌与宫调的关系理顺，把不同曲牌整理归入各个宫调目下，完成了修订曲谱的基本范例。冯梦龙的《墨憨斋词谱》、沈自晋的《南词新谱》等都基本遵循这样的范例。

俞为民先生《曲体研究》对南戏曲调组合形式的考述表明，依宫调联套的方式，最早始于诸宫调，是取同一宫调内的若干支曲调组合成一个短套，再集合不同宫调的若干短套连缀成一长篇来说唱一个故事。这种曲调组合方式后来被北曲所借鉴，元代及明初北曲杂剧一般一本四折，每折一个北曲宫调的套曲，一韵到底。而南戏没有依宫调联套的组合形式，它都是按照特定的故事情节、场面转换、剧中人物性格来安排和组合曲调的。南曲在昆山腔改革之后，受北曲影响，在曲体上出现了依字定腔的情形，在曲韵上也开始以《中原音韵》为准，曲调组合形式大多为曲牌联套体。

吴梅批评《牡丹亭・冥誓》折："所用诸曲，有仙吕者，有黄钟宫

① 〔明〕徐渭：《南词叙录》，见《中国古典戏曲论著集成》(三)，中国戏剧出版社 1959 年版，第 239、240 页。

② 〔明〕王骥德：《曲律》，见《中国古典戏曲论著集成》(四)，中国戏剧出版社 1959 年版，第 99 页。

者,强联一处,杂出无序。"①出宫犯调,杂乱无章,这样的批评说明虽然传奇也使用曲牌联套的方式组合曲调,但是并不是如元曲北杂剧那般严格地依宫调联套。《永团圆》冯本第三十二折眉批:"原本用'赤马儿'、'拗芝麻'等,不知宫调,恐唱者未习,故改之。"这段批语反映的也是同样的现象,事实上,传奇的联套方式要来得松散一些。

为说明冯梦龙改编本在《牡丹亭》部分折子戏的形成过程中所起到的作用,试将《牡丹亭》在当时及以后流传最广影响也最大的部分曲调组合列举如下:

1.《惊梦》

这出戏主要描写了杜丽娘在一个春日走出绣房,来到后花园游赏,触目美景却引发了她的伤春之情,感叹流年易逝,容颜易老。惆怅之下,她在梦中遇见一位男子柳梦梅,并心仪于他,醒来以后的杜丽娘仍然耽于梦中情事,郁郁不乐。汤显祖描写的这段情节,基本上都保留了下来,在冯本中只是删除了杜丽娘梦醒之后老夫人上场的内容。另外,将分为两截的生旦梦合为一处,在杜丽娘游园惊梦之后多出情郎印梦的内容。另有几处细节的改动:(1)因为"律拗",将原本"美景良辰"改作"良辰美景"。(2)特特在杜丽娘与春香对园中景致的谈论中点出传奇名《牡丹亭》。(3)原本"是那处曾相见",改云"不是容易能相见"。这里细节的改变虽然与情节有关,是将生与旦二梦合一引起的,但从这两句不同的语言中可以看出,其实汤本表现出情由心动,简单天然,而冯本则刻意而为,倒未必如他自己所言"甚妙"。

汤本:

【绕池游】—【乌夜啼】—【步步娇】—【醉扶归】—【皂罗袍】—【好姐姐】—【隔尾】—【山坡羊】—【山桃红】—【鲍老

① 吴梅:《顾曲麈谈 中国戏曲概论》,上海古籍出版社2000年版,第17页。

催】—【山桃红】—【绵搭絮】—【尾声】

冯本(《梦感春情》):

【商调引·绕池游】—【仙吕入双调·步步娇】—【仙吕·醉扶归】—【皂罗袍】—【一盆花】—【尾】—【商调·山坡羊】—【越调引·霜天晓角】—【越调·山桃红】—【五般宜】—【山桃红】—【蛮牌令】—【尾声】

这两组曲调的对比说明,冯梦龙改编本在基本形式上没有变化,也是采用了引子、过曲、尾声组成的完整套曲。冯本和汤本根据剧情分为前后两个部分,用了两个尾声。这套曲组合在当时及以后的选本中基本没有变化。只有《审音鉴古录》和《缀白裘》把游园惊梦的故事情节分作两场戏来演出,将一组套曲双尾声的形式分成各有一个尾声的两组套曲。过曲的曲牌选择有两处不同:冯本将汤本中的【好姐姐】改成【一盆花】,将"【鲍老催】—【山桃红】—【绵搭絮】"的组合以"【五般宜】—【山桃红】—【蛮牌令】"代替。从曲组结构上和情节上可以将这个曲套分成两个部分,后一个部分的变化很大,其中,【鲍老催】属于黄钟宫,【绵搭絮】则属于北曲越调,【五般宜】、【山桃红】、【蛮牌令】都是越调。这样看来,在冯本中,由"商调引子—仙吕入双调"或"仙吕调过曲—尾声"组成前一部分,由"商调引子—越调过曲—尾声"组成后一部分,两个部分其实基本上采用了在一个宫调内或相邻宫调内组曲的联套方式。在这一点上,冯梦龙是尽量向元杂剧的组调形式靠拢。

《月露音》①:

---

① 〔明〕凌虚子编:《月露音》,明万历间刻本,选入明人散套及传奇散出。本文所引戏曲选本俱出于王秋桂主编《善本戏曲丛刊》,台湾学生书局1984年版。

【步步娇】—【醉扶归】—【皂罗袍】—【好姐姐】—【隔尾】—【山坡羊】—【山桃红】—【鲍老催】—【山桃红】—【绵搭絮】—【尾声】

《词林逸响》①:

【步步娇】—【醉扶归】—【皂罗袍】—【好姐姐】—【隔尾】—【山坡羊】—【山桃红】—【鲍老催】—【山桃红】—【绵搭絮】—【尾声】

《怡春锦》②:

【绕池游】—【乌夜啼】—【步步娇】—【醉扶归】—【皂罗袍】—【好姐姐】—【隔尾】—【山坡羊】—【山桃红】—【鲍老催】—【山桃红】—【绵搭絮】—【尾声】

《玄雪谱》③:

【绕池游】—【步步娇】—【醉扶归】—【皂罗袍】—【好姐姐】—【隔尾】—【山坡羊】—【山桃红】—【鲍老催】—【山桃红】—【绵搭絮】—【尾声】

以上几个选本反映出从万历到崇祯这一时期,选辑者完全遵照汤本。虽然不能肯定冯本出现在哪个具体的时间段,选辑者是不是可能看到冯梦龙的改编,但是至少可以说,没有看到冯本套曲的改编影响了同时代的演出。再看其后几个选本的情况:

《醉怡情》④(《入梦》):

---

① 〔明〕许宇编:《词林逸响》,明天启三年萃锦堂刻本,选入明人散套及元明传奇散出。

② 〔明〕冲和居士编:《怡春锦》,明崇祯间刻本,选入明人传奇散出。

③ 〔明〕锄兰忍人选辑,媚花香史批评:《玄雪谱》,明末刊本,选入元明两代杂剧传奇散出。

④ 〔明〕青溪菰芦钓叟编:《醉怡情》,清初古吴致和堂刊本,选入元明杂剧传奇散出,皆为明末流行演出之剧目。

【绕池游】—【步步娇】—【醉扶归】—【皂罗袍】—【好姐姐】—【尾声】—【山桃红】—【出队子】—【画眉序】—【滴溜子】—【鲍老催】—【双声子】—【山桃红】—【尾声】

《审音鉴古录》①(《游园》):

【商调引子·绕池游】—【仙吕正曲·步步娇】—【醉扶归】—【皂罗袍】—【好姐姐】—【隔尾】—【商调正曲·山坡羊】—【越调集曲·山桃红】

《审音鉴古录》(《惊梦》):

【黄钟·出队子】—【黄钟正曲·画眉序】—【滴溜子】—【鲍老催】—【五般宜】—【山桃红】—【越调正曲·绵搭絮】—【尾声】

《缀白裘》②(《游园》):

【绕池游】—【步步娇】—【醉扶归】—【皂罗袍】—【好姐姐】—【尾声】

《缀白裘》(《惊梦》):

【山坡羊】—【山桃红】—【鲍老催】—【双声子】—【山桃红】—【绵搭絮】—【尾声】

明末清初至清代中叶,折子戏逐渐盛行,从曲牌的选择看,《醉怡情》中后半部分增加的曲牌【出队子】、【画眉序】、【滴溜子】、【双声子】这堆花四曲都属于黄钟宫,而从基本成型的《审音鉴古录》、《缀白裘》来看,接受了《醉怡情》的“众花神”的增加,还增加“睡魔神”的脚色,使场面更加热闹,但在曲牌的组合上《缀白裘》更接近于汤显祖的原本,而《审音鉴古录》则接近冯梦龙改编本,在曲词上也有袭用。而冯梦龙将仙吕入双调的【好姐姐】改为仙吕调的【一盆花】则没有被演出本接受,大概因为无论是曲牌、宫调、声情还是

① 〔清〕琴隐翁编:《审音鉴古录》,清道光十四年刊本。

② 〔清〕钱德苍编撰,汪协如校点:《缀白裘》,中华书局2005年版。

情节内容都没有大的差别，而汤显祖的原词“遍青山啼红了杜鹃”声情优美，很有意境，冯本则显得平实。

2.《寻梦》

这出戏描写了杜丽娘梦后对爱情的回味、思念和追寻，抒发了杜丽娘内心的失落和渴望。冯本在情节上删除了旦入园后，贴又上，劝旦回房的内容。在下举曲牌对比中可以看到，引调后面的【懒画眉】、【不是路】、【忒忒令】等也随之被冯本删掉。

汤本(《寻梦》)：

【夜游宫】—【月儿高】—【前腔】—【懒画眉】—【前腔】—【不是路】—【前腔】—【忒忒令】—【嘉庆子】—【尹令】—【品令】—【豆叶黄】—【玉交枝】—【月上海棠】—【二犯幺令】—【江儿水】—【川拨棹】—【前腔】—【前腔】—【意不尽】

冯本(《丽娘寻梦》)：

【仙吕·月转五更】(集【月儿高头】和【五更转】)—【仙吕入双调·忒忒令】—【尹令】—【品令】—【豆叶黄】—【玉交枝】—【金娥神】—【江儿水】—【川拨棹】—【双调·侥侥令】—【尾声】

冯本在这组曲调中除删掉的外，将联章使用的【川拨棹】后一支曲改为【侥侥令】，将原本【月上海棠】和【二犯幺令】两支曲子并为一支【金娥神】，将原属于同一宫调的曲牌调换为相邻的宫调，在曲调组合上没有更多的变化，改编的目的是为了删除内容上冗杂的枝蔓。值得注意的是冯梦龙对引曲的改编，把引曲改为【仙吕·月转五更】，这是【月儿高】和【五更转】的集曲。汤显祖原作中，引曲的曲牌选择没有什么规律可循，而且往往和套曲的宫调不一致。冯梦龙改编本会尽量将引曲与套曲宫调一致或接近。这和沈璟的观点是一致的，沈璟提倡借鉴北曲的联套方式，在传奇的曲调组合中，引子、过曲都尽量纳入同一个宫调系统中，这在后来逐渐形成一种趋势。王骥德《曲律》提出南曲联套要依循“各宫各调，自相为次。又须看其腔之粗细，板之紧慢；前调尾与后调首要相配叶，前调板与后调板要相连属”的路数。

在清以前的选本中，除《月露音》和《词林逸响》省掉引曲之外，都没有改动原本。而在清代以后的演出本中，除引曲上《审音鉴古录》和《缀白裘》采纳了冯梦龙的部分改动之外，大部分曲的选择其实更接近汤显祖的原本。

《醉怡情》(《寻梦》)：

【夜游宫】—【懒画眉】—【忒忒令】—【嘉庆子】—【尹令】—【品令】—【豆叶黄】—【玉交枝】—【江儿水】—【川拨棹】—【意不尽】

《审音鉴古录》(《寻梦》)：

【仙吕宫正曲·月儿高】—【前腔】—【南吕宫正曲·懒画眉】—【前腔】—【不是路】—【前腔】—【仙吕宫正曲·忒忒令】—【嘉庆子】—【尹令】—【品令】—【豆叶黄】—【玉交枝】—【三月海棠】—【幺令】—【江儿水】—【川拨棹】—【前腔】—【前腔】—【尾声】

《缀白裘》(《寻梦》)：

【月儿高】—【懒画眉】—【不是路】—【前腔】—【忒忒令】—【嘉庆子】—【尹令】—【品令】—【豆叶黄】—【玉交枝】—【月上海棠】—【二犯幺令】—【江儿水】—【川拨棹】—【前腔】—【尾声】

3.《冥判》

《冥判》是杜丽娘在地狱受审的一出戏，这出戏的唱词少于说白，也是动作性比较强的一出戏。在曲调组合方面，它是一出北曲套曲。

汤本：

【北点绛唇】—【混江龙】—【油葫芦】—【天下乐】—【那吒令】—【鹊踏枝】—【后庭花滚】—【寄生草】—【幺篇】—【赚尾】

冯本(《冥判怜情》):

【北仙吕·点绛唇】—【混江龙】—【油葫芦】—【天下乐】—【那吒令】—【鹊踏枝】—【后庭花】—【寄生草】—【赚煞尾】

《万壑清音》①(《冥判还魂》):

【点绛唇】—【混江龙】—【油葫芦】—……②—【天下乐】—【那吒令】—【鹊踏枝】—【后庭花滚】—【寄生草】—【幺篇】—【赚尾】

《醉怡情》(《冥判》):

【点绛唇】—【混江龙】—【天下乐】—【鹊踏枝】—【寄生草】—【煞尾】

《审音鉴古录》(《冥判》):

【仙吕套曲·点绛唇】—【混江龙】—【油葫芦】—【天下乐】—【那吒令】—【鹊踏枝】—【寄生草】—【煞尾】

《缀白裘》(《冥判》):

【点绛唇】—【混江龙】—【油葫芦】—【天下乐】—【那吒令】—【鹊踏枝】—【寄生草】—【尾】

这个组套的模式冯梦龙在其他多出戏中都曾运用,比如《邯郸梦》第十七折《军中遣间》,在套曲中,汤本形式为“【金珑璁】—【绛都春】—【混江龙】—【北尾】”,而冯本模式为“【仙吕引·似娘儿】—【北仙吕·点绛唇】—【混江龙】—【油葫芦】—【天下乐】—【寄生草】—【赚煞尾】”,这个套曲在《醉怡情》中被改为“【越调紫花拨四】—【胡拨四犯】”,暖红室刻本的用法与《醉怡情》相似,并且出注说明:“此折临川仿《幽闺·结盟》,用【金珑璁】引以下诸

---

① 〔明〕止云居士编:《万壑清音》,明天启四年刻本,所收杂剧传奇散出俱属北调。

② 原本缺。

曲，题作【绛都春】、【混江龙】、【油葫芦】、【天下乐】等牌，而不合格式。临川盖沿其误也。自后作者如洪昉思、万红友，又皆仿此折为之，而一书【紫花拨四】、【胡拨四犯】两牌。"[①]这里面有一个问题，暖红室刻本认为临川所误的，也是冯本中所体现出来的。这个不合格式是不合哪一种标准的格式呢？暖红室刻本所认可的越调套曲的组合方式与元杂剧中不一样，因此，冯本的格式是不合元杂剧的格式。传奇创作中直接使用北曲套曲，是很常见的现象，往往是整套北曲的搬用，因为单支北曲间入南套的话，在声腔上很难协调。既然是整套搬用，也就在音乐结构上严格遵守北曲套曲的格式要求。这也是沈璟、冯梦龙等曲家都一再申明"遵旧式"的要求。但事实上，遵照北套曲格式的严谨程度并不如他们所宣称的那样，而是有所弱化，包括曲牌的选择和套曲的完整两个方面。

从上文所列的选本中的套曲组合可见，后来折子戏的演出本认同了冯本，不但选择的曲牌相同，在删掉一些表达词情上显得多余的曲调方面态度也一致。

4.《拾画》、《叫画》

冯梦龙把原本中的《拾画》和《玩真》并为《初拾真容》一折。写柳梦梅捡到杜丽娘的画像，满怀倾慕爱恋之意。

汤本(《拾画》)：

【金珑璁】—【一落索】—【好事近】—【锦缠道】—【千秋岁】—【尾声】

汤本(《玩真》)：

【黄莺儿】—【二郎神慢】—【莺啼序】—【集贤宾】—【黄莺

① 转引自俞为民先生《昆曲曲调的组合形式考述》［载《东南大学学报(哲学社会科学版)》2006年第1期］一文，文中并分析越调套曲的组调形式为"【越调·斗鹌鹑】—【紫花儿序】—【调笑令】—【秃厮儿】—【圣药王】—【尾声】"，而"【越调紫花拨四】—【胡拨四犯】—【煞尾】"的套曲与之格式不一。

儿】—【莺啼序】—【簇御林】—【尾声】

冯本(《初拾真容》):

【中吕引·尾犯】—【中吕·颜子乐】(集曲【泣颜回】、【刷子序】、【普天乐】)—【其二·换头】—【商调引·凤凰阁】(集曲【前二句】)—【商调·二郎神】—【其二·换头】—【集贤宾】—【黄莺儿】—【簇御林】—【猫儿坠】—【尾声】

《醉怡情》(《拾画》):

【金珑璁】—【好事近】—【千秋岁】—【尾声】

《缀白裘》(《拾画》):

【引】—【好事近】—【锦缠道】—【千秋岁】

《缀白裘》(《叫画》):

【二郎神】—【集贤宾】—【前腔】—【簇御林】—【尾声】

《拾画》、《玩真》,演出本往往叫做《拾画》、《叫画》,曲牌选择和组合、情节安排以及科诨宾白改动较大,由原本和冯本组合而成,而取自冯本的地方更多。原作的【黄莺儿】和【二郎神慢】两支曲子在冯本中合为一支,这种做法被《缀白裘》采用。接下来的【集贤宾】曲子以及其他几支曲子,《缀白裘》也大部分采用了冯梦龙改编的曲词。总起来看,在清代以后的演出本中,在曲牌成套方面冯本有一定的影响,但是远不及他在情节安排等方面的影响来得突出和重要(这一点将在第四章详述之)。冯梦龙的制谱态度是非常严谨的:“歌先审调,不知何调何曲,则板与腔俱乱矣。”①在多出评点中表明“旧此套牌名俱乱,今查正”及“按谱细细改正”之意,因此他考察曲调的来源,明确曲牌的名称和套曲的定式,并运用到改编活动之中,而他关于套曲方面的规范在实际的舞台表演中有时候并不受欢迎。可能出于两个原因:一是汤显祖原作中有些经典唱

① 《太霞新奏·发凡》。

段情词绝美,令人难以割舍;一是在清代的演出本中更多地考虑了当时的观众的审美要求,繁复华美严谨的曲牌组合被简单化,更突出单折内所表达出的情感张力的曲调。

二、套曲的定式与变体

冯梦龙在将原本中有些散乱的曲组按照相对稳定的格式进行改编,形成一些较为稳定的曲组,比如《牡丹亭·写真》:

【破齐阵】—【刷子序犯】—【朱奴儿犯】—【普天乐】—【雁过声】—【倾杯序】—【玉芙蓉】—【山桃犯】—【尾犯序】—【鲍老催】—【尾声】

这个正宫联套里同时包含了越调、中吕和黄钟的曲牌,冯梦龙将它改成:

【正宫引·破齐阵】—【正宫过曲·倾杯序犯】—【刷子序犯】—【雁过声犯】—【普天乐犯】—【山渔灯犯】—【朱奴儿犯】—【小桃红】—【尾声】

传奇的套曲组合体式不如北杂剧稳定,根据“依字行腔”的规则,曲牌的选择和运用有许多变化,一些变化因袭成约,又成为新的定式。南北合套就是其中一种。单支北曲杂入南套的情况比较少见,而北曲与南曲以曲牌联套的结构形式混合组套在明代传奇、散曲中很普遍。刘廷玑《在园杂志》认为:“至后龙子犹辈出,以南北间错,故有【北新水令】、【南步步娇】一套;【北醉花阴】、【南画眉序】一套,如此不可枚举。”南北合套是将南曲和北曲两种不同风格和旋律的曲牌组合成一个套曲,形成奇异又和谐的音乐效果。一般来说,南北不同曲牌要在同一种宫调下编成一套,南曲与北曲常常交替出现,《录鬼簿》载:“以南北调合腔,自和甫始,如《潇湘八景》、《欢喜冤家》等曲,极为工巧。”一开始是在杂剧中南北联套,后来传奇受其影响,几乎所有的传奇作品都有南北合套的形式。

比如【北新水令】、【南步步娇】合套是很常见的，也已经基本形成定式，在张凤翼《红拂记·髯客海归》、袁于令《西楼记·错梦》等戏中都用此套，其定式为：

【北新水令】—【南步步娇】—【北折桂令】—【南江儿水】—【北雁儿落带得胜令】—【南侥侥令】—【北收江南】—【南园林好】—【北沽美酒带太平令】—【南尾声】

其中，袁于令《西楼记·错梦》最后一支曲子为【北清江引】，冯梦龙改编本也依循原本，没有变化，尚看不出冯梦龙对此南北间错组曲成套的有意识整理。而《风流梦》第三十六折将《牡丹亭·硬拷》中两支单曲【雁儿落】、【沽美酒】分别改为集曲【北雁儿落带得胜令】、【北沽美酒带太平令】，【侥侥犯】改为【南侥侥令】，则已完全依此套定式，一北一南，相间至尾，冯梦龙对传奇中出现的成套组曲进行规范之意就很明显了。但在规范之外，也有变化，如商调联套，以【二郎神】做引曲，冯梦龙《邯郸梦》第三十二折的套曲格式为"【二郎神】—【集贤宾】—【莺啼序换头】—【集贤神】—【簇御林】—【猫儿坠】—【尾声】"，将汤显祖原本中后两支黄钟宫的曲调换掉。在这个改编的例子中有两点值得注意。

一是将商调转黄钟的格式改为商调套曲。【集贤宾】、【猫儿坠】是商调，但也常常出入于其他多个宫调，组成如"【黄钟·啄木儿】—【黄莺儿】—【集贤宾】—【猫儿坠】—【尾声】"等黄钟宫套曲，这种不同宫调组成的套曲在传奇中其实很常见，也可说是一种稳定的曲组，但冯梦龙认为它不合同一宫调组曲的要求，将其改编为合乎曲律的定式。

二是冯梦龙所使用的【集贤神】(【啭林莺】)是一个集曲曲牌，由【集贤宾】和【二郎神】集成一曲。冯梦龙出于更定情节等原因增删曲文较多，常常使用集曲的方式联属曲文，再将之组为一套，成为套曲定式之外的一种变体。

“集曲”这个名词由《九宫大成南北词曲谱》(习称《九宫大成》)确定。“集曲犹词中之犯与摊破,专属于南”①,《九宫大成》把两个不同宫音系统曲牌的连接,又集成一曲的方法称之为“集曲”。关于南曲集曲,沈璟《南词全谱》和沈自晋《南词新谱》中对其所犯之调进行分析审定之后重新命名,作为这一曲牌格式,例曲如:【一封罗】集【一封书】和【皂罗袍】,【甘州解酲】集【八声甘州】和【解三酲】,【画眉序犯】则是由【黄钟·画眉序】和【仙吕入双调·月上海棠】组合而成。

集曲的方法类似于唐宋词中的犯调,使不同的曲牌转接过渡得协调,《九宫大成》对所录《牡丹亭》诸曲也多以集曲改订。如:《冥誓》出【月云高】改【月儿映江云】,集【月儿高】首句至第七句、【渡江云】末三句;《围释》出【缕缕金】改【双金圆】,集【缕缕金】、【小团圆】。《九宫大成》将收入的《牡丹亭》改为集曲的有19首之多。《九宫大成》“商调集曲”并录汤本【莺啼序】(改为集曲【莺啼御林】)和冯本【莺啼集御林】(改为【莺集御林】),显然有两相比较、以见异同的意思。②

《邯郸梦》中冯梦龙所用集曲及与原本的比较列举如下,可以看出冯本使用集曲对原本套曲进行改编的情况:

第五折《入梦成亲》【春琐窗】集【宜春令】和【琐窗寒】,本曲为原本所无,新增。

第十四折《行宫望幸》【仙吕·一封歌】集【一封书】和【甘州歌】,原本为【一封书】,冯梦龙因增添曲文而集曲。

第十五折《东巡闻警》【黄钟引·瑞云锦】集【瑞云浓】和【西地锦】,原本以【太常引】为引曲。

---

① 任中敏:《散曲概论》,见《散曲丛刊》,中华书局1930年版,第19页。

② 赵天为:《曲谱中的〈牡丹亭〉》,载《南京师大学报(社会科学版)》2007年第5期。另,《冥誓》出冯梦龙改编本【月云高】实际上集【月儿高】首句至第八句及【驻云飞】末二句为一支曲子。

第二十折《闺中闻捷》【金水令】集【五马江儿水】和【柳摇金】，原本为【摊破金字令】，这一曲牌在本组套曲中已经出现过一次，是循环复沓的联章。冯梦龙改编之后，改变了套曲的节奏，也能细腻地表现出心情的变化。

第二十二折《云阳释绑》【驻马泣】集【驻马听】和【泣颜回】，冯梦龙将原本的引曲【赏花时】改为【中吕·驻云飞】，作为冲场的第二支曲【幺】就被改为【驻马泣】。

第二十四折《长途备苦》【五供养犯】集【五供养】和【月上海棠】，原本【忒忒令】为一支慢曲，与此时遇虎的紧张情势不协调。

第三十折《侯门极欲》【双调过曲·二犯孝顺歌】集【孝顺歌】和【五马江儿水】，【南吕·梁州新郎】集【梁州序】和【贺新郎】，将原本整套曲都改过。

总起来看，冯梦龙的集曲丰富了曲牌联套，也增强了音乐表现力。

第三节　曲词的改编

戏曲的叙述主要通过以下三种语言形式完成：曲词、宾白以及科介。其中，科介作为舞台提示存在，说明动作、表情和音响效果等，是戏曲叙述的辅助性语言，曲词和宾白分别以剧中人物唱和说的方式完成戏曲的主要叙述。清代杨恩寿对三种语言形式的功能有明确的说明：

> 凡词曲皆非浪填。胸中情不可说、眼前景不可见者，则借词曲以咏之。若叙事，非宾白不能醒目也。使仅以词曲叙事，不插宾白，匪独事之眉目不清，即曲之口吻亦不合。①

---

① 〔清〕杨恩寿：《词余丛话》卷二《原文》，见《中国古典戏曲论著集成》（九），中国戏剧出版社1959年版，第256页。

关于戏曲语言的批评概念最重要的是"本色"、"当行"论。"本色"、"当行"所论及的内涵非常宽泛，包括曲词、曲律、宾白、情节关目的设置等诸多方面。一般来说，"本色"主要指语言的风格，"当行"则综合考虑到舞台表演的整体效果。本书论冯梦龙改编曲词、宾白、科介等都围绕"本色"、"当行"展开。

关于戏曲语言，冯梦龙在王骥德《曲律·叙》中批评当时文人传奇创作的逞才斗艳的文辞"饾饤自矜其设色，齐东妄附于当行"，"格喜创新，不思乖体"，于文词与格律之争中支持沈璟等的主张，强调曲词须"合律依腔"的要求。他对"本色"、"当行"的解释是："当行者，组织藻绘而不涉于诗赋；本色者，常谈口语而不涉于粗俗。"①大体上可以认为，冯梦龙对戏曲语言的要求是真实自然，不过于雕饰，不引经据典，也不可太油滑鄙俗，从戏剧表演的角度上理解也应该是真实自然，合乎剧中情境营造的要求。

曲词作为一种叙述方式，把场上的事件、场景、人物以及人物的情感直接表达出来传达给观众，主要由独唱、对唱和合唱构成。独唱以抒情为主，对唱则是场上脚色交流感情，可推动剧情的发展，合唱可以是二三人的同唱，也可以是在场脚色的全体合唱，主要用于渲染热烈的舞台气氛。"真实自然"的曲词也与情感表现、情节发展、情境营造等诸多环节相关。

首先，真实自然要求曲词符合剧中脚色的身份及性格特色。

如张本《灌园记·迎立世子》中太史敫的唱词：

【六幺令】田畴丰穰，喜西成已及收藏。公私逋负有何妨？偿私债上官粮。一家数口都欢畅，一家数口都欢畅。

从太史敫的身家地位来说，"偿私债上公粮"云云，显然太过小

① 〔明〕冯梦龙：《太霞新奏》卷十二，《善本戏曲丛刊》本，台湾学生书局1984年版，第612页。

家子气了。因此,冯本改“公私逋负有何妨?偿私债上官粮”这段唱词为:“何须万斛与千仓?无逋负有余粮”,气度大方得体。

张本《红拂记·仗策渡江》一折中李靖的唱词:

> 【瑞鹤仙】少小推英勇,论雄才大略,韩彭伯仲。干戈正汹涌,奈将星天耀,妖氛犹重。几回看剑扫秋云,半生如梦。且渡江西去,朱门寄迹,待时而动。
>
> 【锦缠头】……这鞭梢儿肯随人调弄,待功名铸鼎钟,方显得奇才大用,任区区肉眼笑英雄。

第一曲用了“韩(信)彭(越)伯仲”、“将星未耀”二语,冯梦龙以为此语“不肖李靖大志”,韩信与彭越只是将才,为人所用且最后兔死狗烹,结局都不好,李靖雄心大志,谋图天下,思用人而不是为人所用,所以冯梦龙改这两句唱词为“天资独纵”、“沉吟自想”。改第二曲的“奇才大用”等词为“看纷纷逐鹿,我宁甘伴赤松?剑气冲霄汉,要把欃枪扫尽日当空”,显出大英雄、大豪杰的胸襟抱负。①

这处改编,冯梦龙参考了凌濛初《北红拂》杂剧的构思。凌濛初对剧中人物性格的设定就是将虬髯客、李靖都作为当世豪杰人物来描写,都欲竞逐天下。②

---

① 冯梦龙眉批:“原稿曲白用‘韩彭将星,调羹济川’等语,不肖李靖大志,且与西岳庙一折不相照,今改正。”(此原稿与“韩彭将星”、“妖氛尤重”所据版本有别。)“(【正宫·锦缠道】)首句三字宜韵,原稿‘本待学’失韵矣,‘我有屠龙剑’二句太长,唱者遂误增一板,可恨。且‘奇才大用’等语,不似图王口吻,故全改。”

② 〔明〕凌濛初《〈红拂杂剧〉小引》云:“李药师慷慨士,侯王且不屑一盼,彼侍者自瞩目,岂其所关情者!乃归逆旅,思之,有是理乎?其最舛者,髯客耻居第二流,故弃此九仞,自王扶余。既得事矣,乃谓其以协禽高丽,重踏故土,称臣唐室。操此心于初时,岂不能亦随徐李辈,博一侯王封,得必自为夜郎耶!”转引自蔡毅编《中国古典戏曲序跋汇编》,齐鲁书社1989年版,第880页。

张本《红拂记·教婿觅封》，最后生旦告别，唱：

【长拍】〔旦〕滚滚征尘，滚滚征尘，重重离思，迢迢的去程无际。〔生〕娘子，你有甚言语叮嘱我？〔旦〕我欲言还止，转教人心折临岐，无奈燕西飞，更生憎影茕茕，伯劳东去，只怕萧条虚绣户，禁不得门掩梨花夜雨时，纵不然化做了望夫石，也难免春来瘦了腰肢。

【短拍】〔生〕泪染冰绡，泪染冰绡，愁浓绿蚁，为功名难免别离，自笑处囊锥，解不开这些愁绪，怎理得乱绳千缕，早图个分茅列土，趱归路，促高车。

【尾声】修书须把平安寄。〔旦〕织得回文付与谁，只索梦趁飞花逐马蹄。

这样依依惜别的小儿女情态，冯梦龙以为不似李靖、红拂二人口吻①，故改为：

【长拍】〔旦〕滚滚征尘，滚滚征尘，迢迢驿路，逗起万重离思。〔生〕娘子有甚言语嘱咐我？〔旦〕干戈扰攘，纵横豺虎，就其中辨别雄雌。此去似鸟投枝。自古道：临事而惧，好谋而成。须万分详慎，休逞少年豪肆。〔生〕小生领命。〔旦〕竭节虑忠失圣主，为将帅统军师，扫尽四方蛇豕。〔生〕娘子，小生只是放你不下。〔旦〕休得为陌头柳色，系挂丝丝。

【短拍】〔生〕塞外征人，塞外征人，闺中少妇，为功名难免参差。〔旦〕官人此去，竟投李公子便了。〔生〕此去似铁投磁，趁康庄好驰騄駬。直待分茅列土，那时方表是男儿。

【尾声】囊锥脱颖终须试。〔旦〕豪杰从来不顾私。〔合〕不负了相赠千金进取资。

---

① 第十九折眉批："原本叙别俱用寻常情语，全失英雄本色，故改正，谓□志在功名，离别何足叹。"

改编本中的唱词豪迈慷慨，有英雄气。李靖与红拂已经定情，一般来说，自然愿相守不愿分离，但为宏图大计不得不暂别，别情缱绻难舍也是人之常情，“无情未必真豪杰，怜子如何不丈夫?”以柔情语写惜别，更能显出大英雄亦真情的本色来。但是，张凤翼的词句“泪染冰绡，愁浓绿蚁”之类，落入俗套，不见真情流露，反而令人有堆砌拼凑之感。所以冯梦龙的改编虽然未必很好，但脱俗，与红拂、李靖的人物形象也还般配。而且，他从设想人物命运及当时情境的角度出发，要求曲词尽量与之吻合的观点也是没有问题的。

其次，真实自然还指曲词应当合乎剧中的情境。

在张凤翼《灌园记·君后授衣》中，田法章落魄至为人灌园，小姐怜惜他，赠以衣袍，互相之间好感初萌，爱慕渐生。但原本唱词与此时微妙暧昧的情境不符合，破坏了剧中温柔含蓄的氛围。

【大迓鼓】〔小旦〕多娇，为尔曹，针针线线，手自勤劳。从今不必烧祆庙，管取银河渡鹊桥。〔生合〕这段良缘如漆似胶。

【前腔】〔生〕妖娆，解珮要，兰心蕙性，嫩蕊柔条。瑶池已报三青鸟，缑岭应须弄玉箫。

冯梦龙以“从今不必烧祆庙，管取银河渡鹊桥”、“缑岭应须弄玉箫”等语便涉情事，初见不应尔尔，改为“似女萝宛转相缠绕，不教松柏岁寒凋”、“未知何日报琼瑶”。两相比较，冯本语意缠绵而更饶情致。

合乎剧中当时情境，其实也包含了适合剧情表达、有助剧情发展的意思。冯梦龙所编曲词往往注意到叙事的顺畅清楚，委曲尽情。在《人兽关·谊存》中，施还责骂桂薪无情的曲词，原本是这样的：

【豆叶黄】想当时投托，孤寡凄惶。竟不念千里颠连，竟不念千里颠连，受尽了百般悒怏。恩偏仇报，义翻怨偿。纵严父魂归泉壤，纵严父魂归泉壤，恐地下相逢，你的赧颜怎当。

这段曲词有埋怨责备的意思，但表达的力度不够，只听见施还反复骂桂薪忘恩负义、不知羞耻，却没有足够的指证，将桂薪的面目揭露人前。冯梦龙改编的唱词："我辛勤远涉，伺候门墙。你那时席也不值得一设，坐也不值得一陪。你把我做隶仆看承，你把我做隶仆看承，希罕你贶金一两？恩偏仇报，义翻怨偿。纵亡父在九泉之下，亡父在九泉之下，料想灵魂也痛结肝肠。"将来龙去脉数落一番，剧情也交代清楚了，剧中人物的愤懑也表达了，场中气氛也更为热烈。

《永团圆·看录明缘》里，冯梦龙出评曰："此折是极要紧关目，曲系全改，虽多，决不可删。"冯梦龙将这一套商调曲词大部分改过，试比较如下：

原本：

【逍遥乐】漂泊余生蹇，天涯萍寄乡关远。心中旧事上眉尖，闲抛象管，倦绣鲛绡，懒拈花钿。

【集贤宾】闲翻案牍玩简编，见疏草连篇。忧国孤忠笔底传。著刑书炯然天意。那些金钱册卷，是裕国储边要券。详展遍，想鞅掌宦尘非浅。

【琥珀猫儿坠】一番惊喜，愁绪转相煎，岂恋新姻遗旧眷。为甚的人非故我姓依然？难辨，早难道弄鬼妆傩，把奴欺骗。

【啄木鹂】只为你年方壮，应把佳婿选，我刮目儒林物色先。喜英俊丽才偏擅，魁金榜姓字高悬。鸳鸯谱上合共填，氤氲使者应相倩。促妆奁，行看取双双彩凤，咆咆花外哢。

……

冯本：

【商调引·逍遥乐】漂泊余生蹇，还向高门寄残喘。心中旧事万和千，眉头暗锁，有口难开，有信难传。

【商调·集贤宾】闲翻案牍玩简编，见疏草连篇。一片丹心将经济展。看刑书天宪森然。军储要典，论足食是足兵前件。身贵显，受鞅掌宦尘非浅。

【莺啼序】才郎得第膺县选，在属近乘轩。恰生生是江姓姻联？恁般样十分凑巧，教月下老也难寻方便。心暗转，这哑谜好难决遣。

【簇御林】只为你年非幼，况才貌全，选门楣，择大贤。东床□获金门彦，正好结鸳鸯串。美姻缘，氤氲使者，早把彩丝缠。

……

【啄木鹂】是以【啄木儿】为主的一支集曲，属黄钟宫，冯梦龙将之换成一支【簇御林】，改编后的套曲为商调常见的套式。除转换曲牌以外，他对这组曲词进行了大量的删改。本出戏写江兰芳为情投江，之后命运多蹇，颠沛流离，却忽然看见情郎的名字高悬金榜，有了确切的讯息，自然惊喜交加，但是又看到蔡文英娶妻江氏的记录，因为当初蔡文英聘下自己，尚未嫁娶，怎么记录上会是娶妻？惊喜之余，又猜疑不定。这一番起伏不定的心情，必须反复细腻地描摹，才能见出意致。这一段改编，以委婉细腻的曲词将江文英的满腔心事吐露无遗，宛转多姿。

再次，追求真实自然的曲词，反对藻饰，不追求词采，但这并不意味着文辞的平淡无味。

冯梦龙认为曲词中掉书袋是无趣的，李玉《人兽关·闺箴》中俞公训女时父女所合唱的最后一曲：

【尾声】〔外〕论齐家先诚正。〔旦〕修身日夕凛冰兢。〔合〕共享清时乐太平。

原文一本正经地引用了《大学》“格物、致知、诚意、正心、修身、齐家、治国、平天下”的语言，冯梦龙将它改为：

【尾声】〔旦〕守闺门依亲令，从今针指向窗棂。〔外〕自古道自在成人不并行。

冯梦龙的曲词使用了更加生活化的语言，父女间谈话轻松自然，生动浅近，同样表达了训导的意思。

真实自然的语言用于写景抒情，更能见出清新之美，令人回味。冯梦龙赞美《量江记·月夜量江》中一曲【北正宫·端正好】的唱词“豪爽激扬”，是“最得意之笔”①，这首曲词这样唱道：

淡烟笼，微风荡，遥天霁碧月沉江。悄将一苇中流放，端的是襟怀畅。

冯梦龙称赞的曲词在静谧中隐含着激情，与月下量江这样一件重大而隐秘的情境相融合，而且语词优美，景致淡雅。

冯梦龙所改过的写景的曲词如李玉《人兽关·离樽》中的【普天乐】一曲：

石虽顽，曾听讲，阁凌空，西山爽。《茶经》载，《茶经》载，清冷三泉涧依然，古鹤何方？看白云千顷，极目正苍茫，楼仰坡仙，无尽诗囊。

改为：

殿参差，随方向，树阴森依石长。泉甘美，泉甘美，陆羽曾尝。涧依然古隺何方？行过一石梁，望瑶阶千尺，游客如狂。

相比于李玉原词刻意套入“顽石点头”、“陆羽著《茶经》”等人文典故，冯梦龙的曲词更加清新流畅，有自然之美。

第四节　冯梦龙改编本的宾白改编特色

宾白的分类从形式上有上场白、下场白、插白、旁白、背白、带

① 眉批：“全记之主词，豪爽激扬，盖称英雄本色。全记中最得意之笔也。或嫌一人独唱终似冷淡，不知夜深江净之后。与红拂私奔不同，别寻枝叶不得。”

白等,主要用于脚色的自报家门、介绍背景、交代情节、插科打诨等。从场上表演角度看可以分成独白和对白。从念白语体看,又有韵文体念白和散文体念白。

徐渭的《南词叙录》解释宾白条云:"唱为主,白为宾,故曰宾、白,言其明白易晓也。"①在元代杂剧中,宾白的地位是辅助性的。明代以后,宾白逐渐引起注意,冯梦龙虽然没有专门的理论阐述,但在改编过程中,和对曲词一样,体现了对宾白非常具体的要求。

首先,宾白应符合人物身份个性和剧中情境,并且有助于拓展表演空间。

冯梦龙改编宾白和他对曲词的要求一样,符合人物身份个性和剧中情境,不同的人说不同的话,不同的场景表达的语气都不一样。

他在《新灌园·忠孝私忧》一折中,王蠋拜见法章时便加入了一段话:

〔外〕殿下在上,老臣王蠋参见。〔生〕先生请起,看坐来。〔外〕老臣告坐了。〔坐介〕

这段寒暄是君臣相见时应有的礼数,如果没有,显然不是真实的场景。《邯郸记·合仙》写到因为吕洞宾度引卢生迟迟不归,何仙姑感到疑惑,对钟离说道:"钟离公,着你高徒洞宾子奉东华道旨,下界度引真仙,还不见到,好闷人也!"这句"好闷人也",听起来怎么都像是一个民间小女子撒娇作嗔的派头,冯梦龙改为:"何也?"淡淡两个字,略示疑惑,不太动声色,把何仙姑作为一个仙人闲淡冷静的形象表现出来。

冯梦龙有意在改编中增加许多宾白,都是为了扩大表演空间,

① 〔明〕徐渭:《南词叙录》,见《中国古典戏曲论著集成》(三),中国戏剧出版社1959年版,第246页。

丰富情感表达的层次，而不在于言谈间的咬文嚼字。在《新灌园》中，冯本和张本在“赠袍”这一出里关目相同，唱腔变化也不大，但多出许多宾白，比如张本：

我也不指望什么另眼相看，只是小姐这一段好意思，不免挂在心上。

冯本刻画人物心理则细腻曲折一些：

且住了，多承小姐屡次送许多东西与我，我欲待把心事告诉他，又想说而无益，万一泄漏机关，反为不美，以此只得忍住了，那小姐这段恩情，不知何日得报也？

张本：

〔小旦〕王立哥，小姐来了。

冯本则交代得比较周全：

〔贴〕王立哥，小姐来了，过来拜见。〔生〕呀，小姐拜揖了。王立不知小姐到来，失于迎接，万罪，万罪！

张本只一句带过的地方：

〔递衣料〕

冯本却浓墨重彩，不厌其凡，生动表现了人物当时的情态：

朝英，你把衣服递与他。〔贴递衣介〕你拿去穿在里头，天气寒冷，小姐特地做来与你，不要小看了。〔生〕岂敢？

冯梦龙的改编在宾白上下的工夫使舞台上更加活泼，而且对单个关目细细打磨，使其更加出彩，有助于戏曲片段的演出。后来折子戏在这一方面上得益不少。冯梦龙的用语非常善于表现感情上的细微变化，有许多精彩的地方。在《西楼记·凌窘》里，写穆素徽和池同的一段对话：

〔净笑介〕行院人家，从了良，到说什么冰霜操守，出乖露丑，不是守那于叔夜么？〔旦〕正是！〔净〕你要从他。我先摆布杀他便了。直教斩草除根后。有甚别个朋友。〔旦〕好苦呵。

冯本则改为：

〔净笑介〕行院人家，从了良，倒说什么冰霜操守，出乖露丑！不是守那于叔夜么？〔旦〕呸！难道守你不成！〔净〕阿呀，你从良正是收心候，还想甚别个朋友？〔旦〕好苦呵！

素徽被鸨母和池同串谋欺骗，面对池同自有怒气，简单回个“正是”倒显得她若无其事，有点不像。而冯梦龙就把素徽的话改为：“呸！难道守你不成！”这样直言冲撞，才合乎情理，而且有这么一出对手戏，演出时便更生动了。此外，在冯梦龙的改编里，池同虽恶劣，不至于如此心性残暴，便将那杀意逼人的话语改了。

在《永团圆·诡离》中，蔡文英受江纳、贾金等人所迫，原本只写蔡文英无奈写下离书后说道：“就要写，亦是小事，但晚生不识离书款式？”写下之后还说：“今日要烦贾老先生做个见人，倘晚生后日侥幸，岂可使世疑晚生有弃妻之事。”在受逼迫之下，蔡文英很快地屈服，并说写只是小事，甚至讲究起款式书法，令人不可思议。写完离书只安静地说日后请做个见证，以示今日负心之无辜，这般言语只能说明蔡文英的虚伪，令他担忧着急的不是妻子的分离而是保护自己并非薄幸的名声。这样的描写是有损于蔡文英形象的，而且也无法表明在被逼悔婚时他愤懑又无奈的矛盾内心。冯梦龙则增加了大段的说白：

〔生〕要离便离，写他什么？〔小净〕蔡兄，这是常规，免不得的，一定要写。〔生〕嗄，一定要写么？这也是小事……〔生阁笔介〕晚生是不愿的。〔小净〕蔡兄，文书上要是这样写，这不过是套子。〔生〕便写。

这段对白就写与不写，不写又写，反复之间，活画出了此时蔡文英的心境。

说白填补曲词之间情节衔接的一些空白，在推动剧情发展方面也能起到重要的作用。在《永团圆·喜闻捷报》一折中，冯梦龙增加了净吊场的一大段独白：

这一个好女婿，我江纳有眼不识太山，几乎送断，且喜次女联姻，亲情未绝。如今把亲母奉承起来，料然贤婿必不记前仇了。还有一说，我一向闲住在家，已无意进取，今日贤婿高捷，不觉宦兴勃然。闻得朝廷近开事例，许容加纳补选。我拚费千把银子，往京走一遭，顺便就看贤婿一看，有何不可？

江纳在这里清清楚楚地交代了事情的来龙去脉，后面他在京城发生的事情也就不觉得突然了。

其次，宾白应通俗浅近，但不可太过油滑鄙俗。

宾白使用的是口语，通俗浅近，和日常生活接近。因此它倒不至于会有寻章摘句的弊病，需要特别注意的是容易走向另一个极端，即流于俗化。

在早期南戏中，宾白里插科打诨的内容占了很大一部分，特别是有净和丑两类脚色出场的时候，往往都在表演中插科打诨。这类插科打诨有时用以交代情节、人物、事件背景等，但更多的时候仅仅是为了渲染和调节场上气氛，使表演达到轻松搞笑的娱乐效果。其中就有一些插科打诨纯粹是一些粗鄙语、调笑语，仅仅起到低俗娱乐作用。冯梦龙将不雅的宾白一一删去，代之以简单的语言说明情况，以便剧情过渡。

冯梦龙改编本很少出现过于粗鄙的文字，对于原作中过分的不雅之词，他也必定加以修改。如袁于令《西楼记·错梦》中于叔夜的仆人文豹出场的时候，曾用了一段与剧情无关的令人难堪的不雅文字，冯梦龙将它删去，只以“听得唤文豹，文豹忙来到，相公要甚么”几句话带过。

汤显祖《邯郸记·织恨》，写催锦的官员来到织房，对于崔氏及丫鬟梅香百般凌辱时，也有一段不雅的话，冯梦龙将它略带过去，让高力士及时赶到，化解了这场危机。

剧中市井俗语若是有侮辱人的，冯梦龙也有意改换其他更易为人接受的词语。比如李玉《人兽关·愤泣》中，施母指斥尤氏“这贱人”，冯本中只说“这不贤妇”。不过，从戏剧效果上来说，这些改动则不那么生动，想象施母如此这般做作地指斥，应该是有点儿别扭怪异的，影响场上氛围，不能不说冯梦龙是矫枉过正。

当然，冯梦龙也有意以轻松搞笑的宾白来插科打诨，他善于在文字谐音上做机关，营造一种文字游戏的趣味，调节观众的情绪。如在《风流梦·行访状元》一折加入了一段对白：

〔老旦〕琼林宴，进士都要题诗哩。〔丑〕如今那一个诌不出几句歪诗？〔老旦〕韵不熟。〔丑〕叫俺家老婆去罢，俺老婆孕极熟，一年养一个孩子。〔老旦〕休得取笑，还是叫去。

冯梦龙此处评曰：“又为诗客发科。”“发”有生发、引发之意，说借题发挥，用“韵”和“孕”的谐音逗个乐。《量江记·州堂辱使》中也有类似这样的谐音逗趣，弓洎到宋朝来拜访，明为聘问，实为打探，他到州府堂前，大大咧咧地说：

〔(丑)到门望介〕呀，正遇开门，不免大着模样，不要损了志气。左右报去，说弓爷来拜。〔众喝介〕俺樊爷正坐大堂，甚么公爷婆爷，敢来搅扰！

“弓爷”本来指的是弓洎，故意说成“甚么公爷婆爷”，不仅以文字谐音的趣味来调和场上气氛，有趣得很，可以想象场上的生动活泼。而且，作者在此隐约借兵士之口，对这类心怀不轨的来使表示了鄙夷和愤慨之意。

再次，冯梦龙改编本较好地将曲词与宾白结合起来，做到曲白相生。

曲白相生是指曲和白作为戏曲语言的有机整体，互相生发，互相照应。或因曲生白，依照上文曲词的意思顺势延伸出下文的宾白，曲词本身已隐含了宾白的意思，宾白对曲词的意思进一步阐明，正所谓水到渠成。或承白生曲，由宾白引发出下文的曲词。宾白所说的内容，曲词加以解释。如果单单有宾白，就显得单一枯燥，由下文的曲词加以具体的敷演、诠释，才有血肉丰满的感人力量。

曲词写作受格律限制，叙事抒情总是会有空间腾挪不够的地方，虽然也可加上衬字，仍然不如宾白那样灵活自如。由早期杂剧南戏而来，剧本对宾白忽略的习惯造成剧作家们有时会漏掉一些需要交代的小细节，使得曲词之间连接不够紧密，也不够流畅。恰到好处的宾白便可以弥补这一缺憾。另外，曲词与宾白的一唱一和，从形式上看来也更活跃，有助于调节场上气氛。如他写《新灌园·齐王拒谏》一折，王蠋劝齐王时唱道：

【黄钟·啄木儿】他招乐毅为亚卿，〔净〕乐毅是个匹夫，一发不足为虑了。〔外〕十载雄心思大逞。〔净〕干得甚事？〔外〕他那里市骨求贤，〔净〕俺这里也不弱。〔外〕俺这里黩武穷兵。〔净〕像我也勾了。〔外〕他那里养民训民勤修政。〔净〕俺这里也不让他。〔外〕俺这里色荒酒荒耽欢庆。〔净〕嗄，嗄，荒于酒色，难道是个昏君？可恨，可恨，〔外〕大王，怕一旦兵马临城难抗衡。

原本只有王蠋一方面的唱词，表演未免单调，而且单凭一个人慷慨陈词，没有齐王愚蠢的傲慢相衬托，王蠋那种冒死进谏的勇气就显不出冯梦龙改编本的那份惨烈。

从冯梦龙的改编中可以看出，他把曲文和宾白看做是一体的，在语气、辞意上贯通，共同营造特定的情境。用宾白在曲词之间充当一个适当的承接，与曲文相互照应。冯梦龙改编本中还有一种以曲文与宾白相问答的场面。念白问话，曲词回答，宾白所说的内容,曲词用唱词加以具体解释,以达到强调、突出的目的,在渲染感情、抒怀兴寄上有其突出鲜明的作用。即使在只有一人单独出现的场合,也可以用独自唱答的方式来说明唱词,并有利于显出剧情的进展,这样的语言是有动作意味的戏剧性语言。如《永团圆·看录明缘》一折中,在江兰芳独自翻阅案牍时,冯梦龙便运用曲白交叉的方式,说明【集贤宾】一曲的文词:

【商调·集贤宾】闲翻案牍玩简编,见疏草连篇。一片丹心将经济展。〔又翻看介〕这都是刑名文卷。看刑书天宪森然。〔又翻介〕这是钱粮册簿。军储要典,论足食是足兵前件。我想为官的呵,身贵显,受鞅掌宦尘非浅。这是一本题名录。〔看介〕第一甲第一名,商辂。〔又看介〕第二甲第七名,蔡文英,应天府人。呀,这是蔡郎……可喜,可喜!

【莺啼序】才郎得第膺县选,在属近乘轩。〔再看介〕娶江氏。呀,奴家未曾过门,止该写聘江氏才是,如何写起娶字来?……难道恰生生是江姓姻联?恁般样十分凑巧,教月下老也难寻方便。心暗转,这哑谜好难决遣。

曲白相生也使得舞台的演出更具通俗性,观众易解。如此的一唱一白,故事的发展更加明白易晓,否则如果只是单独的唱曲,剧情要如何让观众明白还真是个费思量的事。冯梦龙善于组织曲白相生的表演形式,调节场上情感节奏。在《女丈夫·改装夜奔》中,将原本简单的会面,增加了许多心事的反复,把深夜相见的场景渲染得既紧张又有趣,十分生动。

李渔在《闲情偶寄》里感慨的“得一句好白,而引起无限曲情”,又“因填一首好词,而生出无穷话柄”,的确道出了欣赏“曲白相生”手法的意趣。①

① 〔清〕李渔:《闲情偶寄》,浙江古籍出版社 1985 年版,第 41 页。

第五节　冯梦龙改编本的舞台提示

在古典戏曲中，戏剧动作是用“科”或“介”来提示的。“科”和“介”在来源上有本质的不同，杂剧中的“科”承载了戏曲起源上与宗教仪式的相通之处，而早期南戏中的“介”隐含了上古礼仪“介”的脚色中导引之意①，到了后来杂剧与传奇都发展至成熟期的晚明，科介之间涵义与风格的差异已经十分模糊，几乎可以混为一谈了。在徐渭《南词叙录》中，科介就没有分别。他解释道：

> 科：相见、作揖、进拜、舞蹈、坐跪之类，身之所行，皆谓之科。今人不知，以诨为科，非也。
>
> 介：今戏文于科处皆作“介”，盖书坊省文，以科字作介字，非科、介有异也。②

这种看法在当时是有代表性的，科介都是用以标示脚色的动作、神情等场上之态。作为舞台提示的科介语言，主要有两种表达内容。一是提示剧中人物的舞台动作表演，早期南戏或标以“介”，或直接提示动作，还有的南戏剧本并不明确指定具体的动作，只以“介”、“有介”表示，具体演员该用什么样的动作表演，只能自行想象。传奇中大多沿用“介”来表示演员动作，也有继续用“科”的，比如张凤翼《红拂记》即是用“科”标示。二是说明场面转换，“介”为导引作用之古义，但往往并不标明“介”这个字，包括一些人物的上下场、穿插的集体性动作表演，还涉及演员的装扮化妆。冯梦龙在改编中大大丰富了科介的表演内容，显示出他对戏曲中“剧”的成

① 康保成：《戏曲术语“科”、“介”与北剧、南戏之仪式渊源》，载《文学遗产》2001 年第 2 期。

② 〔明〕徐渭：《南词叙录》，见《中国古典戏曲论著集成》（三），中国戏剧出版社 1959 年版，第 246 页。

分的重视和提升。冯梦龙改编本对演员场上的表现诸如动作、表情、扮相等都有更详细明确的说明，便于演员参照，也表明一个“导演”对剧本的理解。①

首先，在对人物出场的介绍中，冯梦龙改编本传达出更丰富的信息量。

试将冯梦龙所改动过的舞台提示对比，可以看到，冯梦龙对演员的装扮化妆有详细的说明，如《灌园记·王蠋论谏》只简单地介绍：“生世子上。”而冯梦龙则介绍了生的衣装：“生金冠蟒服上。”原本只说：“外扮王蠋上。”冯梦龙改编本则明确为：“外缫头彩服上。”在原本中，表明脚色及所扮之剧中人物，只是简单的提示，而冯梦龙改编本规定的脚色出场的外在形象，是对脚色搬演的指导，也说明在冯梦龙的观念里戏曲“扮演”的重要。

《邯郸记·行田》里，汤显祖仅注明“生上”，冯梦龙详细地介绍了“生上”的状态是“生旧衣儒扮上”。装扮成儒生，符合他读书人的身份，这位儒生不是衣着光鲜，而是穿着旧衣，以表现其落魄之意。这样一个清白的耕读世家出身的读书人，自认为是怀才不遇却在这邯郸道上守着数亩荒田，那郁郁不得志的酸气从这一出场亮相上就表现出来了。在下一场戏中，何仙姑持扫帚出场，冯梦龙特别加上了“贴扮何仙姑持帚上”，点出脚色分配，作为一个不太重要的配角，由“贴”来扮何仙姑，这是恰当的。

舞台道具的说明也比原本来得仔细。李靖在张本《红拂记》第二出出场的时候只说明由“生扮李靖上”，而在冯本中则具体描述为“生巾服佩剑上”。“巾服”说明他有儒者气度，“佩剑”则显示他侠士本色，观众一眼就看明白出场的是一位能文能武的英雄。张本《侠女私奔》中红拂的出场是“旦紫衣纱帽上”，冯本改为“旦执

① 详见附录五：冯本《邯郸梦》对汤本《邯郸记》舞台提示语言改编。

拂上”。对红拂来说,她的标志性装饰是一个道具——红拂,这是她独有的,随身亮相有其独特性,所以特意标明,而她的服饰颜色反倒不那么重要了。

在《量江记·量江》中,“生扮渔人驾船上”,而冯本中点出:“生带笠扮渔翁作摇船上。”这里改动了两个细节:一是增加了头饰,虽然生扮做渔人未必一定戴斗笠,但明确要求戴着斗笠上场,说明冯梦龙十分注重演出情况的细节,以及对演出的真实效果所产生的考虑;二是增加了摇船的动作说明,这都是细节化的表演,虽然演员在场上有可能根据演出经验增加摇船的动作,但是,作为一剧作家应该先考虑这样的问题,而这些往往是很多剧作家所忽略的。

在冯本中,对道具的说明不止这一处,从眉批中亦可以看出:

> 旦先伏桌下,俟徐揭桌裙扶出。又须翠翅金凤,花裙绣袄,似葬时妆束,方与前照应。(《风流梦》第二十五折眉批)

在这里,虽然此折在动作上只标明“生、贴同扶旦出介”,但他意犹未尽,在批语中详尽地写出自己对表演的设想,怎么在舞台上把开棺还魂的戏展现出来?桌子是虚拟坟地棺木的道具,旦亮相时着装必须和以前不差一丝一毫,给观众以真实还魂的感觉,这里其实涉及戏曲表演设计中虚实的问题。

虚实相生是我国古典美学的原则之一。它首先表现为以少总多的特点,内蕴的丰富与表现形式的简单相反相成。其次以形写神,将能直接作用于感官的实在形式赋予想象,使其具有无形的意象美。戏曲的美学特征之一便是对生活的模仿,以艺术虚拟的方式表现生活经验。而戏曲运用虚拟手段的手法是有条件的,何者当虚,何者当实,取决于剧情和表演的需要,把写实和写意结合起来运用。舞台的空间布景是有时间性的,随着演员的上下场而产生和消失,《杜女回生》里的这张实实在在的桌子和那套依然华美的服饰带给观众回生的感觉,一起营造了一个令人惊异的还魂现场。这类精妙的艺术构思在冯本中多次出现：

> 演者须预制篱竹纸轿一乘，下用转轴推之，方妙。浙班用枪架以裙遮之，毕竟不妙。（《梦磊记》第十七折眉批）

冯梦龙根据戏班演出的实际经验总结出场上道具如何制作、如何使用，并不是凭空臆想得来。与其他曲家相比，冯梦龙对现实生活和实际表演经验对创作的指导有着近乎本能的敏感。戏曲艺术家阿甲在总结我国戏曲艺术的表演形式时有一段总结：

> 戏曲舞台艺术的表演形式，就是通过上下场的规律来表现生活真实的。但上下场本身是抽象的，它只有结合了唱、做、念、打始能完成具体的舞台形象，始能出现舞台空间、时间共同所组成的规定情景。……分场形式一方面给表演技术在活动上以无限的自由，同时又要求表演技术的组合上有严谨的规格，如果表演动作（这里主要指虚拟动作）的尺寸不准确，层次不分明，结构不严格……表现力不强，不准确，不鲜明，就完成不了分场形式所赋予的舞台任务。①

尽管冯梦龙当时不能对表演程式进行理性的阐述，传奇也还说不上完成了动作布景等内容的程式化。但这时大概也有让演员和观众一起认同的程式化表演动作，冯梦龙的科介语言中表现出来的就是这样程式化过程的点滴记录。

其次，冯梦龙改编本更擅长通过一定外形动作表现剧中人物的内心情感和场上氛围。

《红拂记·张娘心许》中描写了李靖和红拂初次相遇的场景：

> 〔生见长揖云〕司空拜揖。〔外作坐受科，生〕天下方乱，英雄竞起。公为帝室重臣，须以收罗豪杰为心，不宜倨见宾客。〔外起谢介〕老夫有罪了。请问先生，今天下纷纷，定而复乱。

---

① 阿甲：《戏曲表演论集》，上海文艺出版社1962年版，第128～129页。

先生远来,何以教我?〔生〕司空请坐,待小生拜禀。〔外〕先生请坐讲。〔旦目生科〕

李靖前往拜见杨越公,张凤翼描写得很有序,拜揖、坐受、起谢,晤谈进退间,侍女红拂随侍在旁,为其谈吐心折。张凤翼用一个动作表现:“旦目生科。”这个动作不太能引起观众的注意,而且也不足以表现一个女子遇上心仪的对象时情绪的波动。

冯本《女丈夫·越府献策》说白的语词更加简洁,且层次分明,同时非常合理地设计了一个表演空间让全剧主要脚色的红拂表现她的心情。

〔生进揖介〕老司空拜揖。〔外坐受介〕免礼。〔生〕天下方乱,英雄竞起,公为帝室重臣,须以收罗豪杰为心,不宜倨见宾客。〔外起介〕老夫有罪了。红拂,为我取茶相待。〔旦〕晓得。〔虚下、取茶上、作送茶注目生介〕〔外〕请问先生,今天下纷纷,定而复乱,先生远来,何以教我?〔生〕听禀。

冯梦龙将“外”在科介里表示有愧疚的“谢”字,转化为请红拂取茶相待的一句宾白。“谢”是一个概念性的动作,具体如何在舞台上表演出来,不好把握,而言语在舞台上是容易为观众领会的。这个转换的最大好处是给了红拂表演空间,否则她只是在台旁抛个眼神有什么意味?当红拂第一次见到李靖时,“虚下、取茶上、作送茶注目生介”,这几个动作一气呵成,上下转折,有行云流水般的美感,既演出了红拂对李靖英雄气度的敬佩和钟情,而这种敬佩、钟情掩盖在送茶的动作下,表现了年轻女子大胆而又羞涩的小心思,非常传神。

冯本《邯郸梦·酒馆求度》一折戏中,描写吕洞宾登览洞庭湖秋色,增加了一个动作“望空介”,将虚拟的秋景推到观众面前,也有助于演员把吕洞宾高蹈的情态表现出来。这个动作是有意味的。后几折中,冯梦龙在科介方面的改动都着意于更仔细地将当时的表演情状反映出来，比如《入梦成亲》一场戏，情节变化多，动作也多，尤其要注意表演的到位。原本为：

〔生作痴介〕我一时困倦起来了。

〔老旦上叫介〕那人何处也。小姐早上。

〔生作怕慌上介〕休要拿。

冯梦龙将这几处改为：

〔生作呵欠介〕我一时困倦起来了。

〔老旦叫拿介上〕那人何处也。小姐早上。

〔生作怕急上介〕不要拿。

用“呵欠”代替“痴”，卢生睡意蒙眬的样子如在眼前。花园里来了陌生人，老妈子边叫着“拿”边上。眼瞅着被发现了，躲藏在花架之下的卢生只好急急忙忙地出来。几个关键字眼的改动，就准确形象多了。

再如《牡丹亭·冥判》中：

〔净判官丑鬼持笔簿上〕

冯本则添加了：

〔净判官红袍，杂扮鬼吏捧簿，鬼卒捧笔，牛头马面引上〕

场上气氛被这些牛头马面一烘托，阴森恐怖的气氛更足了。

再次，冯梦龙往往将曲词、宾白、科介有效地组织起来。

冯本中，宾白和科介是贯通一气的，或者用宾白引起动作，如前文所述红拂送茶，或者是用宾白说明动作。如果没有具体的宾白或曲词对动作加以阐发，动作显然是突兀的，剧情便不能顺利连接。所以冯梦龙在改编《西楼记·情死》中就加上宾白，刘楚楚向素徽告知于叔夜死讯时，袁于令是这样写的：

〔旦〕为何只管安慰我，但说于郎怎么样了。〔老旦〕叹于郎似镜花难采，石磷难照，水月难捞。〔旦惊介〕莫不是死了？〔老旦〕也差不多，八月二十五日死的。〔旦〕可真否？〔老旦〕

是昨日途遇医人包必济，他说是目击的。〔旦痛哭仆地介，老旦扶起介〕

在楚楚说完话的时候，冯梦龙在楚楚的话之后补上一句：

〔旦〕呀！这等是真信了，可不痛杀我也！〔哭仆地介〕

这句宾白是对动作的解释，说明做这个动作时的情绪，也许在实际中，人一听到噩耗就会立刻做出反应，但在戏剧表演中，演员是与观众进行交流的，说完这句话才仆地而哭，一方面说明楚楚的情绪，一方面引起观众的注意，是重要的一句宾白。而在表明动作的宾白方面，如在李玉《人兽关·豪逐》一折中，施母训子要珍惜钱财，免得像如今落得凄惨无比，原写道：

〔老旦〕咳！说那里的话，只因你爹爹挥金如土，年来囊橐空虚，今日闪得我母子饥寒不保，你还要讲这样不知稼穑的话来！〔小生跪介〕〔老旦〕……

原本只有小生下跪的动作，冯梦龙加上："孩儿知罪了！"下跪本来就足够说明小生的悔悟了，这句宾白其实是对观众说明的，使场上气氛流动自然。

另外《邯郸记·召还》一出，在卢生饱受小人欺凌时，汤显祖写道：

【红衲袄】打你个老头皮不向我门下参，打你个硬骸儿不向我庭下跕。打你个蠢流民尽着喽。打你个暗通番该万斩。〔生〕宇文融可恨，可恨。〔丑〕宇文相公甚么样好人，你也骂他。打你个骂当朝一古子的谈。〔生〕不要哩。朝廷有用我之时。〔丑〕打你个仗当今一块子的胆。〔生笑介〕〔丑〕打的你皮开肉绽还气岩岩也。打了呵，还待火烙你头皮铁寸嵌。

卢生这个笑的动作在这片喊打声中显得很突兀。其实他被贬之时，心里并不能接受，还想着作为朝中重臣的威风八面。所以冯梦龙在这个动作之后加上了说明："尽你打，后来要懊悔呷！"加上宾白,是将动作的意义直接向观众交代,调动场下观众的注意,达到演出效果。在对动作进行解释这方面,宾白的运用比曲词更直接有效。

在《人兽关·施济遭官》这折戏中,原本《猝变》一出是这样的:

〔副净批介〕尊造呵!食神旺,多富豪,中年喜逢佳运交。目下一交丁卯运,子平云:八月官星,大怕卯丁;丁卯克破,有情无情。把柁用心机牢,驾风波棹。

李玉写这段算命的言辞本来就很微妙,不是中年就有好运要来,而是会先有风波,引得施济十分着急,然后再说从星辰批命看是可以化解的,有一个先否后泰的意思,冯梦龙加了一个动作,改了几句对话:

〔小净批介〕尊造呵,【仙吕入双调·南枝桂】【锁南枝】食神旺,多富豪,中年喜逢佳运交。目下一交丁卯运,子平云,八月官星,大怕卯丁,卯丁剋破,有情无情。须知把柁坚牢,谨备风波到。〔净慌扯小净袖介〕舅舅仔细查看,不要差了。〔小净意会介〕我晓得。〔生〕舅翁再求查一查星辰凶吉何如?

这场戏在情节上有一个翻转,才有尤滑稽为施济算命,紧接着就官府上门来催讨造船的费用,算命的话语其实是在为接下来的祸事预告一下。冯梦龙的改动不仅使这种预示显得更加自然,让桂薪扯一下尤滑稽,让他别说不好听的话,免得施济不高兴,而且能更好地表现出人物的性格,如尤滑稽的油嘴滑舌和见风使舵。

善用宾白、连接动作、贯通曲词能使人物更完整、剧情更生动、演出更逼真,进而发挥剧作感人的力量,堪称“本色”、“当行”。冯梦龙将科介、宾白、曲词结合在一起,共同推进情节的发展。如前一节提到的《永团圆·看录明缘》中,有几个反复的动作:“翻看介”、“又翻介”、“看介”、“又看介”。若没有这几个动作穿插其中，江兰芳发现文书典册——感慨，再发现榜单上情郎的名字——惊喜，最后居然发现记录写着蔡郎娶了江氏——忐忑，这些情绪层次的进展就会断裂。而如果这些动作没有配合曲词的抒情和宾白的叙述，就毫无意义。

第六节　冯梦龙改编本的脚色配置

冯梦龙首先有十分明确的脚色意识，通过《墨憨斋定本传奇》，已形成了一套完整的脚色体制，除了常见的生、旦、净、丑之外，还有小生、老旦、贴、外，包括小净、小旦、副净、副丑等脚色。在冯梦龙改编本中，脚色有时以人物身份直接标示，有时则以“脚色 + 人物”的方式标示。

一、冯梦龙改编本中的脚色种类

脚色，“原为古代生活用语，指仕宦之乡贯、户头、三代名衔、家口、年龄、出身等，意同履历。戏曲中用以指扮演人物的类别”①。明代徐渭专论南曲的一部著作《南词叙录》介绍在明代南曲的脚色配置：

> 生：即男子之称。史有董生、鲁生，乐府有刘生之属。
>
> 旦：宋伎上场，皆以乐器之类置篮中，担之以出，号曰“花担”。今陕西犹然。后省文为“旦”。或曰：“小兽能杀虎，如伎以小物害人也。”未必然。
>
> 外：生之外又一生也，或谓之小生。外旦、小外，后人益之。
>
> 贴：旦之外贴一旦也。

① 齐森华等主编：《中国曲学大辞典》，浙江教育出版社 1997 年版，第 821 页。

丑:以墨粉涂面,其形甚丑。今省文作"丑"。

净:此字不可解。或曰:"其面不净,故反言之。"予意:即古"参军"二字,合而讹之耳。优中最尊。其手皮帽,有两手形,因明皇奉黄幡绰首而起。

末:优中之少者为之,故居其末。手执搕爪。起于后唐庄宗。古谓之苍鹘,言能击物也(原本何焯眉注:家奴多用末扮,亦有参军、苍鹘之意)。北剧不然:生曰末泥,亦曰正末;外曰孛老;末曰外;净曰俫(律蛇切,小儿也),亦曰净,亦曰邦老;老旦曰卜儿(外儿也,省文作卜);其他或直称名。①

王骥德《曲律》:"今之南戏,则有正生、贴生(或小生)、正旦、贴旦、老旦、小旦、外、末、净、丑(即中净)、小丑(即小净),共十二人,或十一人,与古小异。"②较之徐渭所谈到的脚色种类要更细一些,对脚色分配存在明显分歧的地方在"外"、"净"和"丑",徐渭认为配角"生"为外,在王骥德的分配中单列出"小生"名目,把"外"分离出来。王骥德把"净"分成三大门类,而徐渭则把"丑"从"净"中分离出来。可见,在昆曲趋于鼎盛的时期,脚色体制尚未定型,王骥德所谓十二种或十一种脚色,比较接近后来李斗在《扬州画舫录》中所提出的江湖十二脚色的数目,到记载清中叶昆腔脚色分行的《梨园原》,就明确地把"净"、"副净"、"丑"与"大面"、"二面"、"三面"一一对应,昆曲脚色体制最后形成。

试列举张凤翼《红拂记》和冯梦龙《女丈夫》中脚色配置的比较,了解张凤翼和冯梦龙对这些的理解与前述两位曲论家有什么不同。

---

① 〔明〕徐渭:《南词叙录》,见《中国古典戏曲论著集成》(三),中国戏剧出版社1959年版,第245~246页。

② 〔明〕王骥德:《曲律》,见《中国古典戏曲论著集成》(四),中国戏剧出版社1959年版,第143页。

《红拂记》[①]中的脚色配置如下：

(1)生——李靖

(2)旦——红拂

(3)末——渔翁刘文静、西岳大王、院子、刘文静、道人、渔翁

(4)贴——乐昌公主、妓女

(5)外——杨素、虬髯客张仲坚、唐王李渊、扶余国王

(6)丑——鬼判、小二、仆从、小客店主人、樵夫

(7)净——鬼判、徐洪客、薛仁杲

(8)小生——李世民、徐德言

(9)小净——僧

(10)小旦——探子

另有高丽王、军士兵卒等未标明脚色种类，直称身份。

冯梦龙《女丈夫》中脚色配置如下：

(1)生——李靖

(2)旦——红拂、董绛仙

(3)外——渔夫刘文静、西岳大王、杨素、刘文静、唐王

(4)小净——道士、隋帝、徐洪客、院子、家奴、高丽王、小番

(5)丑——老道士、老管家婆、仆从、家奴、乡民、中军官巡军

(6)杂——道士(动法器者)、皂隶、鬼判、内侍、仆从、赞礼官

(7)小生——太守、李世民

(8)老旦——龙母、萧后、虬髯客浑家、巡军

(9)贴——青衣、袁宝儿、柴绍夫人、巡军

(10)净——天厩使者、恶奴、红脸虬髯客、乡民、巡军、中军

(11)末——善奴、老院公、柴绍、院子、家奴、苍头

另有文武官员未标明脚色种类，直称身份。

---

① 主要参考吴兴凌氏刻本。

就脚色种类来说，冯本中多出了“杂”和“老旦”，张本则多出了“小旦”。“杂”，戏曲名称来源于元杂剧里的杂当，扮演剧中不重要或不知名的配角，演变至清代，李斗《扬州画舫录》：“打诨一人，谓之杂。”这个脚色一般扮演院子、仆从之类的跑龙套人物，在各本的区别不大。

张本中，“外”扮演的脚色有杨素、虬髯客张仲坚、唐王李渊、扶余国王，这些人物有些在剧中只出现过一两次，有些是非常主要的人物，他们之间的共同特点在于都是颇有威严的身份或地位不容忽视的年长男子。冯本中，“外”的扮演对象除了身份显贵的西岳大王、杨素、唐王外，还有刘文静。可以说，张凤翼和冯梦龙在“外”的扮演对象上虽然有些出入，但没有大的差异。

虬髯客这个人物在冯本中由“净”来扮演。在张本中，刘文静却是由“末”来扮演。先说“末”，在张本中，“末”的扮演对象除了刘文静、西岳大王两个具体身份的人物，其余都是不具姓名的院子、道士，而说到底西岳大王也只是某个神仙而已。在冯本中，“末”除了扮演柴绍以外，其余都是家奴、院子，与张本并无不同。脚色安排分歧较大的主要在“净”。南戏发展到传奇阶段，脚色装扮的人物越来越丰富多样，早期南戏所形成的脚色分工就有包含不下的地方，比如“净”所扮演的人物类型在《墨憨斋定本传奇》中就有各式各样的，也就造成不同的剧作家安排脚色的不同。

二、冯梦龙改编本中的“净”与“丑”

在元杂剧和南戏中，“净”是一个颇有喜剧色彩的脚色，“丑”在南戏中又称为“中净”、“小净”。但是在冯本中，“中净(副净)”比较少，“丑”和“小净”同时出现。

《人兽关》第三折写桂薪被逼债，无奈之下只好卖妻，原本是这样的：

〔丑〕这娘子嫁了田老爹，胜他人万倍，就把银子八折了罢。〔副净〕不成，不成。〔外〕既是田老爹执意如此，再让六两，只要十两白银。〔副净〕承两位撺掇，只得勉就。但十数内，媒银俱在内了。〔丑〕我们只要银子完官，哪个要中物。〔副净出银介〕写了婚书，就交银子。〔净〕既有印炤，何必又要婚书。〔丑〕这是规矩，少不得的。〔净〕我写，我写。〔执笔介〕

冯梦龙在此处改编成：

〔丑〕难道这位娘子只值得五贯钱？依我说，把银子八折成十六两吧，便宜多了。〔小净〕十六两，不成，不成。〔外〕既是田老爹执意如此，再让些罢。桂大官，你的意下如何？〔净哭介〕卖老婆，怎好十分计论？但凭二位裁处。〔外、丑〕田老爹，这桂大官也不是卖妻子的人，只为官逋要紧，出于无奈，你也只当积个阴德，周旋其事吧。〔小净〕承两位撺掇，便是十两银子，要添一厘也不成了。〔丑、外〕我们媒人钱是要的。〔小净〕这个自然。〔外〕桂大官，你令正随了田老爹，强似别人万倍，不要争了。〔净泪介〕唉，可怜！罢，罢。〔小净〕写了婚书，就交银子。〔净〕既有印炤，何必又要婚书？〔丑〕这是旧规，少不得的。〔净〕我写，我写。〔执笔介〕

这出逼人卖妻的戏经冯梦龙改过之后更加精彩。他说："卖妻非小事，必如此宛转撺成，不得直遂。原本不要净办，亦不似公差本色。"①第一，没有人愿意干脆地卖掉妻子，即使是个自私自利的人也不会干脆利落地答应，所以多费些口舌，威逼劝诱一番，是更合情理的。第二，丑和外一个劝桂薪，一个劝田老爹，一搭一唱，小人嘴脸如在目前。从这里可以看出，"净"、"小净（副净）"以及

① 《人兽关》第三折眉批。

“丑”的脚色特点:“净”是个可怜可恨的人物,“丑”则有一副油滑丑陋的嘴脸,“小净”则是个从犯。

将“净”、“小净”、“丑”这几个脚色在冯本中扮演的部分脚色列举如下:

脚色	《新灌园》	《红拂记》	《量江记》	《精忠旗》	《楚江情》	《风流梦》	《邯郸梦》	《人兽关》	《永团圆》
净	齐王、骑劫	天厩使者、恶奴、虬髯客	皇甫继勋	金军、秦桧	池通	灌园的郭驼子、李全	酒客、宇文融、钟离	桂薪	江纳
小净	牧童、王孙贾	道士、隋帝、徐洪客	某书生单趁韵、道姑	兀术、张俊	门子、赵祥、村妓	老姥姥	酒保、番将、乐官、采和	僧人、田老爹、尤滑稽	梅香、贾金
丑	淖齿、臧儿	老道士、管家婆、仆从	弓洎	侍妾、军卒	文豹、鸨母	韩子才、府学门子、小花郎、杨婆	番王、番卒、小厮、铁拐	皂隶、门子	毕如刀

在冯本中,“净”扮演的一系列人物形象都不再具有逗乐的喜剧色彩。齐王、虬髯客、皇甫继勋、秦桧、池通、李全、宇文融、桂薪、江纳,都是在剧中具有影响力的人物,也有一些小人物在剧中出场极少的由“净”来扮演,比如某个军卒、某个酒客,但这种情况已经很少了,而且他们在场中也不以调节场中娱乐氛围为目的。在这些人物中,虬髯客是正面人物,可能因为外形粗豪由“净”扮演,其他如骑劫是败军之将,在火牛阵中狼狈败下;秦桧是奸臣,谋害忠良;皇甫继勋是佞臣,阻挠樊若水面圣献策;池通是个会发酒疯的

狎妓文人;李全是个先为盗、后投金的反贼;桂薪忘恩负义;江纳嫌贫爱富,都品行不端。可以看出,在冯本中,冯梦龙为"净"所扮演的对象趋向于反面人物,其美学形象已经不再是轻松逗笑以丑为美了。原来那部分插科打诨的搞笑责任就分摊到其他脚色上。郑振铎认为:"净常是有势、有力、有钱的大人物,丑则是趋炎附势,为虎作伥,或狐假虎威的小人物罢了。"①郑振铎所说的"丑"也适合于这时的"小净"。

在冯本中,反映了"小净"和"丑"分离过程中过渡的一种现象。"小净"最初是"净"的一个分支,扮演一些次要脚色,跑跑龙套,搞搞怪,逗逗笑,慢慢地就和"丑"混同了。由于南戏传奇中,各类脚色都可以唱,都有机会表演,塑造一定的形象,"小净"的脚色中一些身份稍稍重要的人物多起来,不仅仅起个跑龙套的搞笑作用。而"丑"所扮演人物慢慢倾向于身份要更低微,都是不具姓名的小厮、店家等,或者向丑陋的被讽刺的人物上发展。从《邯郸梦·群仙聚会》中,可以看出冯梦龙对脚色本身理解的一些感性认识:

净扮钟离上。

丑扮铁拐上。

小净扮采和上。

同一场戏,同样的神仙身份,非常明确地指明由不同的脚色来装扮,选择的脚色特征应该尽量符合各神仙不同的形象。年纪稍大、外形相对端正的钟离由"净"出演,外形相对奇怪又很有个性的铁拐李归到"丑","小净"就适合年轻秀气的蓝采和。"小净"和"丑"的最后分离组成不同的脚色门类,适合不同层次和个性的人物,在此也见端倪。冯本中,"丑"所扮演的人物,淳齿、弓洎、毕如

① 郑振铎:《中国文学研究》,见《郑振铎全集》第四册,花山文艺出版社1998年版,第549页。

刀是反面形象，其他如臧儿及门子仆从，包括那些扮成女装的鸨母、管家婆等，虽然不一定品行善良，但都言语滑稽，外形古怪，行为夸张，能很好地活跃场上气氛。

从冯本中可以看出，“丑”仍旧保留滑稽的喜剧色彩，成为明传奇中插科打诨的脚色行当。“净”完成了从喜剧性脚色向正剧性脚色的转化，“丑”成为独立的喜剧性脚色，即使是清代地方戏的兴起，都未脱离“净”、“丑”行当的这种扮演类型。周贻白先生说“中国的戏剧，到明代可谓已经全部完成”①，正是基于晚明时期脚色体制基本形成而下的结论。

三、冯梦龙改编本中的脚色配置

戏剧的思想最终要由演员来实现，“曲”、“白”、“介”这些艺术手段要依赖戏曲脚色来运用，因此，如何搭配组织场上脚色的活动成为冯梦龙所考虑的问题。

在《酒家佣》的总评里，冯梦龙这样解释自己更换主角的原因：“旧本生脚，或用赵伯英，或用李固，总不如用李燮。滕公以女娶李燮，亦实事也。”以生旦排场为主的传奇戏，生脚当然是主要演员。陆采的剧本中文姬的丈夫赵伯英由生脚扮演，而另一本旧作中则用李固。“存孤”这个主题使这部戏不同于一般的才子佳人的爱情剧，而是“一个以众多的正面人物形象为主体、以忠愤、忧思、激烈为基调的、统一的演出形象……冯梦龙是把《酒家佣》作为一个群戏来处理的”②。而在这个群戏中，李燮娶滕女是历史上真实发生的事情，冯梦龙认为由李燮担任主角更好，同时也是能突出“存孤”

① 周贻白：《中国戏剧史长编》，人民文学出版社 1960 年版，第 367 页。

② 高宇：《古典戏曲的导演脚本——〈墨憨斋详定酒家佣〉新探》，载《戏剧艺术》1982 年第 2 期。

这个主题的，于是，把李燮分派给生脚。

这部传奇的本事出自于《后汉书·李固传》，李固被奸臣梁冀陷害，其子李燮在寡姊文姬的掩护下逃走，投靠李固旧门生王成。王成带李燮逃到徐州彭城，隐姓埋名，王成卖卦，李燮在酒家帮工（《酒家佣》由此得名）。店主滕老板发现李燮不同于寻常佣仆，知道了他的身世后，一方面是同情忠良之后，一方面可能觉得他不会久居人下，便将女儿幼鸾许配给他。李固被杀后，暴尸市上，旧门生郭亮挺身而出，得太后准许收葬李固，郭亮又去寻访李固的孤儿，在文姬指点下找到了王成与李燮。后来梁冀下台，李固雪冤。后来李燮回乡见姊，并与滕幼鸾成亲。

正如高宇所说，故事本身是部忠奸斗争的群戏。其实，李燮不算主要人物，在剧中戏份不算最多，他的对手戏演员滕幼鸾出场机会也不多，相反另一位女性脚色文姬，沉着冷静，机智大方，是在传奇中难得一见的极有光彩的女性形象。酒家为佣这个关目，也不是最重要的关目，为什么一定要突出这一点呢？这是与生旦排场为主的传奇体制相关的，它符合“生”难中遇见“旦”这个才子佳人的基本模式，因此，生脚只有给了李燮才合乎惯常的审美心理。

冯梦龙在《酒家佣·总评》中云：“李固门人，执义相殉者甚多，不能备载，聊存王成、郭亮等一二。”因为陆、钦的原本不存，冯梦龙具体删改了哪些情节，不得而知，但有一个删改的细节是可以知道的，传奇里还有《梁冀惧内》一折，写孙寿荒淫彪悍，与主题并无多大关系，完全可以删去。冯梦龙自称：“不过为孙寿秦宫脚地耳。然剧甚起看。”因为这场戏中两个脚色的戏会演得好看，就是与情节无关也保留下来了，可见冯梦龙改编从脚色考虑很多，为了让戏好看，迎合低俗也在所不惜，并且给予演员充分的表演空间。也因此，他在《双雄记》第二十五折《村翁闹妓》中专门为丑脚安排了很多戏。

冯梦龙的改编除了考虑到为人物安排合适的脚色，为脚色安排合适的关目外，还考虑到为脚色如何在场上进行合适的搭配。《量江记》写樊若水被排挤转而投靠江北的宋国，投靠之前在采石江上假扮渔翁，结绳量江，了解将来渡江的可能性。樊若水到了江北，他的母亲、妻子误信传言，以为若水投水而死，就也投水自杀，被龙神救起。冯梦龙在这处有改动，将龙王等脚色从救助樊若水的母亲、妻子那场戏移到了量江这场①，移动的原因是考虑到场上脚色要有主次，有衬托才不冷场，原本《量江》描写月夜下生脚樊若水偷偷摸摸地扮个渔翁，上场、下场显得太过板滞。冯梦龙改编佘翘的传奇，情节方面变化不大，只增加一点过渡的情节，比如龙王助樊若水量江而增出的鬼神之说，从整出戏的情节发展的角度看，并不见得有什么必要，但从场上脚色搭配来说，则足见匠心。又如：

原本惟净脚色太少，番太史敫最匀，不然要用两外，不便矣。或以花脸为嫌哄张，独不搽脸。(《新灌园》第七折眉批)

出王孙贾为后来诛淖齿报仇张本，此最要紧关目。用小净者亦取脚色之匀也。(《新灌园》第九折眉批)

探子各传奇用丑脚，此偏用贴旦，以配“尖俏”二字，亦化腐为新也。(《邯郸梦》第十七折眉批)

戏曲是中国特有的演剧形式，剧中人物以动作、唱曲和说白为载体和手段进行艺术表达。戏曲的主体是“曲”，也是“剧”，通过对曲词的组织来架构剧的形式。明末清初，从理论到创作都有一个以“曲”为重心向以“剧”为重心的转移，冯梦龙在理论上强调遵依曲律，希望为传奇订立规范，在实际上他的改编本传递了丰富的剧场性经验。

---

① 眉批：“原本龙王在《母妻投江》折内，按剧中用神鬼俱不得已，于绝处讨生路耳。如后折直说渔舟拯溺，理自可通。若量江系唐宋兴亡大计，自有鬼神呵护，且生脚烦多，未免犯场。故移用之。”

第四章 《墨憨斋定本传奇》的演剧影响

冯梦龙的改编在剧本结构体制、音乐格律体制等方面订立了传奇规范,使之合乎文人创作传奇的艺术审美情趣,而且他对舞台艺术非常熟悉,在他的戏曲评点中,时常强调戏曲的表演技巧、表演效果,体现出一定的导演意识。《墨憨斋定本传奇》中对各个传奇剧本的改编,是冯梦龙戏曲观念的实践,而舞台演出对他改编本的选择性采纳,则能说明他改编活动的具体影响以及成就。

第一节 《墨憨斋定本传奇》中的导演意识

一、传奇演出活动中的导演

戏曲导演作为戏曲演出的调度者,其工作内容是组织舞台行动,使演出能更好地阐释剧本的创作意图,取得良好的艺术效果。具体来说,应该包括以下内容:为演员安排合适的行当归属,并根据行当规范和具体演出情境设计从唱念到形体动作的要求;把握整个剧情,从剧本的曲词和念白中挖掘剧中人物的情感活动的特点,重视曲词的唱腔处理和念白的细节表现,塑造人物形象和推动情节发展。

刘水云《明清家乐研究》中专门有一章“明清家乐导演论”,把包括家乐演员的系统训练培养和对家乐演出的综合指导两个方面都看做是明清家乐的导演活动的内容。① 演出活动离不开导演的存在,不过,古代戏曲活动中并没有“导演”的称谓,也没有专职的承担导演工作的人员,帮助完成戏曲从文本传播转向剧场传播工作的主要是剧作家、富有演出经验的演员、戏曲教师、戏班班主等人。

明中期以来,缙绅豪门盛行蓄养家乐戏班之风,文人缙绅家乐主人是对传奇发展最具影响力的一部分人,他们拥有较高的文化艺术修养和鉴赏水平,常常延请曲师教习演员,或者亲自参与演出活动的具体指导,促使戏班表演艺术的提高。李渔在《闲情偶寄》中说明了延请曲师教习是由于家班主人多不知音:

> 教歌习舞之家,主人必多冗事,且恐未必知音,势必委诸门客,询之优师。门客岂尽周郎,大半以优师之耳目为耳目。而优师之中,淹通文墨者少,每见才人所作,辄思避之,以凿枘不相入也。故延优师者,必择文理稍通之人,使阅新词,方能定其美恶;又必藉文人墨客参酌其间,两议佥同,方可授之使习。②

事实上,无论是排练还是演出的教习,按拍协调、指导唱曲是主要的内容。李渔“以优师之耳目为耳目”,演出过程中音乐处理已经日渐成为专门技艺,有从文学剧本中分离的趋势,而从演出的实际效果出发,唱曲的声情之美必须和曲词的抒情内容结合起来,所以,李渔又强调所请的曲师应稍通文理,并且要参考文人的意见才能理解剧本,完成剧本抒情达意的需要。在这段话里,李渔说明了从事导演活动者所必须具备的基本素质:音律与文理兼通。

---

① 参阅刘水云《明清家乐研究》,上海古籍出版社 2005 年版,第 422 页。

② 〔清〕李渔:《闲情偶寄》,浙江古籍出版社 1985 年版,第 62 页。

剧作家因为不审音律,创作出来的作品需要找曲师更定的情况并不少见,如王世贞《曲藻》:"(李伯华)一日问余:'何如《琵琶记》乎?'余谓:'公辞之美,不必言。第令吴中教师十人唱过,随腔字改妥,乃可传耳。'"①李开先的《宝剑记》塑造了正直大胆的、有泪不轻弹的英雄形象林冲,是一部寄托了作者深挚感情的文人传奇,王世贞对李开先的才华是很推崇的:"北人自王(九思)康(海)后,推山东李伯华。"但他对《宝剑记》等作品的评价,从昆腔制曲的规范来看,则是不够合格的,应该请曲师"随腔字改妥"。又如张发颖《中国家乐戏班》说:"屠隆虽妙解音律,自己也能串戏,亦能檀板定点拍,但仍需'每置酒燃烛,独坐斋中填乐府十数阕,命善歌者王子长定点拍唱之'。"②可见,由于昆腔唱曲的难度,一般剧本演出前,都会再通过曲师审腔度曲。曲师不仅对剧本重定点拍,而且传授演员具体的演唱技巧,如张岱《陶庵梦忆·祁止祥癖》云:"止祥精音律,咬钉嚼铁,一字百磨,口口亲授,阿宝辈皆能曲通主意。"③

虽然很多文献都记载了曲师"教习"这一导演活动,但往往都是指出有这么一种教习排演的现象,如王骥德云:"(顾大典)所畜家乐,皆自教之。"④而具体如何指导、产生哪些实效,则大都语焉不详。除教习拍曲外,还有对身段动作的指导、舞台背景的设计等。潘之恒《潘之恒曲话·广陵散二则》曾记载:

> 余辛亥促夏,访李本宁太史于京口,同至广陵。社友汪季玄招曲师,教吴儿十余辈。竭其心力,自为按拍协调。举步发

① 〔明〕王世贞:《曲藻》,见《中国古典戏曲论著集成》(四),中国戏剧出版社1959年版,第36页。

② 张发颖:《中国家乐戏班》,学苑出版社2002年版,第85页。

③ 〔明〕张岱:《陶庵梦忆》,中华书局2008年版,第80页。

④ 〔明〕王骥德:《曲律》,见《中国古典戏曲论著集成》(四),中国戏剧出版社1959年版,第164页。

高，一钗横，一带扬，无不曲尽其致。①

张岱也曾描绘一场精心安排的舞台布景：

如《唐明皇游月宫》：叶法善作场上，一时黑魆地暗，手起剑落，霹雳一声，黑幔忽收，露出一月，其圆如规，四下以羊角染五色云气，中坐常仪，桂树吴刚，白兔捣药。轻纱幔之内，燃"赛月明"数株，光焰青黎，色如初曙，撒布成梁，遂蹑月窟，境界神奇，忘其为戏也。其他如舞灯，十数人手携一灯，忽隐忽现，怪幻百出，匪夷所思。②

可见戏曲的教习不止于拍曲定腔，还有对表演程式和场上布置的调教安排。徽州吴越石的家班演出《牡丹亭》之后，潘之恒写下了观后感《情痴——观演〈牡丹亭还魂记〉书赠二孺》，他赞美汤显祖创作了杰出的艺术作品："临川笔端，直欲戏弄造化，水田豪举，且将凌轹尘寰，足以鼓吹大雅品藻艺林矣。"而扮演两位主角的演员也有出色的表演，演出获得很大的成功，打动了现场观众。"能飘飘忽忽，另番一局于飘渺之余，以凄怆于声调之外，一字无遗，无微不极。既感杜、柳情深，复服汤公为良史，吴君有逸兴，然非二孺莫能写其形容。"两位演员的精湛技艺与家班主人的排演训练是分不开的，"主人越石，博雅高流，先以名士训其义，继以词士合其调，复以通士标其式。珠喉宛转如串，美度绰约如仙"③。潘之恒在此说到了导演活动的主要内容："先以名士训其义，继以词士合其调，复以通士标其式。""名士"、"词士"和"通士"这三方面的教习若结合起来，便具备了导演的基本作用。

这观点与前引李渔所论须请兼通文理之优师教习，有一点

① 〔明〕潘之恒：《潘之恒曲话》，中国戏剧出版社 1988 年版，第 211 页。

② 〔清〕张岱：《陶庵梦忆》，中华书局 2008 年版，第 100 页。

③ 〔明〕潘之恒：《潘之恒曲话》，中国戏剧出版社 1988 年版，第 72 页。

相似之处,即将音乐处理与文学阐释结合起来。潘之恒的说法更细致,包括主旨、音律和表演程式三个部分。从剧本到剧场,是创作者主旨的表达从单一媒介(文字)向多媒介(声音、形体动作、舞台布景等)的转移,而每一个媒介的运用都是对主旨的一种阐释,成功的导演会使它们融会贯通,形成完美的整体艺术效果。

明清家乐的演出体制重视曲师教习的作用,并且家乐主人的审美习惯往往会延伸到具体的排演中,文人曲家或者自蓄优伶,或者出入各演出场所,谈曲论艺,促进了戏曲理论的发展。汤显祖是剧作家指导戏曲排演的代表人物,留下了一些较为零散但十分宝贵的戏曲观点,他在为宜黄戏写的一篇短文《宜黄县戏神清源师庙记》中阐述了戏曲演出的社会教化功能,对演员的要求以及观众的接受心理等。并且他"自掐檀痕教小伶","自踏新词教歌舞"①,在排演中对演员精心指点,把握音乐处理的微妙之处,对演出服饰也特别讲究,如他在诗中写道:"试剪轻绡作舞衣,也教烦艳到寒微。"②

二、冯梦龙戏曲导演理论的特点

明清传奇理论史上阐述了导演理论的曲家(从严格意义上来说,并没有形成系统的导演理论,应该说具有比较明确的导演意识,总结了一定的导演活动经验),较为引人注目的是潘之恒、冯梦龙和李渔。本文主要从冯梦龙与李渔的比较中分析冯梦龙戏曲导演理论的特点和影响。

---

① 〔明〕汤显祖著,徐朔方笺校:《汤显祖全集》(二),北京古籍出版社1999年版,第791、567页。

② 〔明〕汤显祖著,徐朔方笺校:《汤显祖全集》(二),北京古籍出版社1999年版,第824页。

潘之恒(1556～1622年),安徽歙县人,出身富商之家,雅好词曲,与当时的著名曲家如张凤翼、臧懋循、汤显祖均有来往,参与主持了南京等地的“曲宴”雅集。他的《鸾啸小品》和《亘史》中记录了从隆庆至万历约50年间苏州、南京、扬州等地昆曲演出的具体情况。潘之恒有丰富的观剧经验,了解舞台演出的需要,他在一些笔记文字中写下的观戏感受,表现出他“把戏曲演出看做是一种集体的创作活动,所以他对表演艺术的论述,能从编剧、导演、演员各个侧面进行全面考察”①。他在针对演员素质和表演技巧上提出了一些很独到的见解。潘之恒提出用“才、慧、致”的标准来挑选和评价演员。他认为:“人之以技自负者,其才、慧、致三者,每不能兼。有才而无慧,其才不灵;有慧而无致,其慧不颖。颖之能立见,自古罕矣!”②“才”是指演员的表演才能,“慧”指演员对戏曲的领悟力,“致”指演员对戏曲的表现力。达到“才、慧、致”的统一,既需要天赋秉性,亦强调刻苦的训练。

冯梦龙的关于戏曲导演的观点主要从其对戏曲改编和评点中体现。他的改编本被高宇称为“纯粹为了舞台演出而制定的导演脚本”③,是从一个导演的眼光和角度对剧本进行的再创作,《墨憨斋定本传奇》中的总评、小引和眉批则对表演活动的一些细节问题进行阐述,具体表现为选择剧本、对剧本主旨的重置、分析剧中人物形象、提点表演技巧、说明场面调度和舞台设计等内容。

相对于潘之恒的观剧随感、冯梦龙的文本改编和评点,李渔的

① 齐森华:《曲论探胜》,华东师范大学出版社1985年版,第57页。

② 〔明〕潘之恒:《鸾啸小品·仙度》卷二。

③ 高宇:《古典戏曲导演学论集》,中国戏剧出版社1985年版,第158页。

《闲情偶寄·演习部》中讨论有关导演的内容更全面一些。①《演习部》一共分五部分:选剧、变调、授曲、教白、脱套。“选剧”是讨论合适剧本,以“别古今”、“剂冷热”为选剧角度;“变调”谈论以“缩长为短”及“变旧成新”的方法改编剧本,使之更适于登场;“授曲”、“教白”是指导演员表演,与其后“声容部”中关于演员的基本训练内容互为补充;“脱套”主要说明表演中如何出新意的问题。李渔的导演论包含了对剧本的选择和改编、对演员的挑选和教习、舞台搬演等几个部分。

事实上,李渔本人即身兼班主、曲师、剧作家等多重身份,具有从事导演活动的丰富经验。他生活年代晚于冯梦龙,经历了由明末至清初的变革。李渔生于明万历三十九年(1611年),卒于清康熙十九年(1680年),也出身于演剧活动繁盛的吴越之地的一个商人家庭。康熙初年,李渔得到乔姬和王姬,组建了自己的家班,并且在其私人园林“芥子园”中搭建了一座戏台,供其家班演戏。李渔负责家班排练教习和演出安排,有时亲自登台。这个家班的演剧活动持续了大概六七年的时间,舞台搬演的的实践成为李渔总结戏剧理论的基础。他自己也认识到这一点:

> 持此为心,遂不觉以生平底里,和盘托出,并前人已传之书,亦为取长补短,别出瑕瑜,使人知所从违,而不为诵读所误。②

他的戏曲理论是其“生平”所积累的演剧经验和感悟的总结,所专注的也是不为“诵读所误”,而使之利于舞台搬演。“这些理论

① 李渔的戏曲理论中表现出导演艺术的不止于《闲情偶寄·演习部》一处,但《演习部》的内容较为集中系统,为便于比较,主要以这部分内容为研究对象。

② 〔清〕李渔:《闲情偶寄》,浙江古籍出版社1985年版,第3页。

是笠翁在从事戏剧工作数十年和习作了《怜香伴》等十个剧本之后，总结了自己和前人的经验、教训，所谓‘以探骊觅珠之苦，入万丈深潭者，既久而后得知之’的‘折肱语’。凡其所言，皆真切可行之事。”①李渔戏剧理论注重戏剧的舞台演出，集编、导、演于一体，其观点更具有实践性。

以下试从剧本选择与改编、戏曲排演和舞台调度等方面对冯梦龙和李渔的戏曲导演艺术进行详细的比较，以研究冯梦龙戏曲导演艺术的特点和影响。需要说明的是，冯梦龙的观点以改编和评点的形式呈现，其理论在综合性、系统性等方面与李渔的理论阐述显然是不能相比的，因此，笔者着力于在改编理论的具体细节上比较其异同，分析其体现的冯梦龙关于戏曲导演观点的影响。

首先，从剧本选择、改编的角度看，二者所持有的“场上”观点是相近的。从本书第二章的分析中，可看出冯梦龙对剧本的要求是情节可观和合律依腔。情节可观主要指新奇而合于情理，冯梦龙对《墨憨斋定本传奇》中作品的评价大多都有一个“奇”字，如《灌园记·叙》：“奇如《灌园》，何可无传？”《量江记·叙》：“量江事奇。”事奇则“令观者耳目一新，舞蹈不已”②。而在守音律这一点上，冯梦龙的原则是以古曲为遵，强调曲律的规范性，但从其评点中亦可看到他对俗曲时调的适应性，这种适应性是从便于登场的角度出发的。在李渔的《闲情偶寄》中，“场上”观念更加明确，他提出“填词之设，专为登场”③。延请通文理的优师参与选剧，从观念上明确舞台搬演重于案头阅读，这是形成导演观念的基础。李渔

① 陈多：《试谈李笠翁的写剧艺术》，见《李渔全集·现代学者论文精选》，浙江古籍出版社1991年版，第137页。

② 《永团圆·叙》。

③ 〔清〕李渔：《闲情偶寄》，浙江古籍出版社1985年版，第60页。

之前,已经有不少曲家如冯梦龙等都提出要重视戏曲的舞台表演,但是传奇的案头化倾向一直存在:

> 方今贵戚通侯,恶谈杂技,单重声音,可谓雅人深致,崇尚得宜者矣。所可惜者:演剧之人美,而所演之剧难称尽美;崇雅之念真,而所崇之雅未必果真。尤可怪者:最有识见之客,亦作矮人观场。①

从《墨憨斋定本传奇》的评点中可以看出,冯梦龙的"以便登场"的理论分析还比较零散,但从舞台表演的实际出发是他改编传奇的基本出发点。李渔则把舞台表演对传奇剧本的要求加以阐释,给导演选剧提供明确的标准——"别古今"、"剂冷热"。他将旧剧与新剧根据演出需要分别对待,侧重于舞台演出的"热"的效果,"今人之所尚,时优之所习,皆在'热闹'二字。冷静之词,文雅之曲,皆其深恶而痛绝者"②,但同时认为剧本打动人心的在于"合人情",如果能引起场下观众的共鸣,则"冷中之热"和"俗中之雅"的剧本演出效果远胜于一般热闹却思想平庸的作品。

冯梦龙对于观赏戏曲表演的观众人群的特点并没有专门的说明,但从在评点中对"观者"的提醒和要求来看,应该更多地针对普通的市民。因为这部分观众的审美习惯趋于通俗,使得冯梦龙会考虑对"俗优"的引导,会采纳时调小曲,会指导观众欣赏剧情的巧妙之处。而李渔多年的演剧实践与自己及其他缙绅的家乐戏班密切相关,使他特别关注"贵戚通侯"、"贵客"、"贵介"这一观众圈子。这些具有较高社会地位和文化水准的观众对戏曲的文学性及音律技巧尤为感兴趣,对此欣赏倾向加以引导,也是李渔探讨戏曲导演技巧的动机之一。观众预设的差异,使得演剧

① 〔清〕李渔:《闲情偶寄》,浙江古籍出版社 1985 年版,第 60 页。

② 〔清〕李渔:《闲情偶寄》,浙江古籍出版社 1985 年版,第 62 页。

的目的就有不同,导演的要求也不同。冯梦龙往往以“导愚”、“适俗”为目的,重置剧本主旨,宣扬其情教思想。李渔在认同演出要能宣扬惩恶劝善的道德观念的同时,更重视戏曲演出活动的艺术效果和市场回报。

戏曲导演对剧本的改编有明确的目的性,要使剧本达到最好的演出效果。因此,剧本中的各项要素包括结构体制、语言、脚色安排等都要遵循舞台的逻辑去反映导演的思想。在这些方面,李渔也有很多与冯梦龙相似的观点,甚至可以用李渔“缩长为短”、“脱套为新”、“拾遗补缺”的方法来说明冯梦龙的剧本改编,但是冯梦龙改编本体现出的戏曲导演意识也有一些地方与李渔不一样,冯梦龙的改编大多数是针对当代剧作,而李渔关注旧剧改编较新剧更多。冯梦龙致力于弥补剧本不适于舞台演出的一些缺陷,而李渔则将注意力放在经典名剧的完善与适应新时代的演出需要。李渔指出:“变调者,变古调为新调也。……变则新,不变则腐;变则活,不变则板。”①如何变旧为新?“仍其体质,变其丰姿”是第一个原则,“易以新词,透入世情三昧,虽观旧剧,如阅新篇”是第二个原则。因为时移世易,所以旧剧的演出从思想及宾白科介等细节上都要适应新时代的审美需要。

其次,在挑选、指点演员方面,冯梦龙的观点大多被李渔接受,而李渔的论述更为细致全面。

冯梦龙对演员的要求是“真正情人”,即能透彻领会并表现剧中情感的演员,能“令四座泣数行下”②的演员。李渔认为:“词曲佳而搬演不得其人,歌童好而教率不得其法,皆是暴殄天

① 〔清〕李渔:《闲情偶寄》,浙江古籍出版社1985年版,第63页。
② 《洒雪堂·总评》。

物，此等罪过与裂缯毁璧等也。”①演员的好坏是保证戏曲演出效果的关键。李渔也强调演员须善于表达剧中之情：

唱曲宜有曲情，曲情者，曲中之情节也。解明情节，知其意之所在，则唱出口时，俨然此种神情，问者是问，答者是答，悲者黯然魂销而不致反有喜色，欢者怡然自得而不见稍有瘁容，且其声音齿颊之间，各种俱有分别，此所谓曲情是也。吾观今世学曲者，始则诵读，继则歌咏，歌咏既成而事毕矣。至于“讲解”二字，非特废而不行，亦且从无此例。有终日唱此曲，终年唱此曲，甚至一生唱此曲而不知此曲所言何事、所指何人，口唱而心不唱，口中有曲而面上、身上无曲，此所谓无情之曲，与蒙童背书，同一勉强而非自然者也。虽腔板极正，喉、舌、齿、牙极清，终是第二、第三等词曲，非登峰造极之技也。②

这段话非常清晰地说明了导演需要帮助演员了解戏曲的思想、人物的情感。在李渔看来，一个优秀的演员不仅仅需要有良好的唱功，而且需要用圆熟的演唱技巧为传情达意服务，唱曲只是舞台表演的一个部分，如果不能解明曲意，也不过是“无情之曲”。冯梦龙在《墨憨斋定本传奇》中以评点的方式对作品的主旨、人物个性加以说明，即有帮助演员理解剧本的用意。冯梦龙注意分析剧中人物个性，要求演员把握好剧中人物的性格特点和情感状态。如《酒家佣·总评》：

演李固，要描一段忠愤的光景；演文姬、王成、李燮，要描一段忧思的光景；演吴祐、郭亮，要描一段激烈的光景。

冯梦龙的改编有时能表现出对场面调度的妥善处理。场面调度是戏曲导演的语言，主要通过对演员在舞台上位置的移动来表

① 〔清〕李渔：《闲情偶寄》，浙江古籍出版社1985年版，第60页。
② 〔清〕李渔：《闲情偶寄》，浙江古籍出版社1985年版，第84页。

现场景变化、剧情进展，通过戏曲艺术的舞台造型来表现导演的创作意图。本书第二章论述冯梦龙评点中关于“做法”的部分内容，以及第三章中论述的冯梦龙改编本中舞台提示的变化，体现的就是冯梦龙的导演艺术。前文中较详细说明了冯梦龙改编本中借助布景、道具、服装等辅助性戏剧语言处理舞台空间的特点，以下再针对冯梦龙改编本中脚色的场上调度进行补充论述。

脚色的场上的调度主要指安排脚色的上下场和舞台动作形成场上空间的变化，与唱腔和宾白一样，是演出中不可忽视的部分。从前文对“不可冷场”的分析，对有多个人物在场上时，从冯梦龙改编本中舞台提示对各自的神态动作的说明中，都可看出冯梦龙追求场上空间布局的流动性及和谐美，试分析《灌园记》中《后识法章》一出与《新灌园》中《灌园邂逅》一折的对比：

《灌园记》	《新灌园》
［小旦唤生介］起来起来，老夫人来了，还睡觉。 ［贴］这就是王立么，为何不去灌园？到在此贪懒睡觉。 ［生］小人灌溉已完，身子困倦，暂时打睡。不想老夫人到来，失于回避。	［贴唤生介］起来，起来，老夫人来了，还睡觉！ ［老旦］这就是王立么？ ［生］小人就是。 ［老旦］为何不去灌园？到在此贪懒睡觉。 ［生］禀老夫人得知：小人灌溉已完，身子困倦，暂时打睡。不想老夫人到来，失于回避。 ［老旦］下次切不可如此。 ［生］小人焉敢？ ［小净上］好顽耍，好快活！ ［见老旦惊介］［老旦］这是牧童，走来。 ［小净］来了。 ［老旦］你到此做甚么？ ［小净］在此斫草喂牛。 ［老旦］小姐在此，快走出去。

（续表）

《灌园记》	《新灌园》
［旦］朝英，你去问他，为何你这等一个人，到在此灌园？ ［小旦问介］ ［生］岂不闻於陵仲子，辞三公而为人灌园？ ［小旦］小姐，到好笑。好意问他，到说甚么於陵仲子，辞三公而灌园，不知是那里说起？	［小净］嗄，王立的入娘贼，竟不意会我，教他不要慌。［待生、旦白毕，诨下］① ［旦］呀，朝英，你去问他，为何这等一个人，倒在此灌园？ ［贴］王立，小姐问你，为何这等一个人，倒在此灌园？ ［生］岂不闻於陵仲子，辞三公而为人灌园？ ［贴］小姐，倒好笑。好意问他，倒说甚么於陵仲子辞三公而灌园，不知那里说起？
［旦］母亲，孩儿看此人不是灌园的，可对爹爹说，还该另眼看觑他，岂可着他灌园。譬如鸡司晨，犬司夜，牛司耕，方才各得其职。若使凤司晨，骥司夜，麟司耕，可乎？ ［贴］你女孩儿家管甚么闲事！你那里见得他不该灌园？	［旦］母亲，孩儿看此人，不是个灌园的，可对爹爹说，还该另眼看觑他，岂可着他服役？ ［老旦］阿呀，你是女孩儿家，管甚么闲事！且住了，你那里见得他不该灌园？

这场戏冯梦龙的改动较大，增加了上场脚色牧童臧儿；删去了小姐解释不可让法章灌园的那一段啰嗦拗口的话，使人物对话简洁有精神；增加了脚色的对白，使脚色之间的关系和在场上的位置更加清楚。

原本宾白的动作性不强，传达的信息比较单一，如老夫人和法章的对白，原本中就是叙述了老夫人对法章闲着不干活的疑问和法章的回答，刚上场的寒暄和叙述内容混在一起，是戏剧性很弱的表演语言。而在冯本的对白中，寒暄与叙述内容分

① 此处眉批曰："老旦对小净，贴、旦对生，同时各自问答。"

开,能引起观众对脚色以及脚色间关系的注意,这也是戏剧性对白与日常对话的不同功能。在宾白中表现出戏剧性动作还有老旦与小净的对白:“〔老旦〕这是牧童,走来。〔小净〕来了。〔老旦〕你到此做甚么?〔小净〕在此砟草喂牛。〔老旦〕小姐在此,快走出去。〔小净〕嗄,王立的入娘贼,竟不意会我,教他不要慌。〔待生、旦白毕,诨下〕”从这样的对白中可清晰地看出,隐含在两个脚色间的还有另一位参与者,即观众。他们的对白都是面向观众的,明确地交代演员的行动走向,牧童的上下场时间,老夫人、小姐、法章的位置和交流。

这场戏的对白从时间上看可分成两个阶段:前一阶段是老夫人和法章的对话,小姐、朝英和法章的对话;后一阶段是老旦、小姐的对话。原本的设计中,脚色之间的位置比较含糊。而冯本的宾白对象的指称很明确,分成两组:老夫人和牧童;小姐朝英和法章。而且脚色间彼此照应,使场上脚色分布的空间构图比较匀称。由以上分析可见,冯梦龙的改编其实是展现了一位导演对舞台空间的处理。

《闲情偶寄》较系统深入地阐述了演员表演的艺术规律,表现出丰富的戏曲导演经验。如李渔针对脚色与人物之间的关系阐明演员须各具“场上之态”的观点:

> 生有生态,旦有旦态,外末有外末之态,净丑有净丑之态……须令于演剧之际,只作家内想,勿作场上观,始能免于矜持造作之病。此言旦脚之态也。……然妆龙像龙,妆虎像虎,妆此一物,而使人笑其不似,是求荣得辱,反不若设身处地,酷肖神情,使人赞美之为愈矣。①

指出演员应该结合真实的生活,把握剧中人物的精神气质和情

① 〔清〕李渔:《闲情偶寄》,浙江古籍出版社1985年版,第142页。

感，从而使表演具有个性化的特征，李渔并且将脚色行当的特色与演员及剧中人物结合起来，使这种个性化特征渐渐形成一定的程式。李渔还提出表演上要注意一些具体的问题——咬字、念白、动作、服饰、道具等。他的导演经验与冯梦龙在改编及评点中体现出来的方法和原则是一致的。从导演艺术的角度看，冯梦龙处理演员唱腔与念白的能力很高，他对剧本中曲与白的搭配、字数的长短、韵脚的运用等，都能结合剧情及人物性格的特点做出较为合理的安排。李渔能针对当时戏曲演出的实际，提出一些场上表演（尤其是文本之外的内容）需要注意的问题和应该避免的弊病，如他提出“字忌模糊”，照顾观众听曲时了解叙事内容的需要；他认为“曲严合分”，独唱和合唱的抒情表现力不同；而“锣鼓忌杂”和“吹合宜低”则是对现场伴奏的原则性要求，还列举演出中的“衣冠恶习”、“声音恶习”、“语言恶习”、“科诨恶习”并提出了解决之法。

导演活动表现了对戏曲演出的理解和具体演出结构的安排，潘之恒从观众的角度谈论戏曲的演出效果，讨论导演的得失；冯梦龙以改编和文本评点的方式阐述了导演的场上意识和表演细节、舞台空间的处理技巧；李渔则以专书的形式论述了包含对剧本的选择和改编、对演员的挑选和教习、舞台搬演这几个部分的导演理论，较为系统和全面。

第二节 《墨憨斋定本传奇》在戏曲选本中的影响

中国古代的文学选本具有悠久的历史。邹云湖《中国选本批评》认为：“选本，顾名思义就是经过选择的（或被选择过的）文本，从文学角度而言，选本是指选者按照一定的选择意图和选择标准，在一定范围内的作品中选择相应的作品编排而成的作品集。……

选择作为一种价值判断行为的本质决定了文学选本的‘选’本身就是一种重要的批评实践。”①《墨憨斋定本传奇》也是具有“选择”倾向的批评的实践，但它本身既具有文学性，也表现了演出艺术的特点，在这两个方面都对后世产生影响。

《墨憨斋定本传奇》作为评点本，以改评的方式表达了冯梦龙的戏曲观点和改编理论。作为经过改编的戏曲文本集，体现了冯梦龙的导演意识，传递了丰富的剧场型经验，虽然不是正式演出的台本，但更适合舞台演出。冯梦龙立足于演剧需要的实际情况对戏剧文本进行改编，在一定程度上实现了对戏剧文本的舞台上的二次创造。对冯梦龙改编本的成就可以从理论上分析得出，更应从演出实践的反馈中印证，由于历史上的演出情景已经消失，只能从文献中考察出一些演出活动的信息。尽管舞台演出的实际效果最终取决于演员，但演员的舞台创造遵循导演的舞台构思，脱离不了导演对剧本叙事的再创造。在此主要择取冯梦龙改编本中的曲目在戏曲选本的表现，将之与原本进行比较，分析选本对冯梦龙改编的采用情况，对冯梦龙改编在舞台演出上的接受程度作出较为切实的判断。

一、冯梦龙改编本剧目在选本中出现的情况

一个戏曲文本在历代选本中不断出现，“选”的过程是一次次的被接受、被批评的过程。书坊主人、演出群体对戏曲选本收录行为的影响比文人的影响更大。关于戏曲选本，郑振铎的界定是：

所谓“戏曲的选本”，便是指《纳书楹》、《缀白裘》一类选录一部戏曲的完全一出或一出以上之书而言，像《雍熙

① 邹云湖：《中国选本批评·导言》，上海三联书店2002年版。

乐府》、像《九宫大成谱》、像《太和正音谱》，那都是以一个曲调为单位而不是以一出为单位而选录的，那不是戏曲的选本。①

本节即以此为戏曲选本的界定标准，对明清时期冯梦龙改编本中收入剧目在选本中出现的情况做一些梳理。考虑到明清时期戏曲演出活动有“清唱”和“剧唱”两种形式，本书把一些以宫调曲牌为类别选入单套曲子的选本也纳入到考察范围。《墨憨斋定本传奇》中改编的十二个剧目，原本尚存的有《新灌园》（原本《灌园记》）、《女丈夫》（原本《红拂记》）、《量江记》、《楚江情》（原本《西楼记》）、《风流梦》（原本《牡丹亭》）、《邯郸梦》（原本《邯郸记》）、《人兽关》、《永团圆》八种。各戏曲选本②中选录这八个剧目的出目数量各不相同，分布情况如下：

原本	《灌园记》	《红拂记》	《量江记》	《西楼记》	《牡丹亭》	《邯郸记》	《人兽关》	《永团圆》
冯本	《新灌园》	《女丈夫》	《量江记》	《楚江情》	《风流梦》	《邯郸梦》	《人兽关》	《永团圆》
《词林一枝》		1						
《玉谷新簧》		1						
《八能奏锦》		2						
《大明春》		1						
《尧天乐》		2						
《珊珊集》	1	1		2	1	1		

① 郑振铎：《中国戏曲的选本》，见《郑振铎全集》第六册，花山文艺出版社1998年版，第392页。

② 本文所引选本的版本以王秋桂主编《善本戏曲丛刊》本及《续修四库全书》本为据。

（续表）

原本	《灌园记》	《红拂记》	《量江记》	《西楼记》	《牡丹亭》	《邯郸记》	《人兽关》	《永团圆》
冯本	《新灌园》	《女丈夫》	《量江记》	《楚江情》	《风流梦》	《邯郸梦》	《人兽关》	《永团圆》
《乐府遏云编》	3	5		4	6			
《月露音》	2	3			8	1		
《词林逸响》	3	2		4	2			
《怡春锦》	2	2		1	3	1		
《乐府南音》	2	3						
《群音类选》		20						
《赛征歌集》	1	4						
《歌林拾翠》		13						
《万壑清音》	1	1			1			
《玄雪谱》	2	2		3	5			
《南音三籁》	2	4						
《乐府歌舞台》				1				
《醉怡情》				4	4	1		4
《缀白裘》				2	12	5	1	5
《审音鉴古录》					7			
《纳书楹曲谱》				4				2
《遏云阁曲谱》				1	8	5		

（一）明万历年间至明末

《词林一枝》，明黄文华编，书名题曰“新刻京板青阳时调词林一枝”；《玉谷新簧》，明吉州景居士编，书名全题“鼎刻时兴滚调歌令玉谷新簧”;《八能奏锦》,明黄文华编,书名题曰“鼎雕昆池新调乐府八能奏锦”;《大明春》,明程万里选,书名全题曰“鼎锲徽池雅调南北官腔乐府点板曲响大明春”;《尧天乐》,明殷启圣编,书名全题“新锓天下时尚南北新调尧天乐”。以上选本均为万历刻本,版式均分为三栏,上下两栏选明人传奇,中间杂录散曲、小曲,都选入了《红拂记》中的《红拂私奔》一出。《八能奏锦》和《尧天乐》多选一出,分别为《姐妹自叹》和《伏剑渡江》。这几个选本比较粗糙,文字排版很简省,错漏也多,但曲白俱全,是完整单出剧本,大概是民间选家应演出需要而选辑的。这说明《红拂记》(完成于嘉靖年间)创作后不久,在剧坛上已经颇受欢迎。

《珊珊集》,明周之标编,书名全题为“新刻出像点板增订乐府珊珊集”;《乐府遏云编》,明槐鼎、吴之俊辑,书名全题为“彩云乘新镌乐府遏云编”;《月露音》,明凌虚子编,明万历间刻本;《词林逸响》,明许宇编,明天启三年萃锦堂刻本;《乐府南音》,明洞庭萧士编,明万历间刻本,题曰“新刻点板乐府南音”;《怡春锦》,明冲和居士编,全题曰“新镌出像点板怡春锦”(一名《缠头百练》),明崇祯刻本;《群音类选》,明胡文焕编,明万历间刻本。以上选本均以套曲的形式选入明人散套及传奇散出,标出剧名,大部分都仅选录曲词,《珊珊集》虽然保留了宾白,但是不注明脚色,也删去了科介。

这一时期以散出形式选入传奇的选本还有《赛征歌集》,明阙名辑,明万历间刻巾箱本;《歌林拾翠》,明粲花主人编,明崇祯间刻本;《万壑清音》,明止云居士编,明天启四年刻本,所收杂剧传奇散出俱属北调;《玄雪谱》,明锄兰忍人选辑,媚花香史批评,明末刊本,选入元明两代杂剧传奇散出。《南音三籁》,明凌濛初编,清袁志学重定,有清康熙间刻本。《乐府歌舞台》(残存《风集》),明阙名编，书名全题为“新镌南北时尚青昆合选乐府歌舞台”，存清书林郑元美刻本。

以上几个选本版式都是一页一栏，有些文字疏漏较多，选用底本较乱；有些可见其选用之底本较好，也有可能经过文人编选。

《灌园记》的选本集中在这一时期，试以此为例，了解这时期选本的特点，通过它受到欢迎的出目，分析这时期的演剧内容，并将之与冯梦龙改编本比较，考察冯梦龙有无可能受到此时期选本的影响。①

1.《词林一枝》

《齐王被难》（原缺）。

《辱骂齐王》，主要写齐王逃难至太平庄上，周氏教训儿子，也即退居林下的丞相苏岱，理当救助齐王，以尽忠义之事，内容与张本、冯本《灌园记》都不相干。冯本增订的《贤母训忠》一折描写王孙贾之母教导其子应行忠义之事，或者有可能受到这个本子的启发。

2.《群音类选》（该选本有曲无白）

《后园相窥》，主要是田法章的唱词，抒发他见过小姐后引起家国身世的悲感，以及重夺江山并与小姐相聚的心事。

《后园定盟》，描写了田法章和小姐在后园定情的唱词。冯本《还簪定盟》的部分内容与之大致相同。

《中秋烧香》，描写了小姐在得知意中人田法章的身份后内心的思量，与张本和冯本都不相同。

张凤翼《灌园记》作于万历十八年（1590 年），《词林一枝》和《群音类选》选目的内容有可能是张本以外的作品选段，据吕天成

① 详见附录六：《墨憨斋定本传奇》各本戏在戏曲选本中被选入的出目表。

《曲品》:"《灌园》:有风致而不蔓,节侠具在。上虞赵武作《溉园》,远不逮矣。"①该选段应节选自赵于礼的内容相关的戏曲作品《溉园记》,但具体编选时间无法确定。当然,由于这种选目的错失,也可见《词林一枝》等早期选本之粗糙。

3.《怡春锦》

《赠袍》,与张本《君后授衣》相同。

《机露》,事实上有两折戏的内容,相当于张本《园中幽会》和《朝英夜候》两出。

4.《赛征歌集》

《太史名高》,与张本《迎立世子》内容相同。

5.《万壑清音》

《齐王祭贤》,与张本《墓祭王蠋》内容相同。

6.《玄雪谱》

《赠袍》,与张本《君后授衣》相同。

《私会》,与《怡春锦》本《机露》一出相同,相当于张本《园中幽会》和《朝英夜候》两出。

《玄雪谱》是评点本,对选入的出目以评点形式表达其戏曲观点,如《赠袍》一出,在田法章唱词之上批曰:"妙在不作措大酸腐语,方是本来面目。"

《私会》里小姐的唱词:

【忒忒令】莫不是蝉联贵戚,莫不是凤楼仙侣,莫不是龙居浅水遭虾相戏,莫不是泣骊珠吓鹓鸰,羁𫘧弭沉埋在这里。

批曰:"语泛而不及情,便令人闷闷。"

接下来是小姐对法章隐瞒身份的不满,佯嗔欲下,法章挽留

① 〔明〕吕天成:《曲品》,见《中国古典戏曲论著集成》(六),中国戏剧出版社1959年版,第232页。

道:“朝英还不曾来。”这一段说白言辞轻俏,情绪跌宕,批曰:“宽缓不背。”

【前腔】盈盈罗袜步生尘,且喜得稳睡……看他低回朱户,悄捱身,几时得戏鱼波上,寻芳信,定许渔郎来问津。

批曰:“词语不入窠臼,却又悄悄冥冥,自是大家举止,白描高手。”

出评:“前半呆,后半醒,若出两手。”

批语褒扬情真语切,自然本色,反对俗语套话。虽然只是三言两语,但批评者的注意力不再集中在文采与音律上,而转向其是否能表现人物情感,是否具有戏曲表演效果,能否吸引到观众等问题上。

7.《南音三籁》

《制衣》(仅【南吕·楚江情】一曲),唱词与张本同。

后面这几个选段基本上采用张凤翼的作品,并不加改动,极少数不同,可能是刊刻之误造成的,如《怡春锦》之《机露》选段,少了“旦、小旦上”一句科白;再如《万壑清音》之《齐王祭贤》选段两处曲牌名有误。

除去《词林一枝》和《群音类选》以外,我们看到五个明代戏曲选本中,在关目选择倾向上,对齐世子与小姐的恋情格外关注。制衣、赠袍、私会都是描绘儿女情长的动人细节,迎立新王其实是故事的结局,也是对有情人终成眷属的交代,只有祭奠王蠋一出重在宣扬臣子尽忠尽节的儒家传统美德。另外,这些被选录的曲子都是抒情性较强的。

(二)清代

《醉怡情》:清青溪菰芦钓叟编,清初古吴致和堂刊本,选入元明杂剧传奇散出,皆为明末流行演出之剧目。收入《西楼记》之《私契》、《病晤》、《纤误》、《错梦》四出;收入《还魂记》之《入梦》、《寻梦》、《拾画》、《冥判》四出;收入《邯郸记》之《打番儿》

一出;《永团圆》之《会衅》、《逼离》、《空休》、《堂婚》四出。《醉怡情》中宾白内容大大超过了原本,而且舞台提示也很详细,语言通俗,是舞台演出本。而与万历间的单出选本相比,曲白也更丰富完整。

《审音鉴古录》:清琴隐翁编,清道光十四年刊本,收入《牡丹亭》九出。在众多戏曲选本中,《审音鉴古录》是非常独特的,它有形式多样而且详尽的舞台说明,对科介、曲白等都加以评论,指导舞台表演的同时也为后世提供了真实的舞台演出情形。①

《缀白裘》:清玩花主人辑,钱德苍续,清乾隆二十九年甲申至三十五年庚寅(1764～1770年)金阊宝仁堂原刻初印本、清鸿文堂刻本、清乾隆四十二年(1777年)校订重镌本,以单出形式收入当时流行的剧目。《缀白裘》的体例比较独特,不再以剧名分类,也不以宫调曲牌分类,"而是将每剧中的单出分别安排到不同的部分,顺次排列的往往是不同剧目的一二出的组合,虽然以往选本也有作这样编排的,但像《缀白裘》这样全面、规整的是前无古本。如此排序显然与当时舞台惯于摘出表演密切相关……单从《缀白裘》各集的目录来看,极像一次完整的戏曲选出表演活动。其取悦于民间舞台表演的编选取向一目了然"②。《缀白裘》选本影响最广,经过历代舞台演出实践,演出日渐成熟,流行之出目、曲词和宾白等都基本固定下来,"由于它有实

---

① 《审音鉴古录》之琴隐翁序文云:"东乡王子继善偶于京师得《审音鉴古录》一编,选剧六十六折,细定评注,曲则抑扬顿挫,白则缓急高低,容则周旋进退,莫不曲折传神,展卷毕现。至记拍、正宫、辨伪、证谬,较铢黍而析芒杪,亦复大具苦心,谓奄有三长而为不易之指南可也。"

② 朱崇志:《论清代中期戏曲选本的转型》,载《东莞理工学院学报》2006年第5期。

用歌本的性质,使用方便,因而极受欢迎,以致剧场中几乎人手一编"①,在《缀白裘》之后,戏曲选本的数量减少了很多,不再有超过《缀白裘》影响的选本出现。

其后曲谱式选本影响较大的主要是《纳书楹曲谱》及《遏云阁曲谱》,前者清叶堂编,清乾隆五十七年至五十九年(1792~1794年)纳书楹刻本,清道光间重刻本;后者清王锡纯辑,李秀云拍正,民国间著易堂书局石印本。曲谱本选辑的目的在于整理总结昆腔演出的曲谱。

戏曲选本无论以散套形式还是散出形式,都是古代戏曲传播情况的展现。古代戏曲演出的实际情形随时而消散,但选本往往将演剧活动以文本形式固定保存下来,如《审音鉴古录》甚至将场上之身段都一一记录,成为演剧活动的文字载体。郑振铎指出:"我们在这些选本中,便可以看出近三百年来,'最流行于剧场上的剧本,究竟有多少种,究竟是什么性质的东西',更可以知道'究竟某一种传奇中最常为伶人演唱者是那几出'。"②明万历至崇祯期间,民间选家选录的传奇出目较少,如前文提及的几个选本都只集中选了《红拂记》的一两个散出,而适应文人清赏的散套的选录则较为丰富。至清代选本选目的情况有了变化,一是戏曲选本数量较之明末减少了,也从散套的选录形式转向了散出的形式,显出选本对民间观剧需要的适应。二是选本选录的剧目及出目都更加集中,对著名的戏曲更加重视,《醉怡情》、《审音鉴古录》中几乎全部剧目、出目都在《缀白裘》中出现,有很多已经成为折子

① 〔清〕钱德苍编撰,汪协如校点:《缀白裘》,中华书局2005年版,第1页。

② 郑振铎:《中国戏曲的选本》,见《郑振铎全集》第六册,花山文艺出版社1998年,第397~398页。

戏的保留①。

一些经典剧目在选本中的不断演变，生动地展现了折子戏的形成过程。如上一阶段《灌园记》选本表现出的一样，选本选录的往往是在舞台演出中备受欢迎的流行出目。欣赏和品评这些精彩片段成为一种时尚。明代嘉靖、隆庆年间就已经出现单演某出戏的现象②，至迟在明代万历年间，文人缙绅蓄养家乐戏班的现象十分普遍，折子戏作为一种戏曲演出形式已经形成。《昆剧发展史》中指出："在我国戏曲舞台上大放异彩的折子戏演出形式，主要形成于家庭戏班。"③可以从祁彪佳日记中看出折子戏演出在家乐中很常见。如祁彪佳壬申年日记《栖北冗言》记载：

八月十三日……至朱佩南席……独与林栩庵观戏数折归……

八月二十七日……赴周玄应席……观《异梦记》数折……

九月二十六日……再赴孙湛然席……观散剧……④

---

① 吴敢认为，至清前期，南戏早就完成向传奇的转变，昆曲业已形成官腔一统的格局，北曲基本变为昆唱，诸腔正在衍变成花部，全国演传奇，全国唱昆曲，全国都是折子戏，于是就形成了也只需要一种统一的戏曲散出选本，即固定下一批传统、保留、经典的剧出。《缀白裘》终结了五彩缤纷的散出选本，成为戏曲散出选本的代称，成为折子戏的代称。参阅吴敢《说戏曲散出选本》，载《艺术百家》2005 年第 5 期。

② 《锡金识小录》卷十《前鉴·优童》中记载："顾惠岩可学家童李玉、李珉俱以声得名，其貌如丰艳妇人耳。顾治谓二李既老，演'大江东去'，画枣面蚕眉，指点五关千里，绰有英雄真态。又作'尉迟敬德送唐三藏'，大为增色。最后得何元朗优童陈悦。饮醉，声益扬。演范睢剧，尤得当年意气。后有杨岳者，尽得三人之传，为安、俞二氏教师焉。"转引自刘水云《明清家乐研究》，上海古籍出版社 2005 年版，第 310 页。

③ 胡忌、刘致中：《昆剧发展史》，中国戏剧出版社 1989 年版，第 206 页。

④ 〔明〕祁彪佳：《栖北冗言》，见《祁忠敏公日记》第一册，绍兴县修志委员会 1937 年校刊，第 34～42 页。

《甲申日历》记载：

正月十三日……举酌四负堂，止祥兄小优演戏，诸友亦演戏数出，以寒甚作雪，留介子诸友宿咸畅阁，是日郭汝功来。

三月初五日，邀钱克一、金云生、李蔚苍，以弦索歌曲侑之，又侑钱环中女乐四人，及晚。复向西泽呼女优四人，演戏数折，极欢而罢。①

演剧活动中常常可见只演传奇的散出、数折，同时期的戏曲选本，如《词林一枝》、《乐府歌舞台》等散出选集的做法便与演剧需要相一致。至清康熙年间，折子戏的搬演已成为主要的戏曲演出形式，如李渔所说："尝见贵介命题，止索杂单，不用全本。"②冯梦龙将篇幅过长的传奇删改，是受到当时演剧活动的影响，反过来，他缩长为短的改编也更受到舞台演出的欢迎。冯梦龙重视舞台表演，在《墨憨斋定本传奇》中以评点的方式提出了许多关于表演、导演的指导性看法，对于演员把握剧本主旨和抒情特色、锤炼表演技巧有很切合实际的帮助，这点从理论上推断是完全可以肯定的。洪昇《长生殿 · 例言》云："今《长生殿》行世，伶人苦于繁长难演，竟为伧辈妄加节改，关目都废。吴子愤之，效《墨憨十四种》，更定二十八折。"③这说明冯梦龙改编行为基本是被文人和演出群体两方面都接受的。

从形成过程看，折子戏得益于艺人的精彩技艺。其表演技巧根据舞台演出实践而不断累积，亦是艺人对原作的改编造就了新的艺术表现。艺人从便于场上的角度改编前代剧作的行为一直存在，所谓场上之曲与案头之曲的区别并不仅是一个理论问题，而是

① 〔明〕祁彪佳：《甲申日历》，见《祁忠敏公日记》第六册，绍兴县修志委员会 1937 年校刊，第 3、19 页。

② 〔清〕李渔：《闲情偶寄》，浙江古籍出版社 1985 年版，第 65 页。

③ 〔清〕洪昇：《长生殿 · 例言》，人民文学出版社 1983 年版。

演剧活动中的现象，艺人演出底本与文人创作的作品到底还是有区别的。① 艺人更改文人剧作的行为，有时受到文人曲家的鄙夷，如冯梦龙多次批评过俗优。文人与艺人也有互相合作的情况，如《墨憨斋新定精忠旗传奇》对李梅实原作的改编，经过三人通力合作完成，曲、白、关目由司空公、信天翁、冯梦龙三人分别负责。这种文人和曲师各取其长的做法与潘之恒所谓“先以名士训其义，继以词士合其调，复以通士标其式”②相通。

冯梦龙改编本就是针对改变原作不利场上之处，艺人选用或参考其改编本，即是对其改编成就的肯定，从原本、改编本、选本的比勘，当可看出冯梦龙改编行为对折子戏的形成有何种程度的作用。

二、原本、冯梦龙改编本与选本的比较

折子戏的演出底本来源于原作剧本，多是原本中比较容易出彩的部分，本书第三章第二节在论述冯梦龙对曲套的改编时，提出冯梦龙改编本能注意到套曲体式适宜于排场需要，较易为选折演出所接受，经过具体分析了《牡丹亭》中部分曲套在各选本间的变化，认为在清以后的演出本中，冯梦龙改编本在曲牌成套方面有一定的影响。冯梦龙的制谱态度是非常严谨的，他考察曲调的来源，明确曲牌的名称和套曲的定式，并运用到改编活动之中，不过他关于套曲方面的规范在实际的舞台表演中有时候并不受欢迎。

---

① 卢前提出：“有案头之曲焉，有场头之曲焉。作者重视声律与文章之美，固矣。洎乎传奇渐入民间，顾曲者不尽为文士。于是梨园爨弄，迁就坐客，不复遵守原本面目，所谓场上之曲者，不必尽为案头之曲矣。顾案头之曲易得，场上之曲则不常见。盖伶工私相钞写，以备粉墨之需，初不欲以示人者。其于铺张本事，贯串线索，安置脚色，均劳逸，调宫商，合词情，别有机抒，不同作者，往往省略套式，移换牌调，殊足供治戏曲者之探讨。”参阅卢前《卢前曲学四种》，中华书局2006年版，第93页。

② 〔明〕潘之恒：《潘之恒曲话》，中国戏剧出版社1988年版，第72页。

学界对《牡丹亭》的研究较为深入，赵天为《古代戏曲选本中的〈牡丹亭〉改编》一文，分析"戏曲选本反映的《牡丹亭》折子戏的改动情况"，指出："戏曲演员凭借着多年积累的经验，对原本进行加工提炼。他们删除繁文赘曲，添改曲文人物，增饰宾白科诨，添注身段表演、穿关道具，调整行当角色，使这些单折凝聚起丰富的表演技巧，提升到更高的艺术境界。"①日本学者根山彻《〈还魂记〉在清代的演变》一文指出："以庶民观念为对象的、在街巷中演出的《还魂记》，与上述读书人阶层的场合情况有些不同。因为当我们通过辑录于乾隆年间的《缀白裘》以及道光年间的《审音鉴古录》的单出而窥见演出的实际情况时，我们就可以得知在曲词以及道白方面它都与原作产生了很大的不同。"②

与前文所列《灌园记》选本一样，舞台上最受欢迎的出目是杜丽娘、柳梦梅的爱情选段，如《惊梦》、《寻梦》、《写真》、《闹殇》、《魂游》、《拾画》、《玩真》、《闹宴》之类。冯梦龙对《牡丹亭》关目安排、曲词、宾白等方面的改编，在选本中受到较大欢迎，如：冯梦龙改编本则将《惊梦》拆分成《梦感春情》、《情郎印梦》两折；《闹殇》拆分为《中秋泣夜》与《谋厝殇女》，有助于突出中心关目，舞台演出选折的时候借鉴了这一点，在《审音鉴古录》和《缀白裘》中都有体现。《游园》、《惊梦》、《寻梦》、《离魂》、《扫花》等折子戏选段已经固定成型。

原本的《拾画》和《玩真》，冯梦龙合并为一折《初拾真容》，演出本仍然分为《拾画》、《叫画》，试比较《拾画》部分的原本与冯梦龙改编本的曲白：

---

① 赵天为：《古代戏曲选本中的〈牡丹亭〉改编》，载《戏曲艺术》2006年第1期。

② 〔日〕根山彻：《〈还魂记〉在清代的演变》，载《戏曲艺术》2002年第4期。

原本	冯梦龙改编本
【金珑璁】〔生上〕惊春谁似我？客途中都不问其他。风吹绽蒲桃褐，雨淋殷杏子罗。今日晴和，晒衾单兀自有残云涡。脉脉梨花春院香，一年愁事费商量。不知柳思能多少？打迭腰肢斗沈郎。小生卧病梅花观中，喜得陈友知医，调理痊可。则这几日间，春怀郁闷，何处忘忧？早是老姑姑回也。 【一落索】〔净上〕无奈女冠何，识的书生破。知他何处梦儿多？每日价欠伸千个。秀才安稳！〔生〕日来病患较些，闷坐不过，偌大梅花观，少甚园亭消遣。〔净〕此后有花园一座，虽然亭榭荒芜，颇有闲花点缀。则留散闷，不许伤心。〔生〕怎的得伤心也？〔净叹介〕是这般说，你自去游便了。从西廊转画墙而去，百步之外，便是篱门；三里之遥，都为池馆。你尽情玩赏，竟日消停，不索老身陪去也。名园随客到，幽恨少人知。〔下〕〔生〕既有后花园，就此迤逦而去。〔行介〕这是西廊下了。〔行介〕好个葱翠的篱门，倒了半架。〔叹介〕〔集唐〕凭阑仍是玉阑干（王初），四面墙垣不忍看（张隐）。想得当时好风月（韦庄），万条烟罩一时干（李山甫）。〔到介〕呀！偌大一个园子也。 【好事近】则见风月暗消磨，画墙西正南侧左。〔跌介〕苍苔滑擦，倚逗着断垣低垛。因何，蝴蝶门儿落合？原来以前游客颇盛，题名在竹林之上。客来过年月偏多，刻画尽琅玕千个。咳！早则是寒花绕砌，荒草成窠。怪哉！一个梅花观女冠之流，怎起的这座大园子？好疑惑也。便是这湾流水呵。 【锦缠道】门儿锁，放着这武陵源一座。恁好处教颓堕，断烟中，见水阁摧残画船抛躲，冷秋千尚挂下裙拖。又不是曾经兵火，似这般狼藉呵，敢断肠人远，伤心事多？待不关情么，恰湖山石畔留着你打磨陀。好一座山子哩！〔窥介〕呀，就里一个小匣儿，待把左侧一峰靠着，看是何物？〔作石倒介〕呀，是个檀香匣儿。〔开匣看画介〕呀，一幅观世音喜相，善哉！善哉！待小生捧到书馆，顶礼供养，强如埋在此中。【千秋岁】〔捧画回介〕小嵯峨，压的旃檀合，便做了好相观音俏楼阁。片石峰前，那片石峰前，多则是，飞来石三生因果。请将去，炉烟上过。头纳地，添灯火，照的他慈悲我。俺这里尽情供养，他于意云何？〔到介〕到了观中，且安置阁儿上，择日展礼。	【中吕引·尾犯】〔生上〕一病欲成魔，旅馆只身，不时眠坐。且喜春来，精神略可。空想望长安正远，问栖迟南安为何？图消遣，这梅花观里，那处安排我？脉脉梨花春院香，一年愁事费商量。不知柳思能多少？打叠腰肢斗沈郎。小生卧病梅花观中，又早过了一个年头，喜得陈友知医，调理痊可。则这几日间，春怀郁闷，无计排遣。闻得老道姑说，观后有花园一座，虽然荒废，尚堪游览。不免抖擞精神，迤逦而去。〔行介〕这是东廊下了。 【中吕·颜子乐】【泣颜回】风月暗销磨，画墙西正南侧左。这篱门也倒了半架，我且捱身而入。〔作滑跌旋起介〕苍苔滑擦，倚逗着断垣低垛。〔好介〕呀，好一个大园子！【刷子序】因何？恁样楼台池馆，却摧残荒草成窠。怪哉，一个梅花观女冠之流，怎起得这座大园子？好疑惑也！若得我家驼孙来整理，则这花果也尽受用哩。 【普天乐】数不尽名花异果。啧，啧，好座山子！我病后，且未可登高，只合坐湖山片石，消遣沉疴。〔窥介〕呀，奇怪，这太湖石底，藏下个小小匣儿，却是何物？待把左侧一峰靠着，取而观之。〔作石倒介、取匣介〕是个紫檀匣儿。〔开匣看画介〕呀，原来是一幅观音喜相。 【其二·换头】缘何？这相好寄严阿，多则是飞来石三生因果。待小生取回寓所，焚香瞻礼，慈悲倩他援我。〔收介〕我且收过，小匣旃檀仍掩，将回观学念弥陀。似我空年少孤身坎坷，便出家侫佛，争甚差么？〔回介〕说话之间，已到观中，不免仔细展玩一番。

以下为《醉怡情》和《缀白裘》的曲白：

《醉怡情》	《缀白裘》
【金珑璁】〔生上〕惊春谁似我，客途中都不问其他。脉脉梨花春院香，一年愁事费商量。不知柳思能多少，打迭腰肢斗沈郎。小生卧病梅花观中，喜得陈友知医，调理痊可。则这几日间，春怀郁闷，何处忘忧？闻得老姑姑说，此后有花园一座，然虽亭榭荒芜，颇有寒花点缀。则留散闷，不许伤心。既有后花园，就此迤逦而去。 〔行介〕这是西廊下了，好个葱翠的篱门，倒了半架。〔叹介〕凭阑仍是玉阑干，四面墙垣不忍看。想得当时好风月，万条烟罩一时干。偌大一个园子也。 【好事近】则见风月暗消磨，画墙西正南侧左。〔跌介〕苍苔滑擦，倚逗着断垣低垛。因何，蝴蝶门儿落合。原来以前游客颇盛，题名在竹林之上。客来过年月偏多，刻画尽琅玕千个。早则是寒花绕砌，荒草成窠。好一座山子哩。〔内作石倒响介〕什么响呀？原来是个檀匣儿。〔看画介〕一幅观世音喜相。善哉善哉！待小生捧到书馆，顶礼供养，强如埋在此中。〔捧匣回转介〕【千秋岁】小嵯峨，压的旃檀合，便做了好相观音俏楼阁。片石峰前，片石峰前，多则是飞来石，三生因果。请将去炉烟上过。头纳地，添灯火，照的他，慈悲我。俺这里尽情供养，他于意云何？	〔生上〕【引】惊春谁似我，客途中，都不问其他。脉脉梨花春院香，一年愁事费商量。不知柳思能多少，打叠腰肢斗沈郎。小生柳梦梅卧病在梅花观中，喜得陈友知医，调理痊可。只这几日，春愁郁闷，无计排遣。早间石姑姑说此间有座后花园尽堪游赏，只宜散闷，不许伤心。为此一径行来。此间已是。好个葱翠篱门，可惜倒了半架。不免挨身而入。咳！凭栏仍是玉栏杆，四面墙垣不忍看。想得当时好风月，万条烟罩一时干。好个凄凉所在也！ 【好事近】则见风月暗消磨，画墙西，正南侧左。呀！险些儿绊上一跌。苍苔滑擦，倚逗着断垣低垛。因何蝴蝶门儿落合？原来以前游客颇盛，俱题名在竹林之上。客来过，年月偏多，刻划尽琅玕千个。早则是寒花绕砌，荒草成窠！且住，我想这梅花观乃女冠之流，怎起的这座大园子？好疑惑也！便是这流水呵： 【锦缠道】门儿锁，放着这武陵源一座。恁好处，教颓堕，断烟中，见水阁摧残，画船抛躲；冷秋千尚挂下裙拖。又不是曾经兵火。似这般样狼藉呵。敢断肠人远，伤心事多！待不关情么，恰湖山石畔留着你打磨陀。〔内作石倒响介〕阿呀！好一座太湖石山子，怎么就倒坏了？吓吓，你看石底下是什么东西。待我看来，咦！是一个紫檀匣儿。不知什么东西在内。吓！却元来是一个小轴儿，不知画的什么在上。咦！元来是一幅观音大士。善哉善哉，待小生捧到书馆中去焚香供奉，强如埋在此间。 【千秋岁】小嵯峨，压的这旃檀合，便做了好相观音俏楼阁。片石峰前，那片石峰前，多则是飞来石，三生因果。请将去在炉烟上过，头纳地，添灯火，照的他，慈悲我。俺这里尽情供养，他于意云何？〔暂下，即回〕

《醉怡情》和《缀白裘》的《拾画》选段比较相似。从以上内容的比较中可以看出,选本是将原作和冯本捏合在一起,大体上曲词选择原作的,宾白则选择冯本。原作中描写柳生在园中游赏的所见景致及心事起伏,颇感冗长,冯梦龙改用十分简洁的语言交代,但过简则抒情气氛不浓,留给台上演员演出的时间不够舒展。因此,在采用了冯本缩减过的宾白后,选本选择的曲词来自原作,《醉怡情》选本还保留了原作【千秋岁】唱段,《缀白裘》选本在此基础上又多保留了一曲【锦缠道】。许之衡所云:“冯改本并易名《风流梦》,今剧场所歌《拾画》、《叫画》诸折,即冯改本也。”①相比之下,舞台演出更倾向于选择冯本的宾白。如果说,曲词重抒情性,宾白重动作性,折子戏简短的演出时间,使其对演出节奏的要求大大提高,冯本中的宾白比原作更富有“剧”的特色,更适宜于舞台表演。可见,冯梦龙的改编参与了折子戏的形成过程。

这种有选择地选用冯本的情况,在《牡丹亭》的清代选本中比较常见。再比较接下来的《叫画》,《缀白裘》选择了冯本的部分曲词,而不是原作的。原作曲词流露出对自我际遇的感慨,具有文人抒情的气质,而冯本中受到《缀白裘》选本青睐的曲词赞赏画中人的美貌,表达倾慕之意,言辞较为直白,有亵玩之意,《缀白裘》的选择显出媚俗的取向。

为更清楚地分析冯本的演剧影响,本书考察选本中的出目,了解选本在关目设计、曲白增删等方面的变化,有哪些是与冯本相近的。考察其余几部戏曲选入清以后选本的出目情况②,《西楼记》的选本最常见的出目是《错梦》,其次为《楼会》,《邯郸梦》中见于选本的《打

① 许之衡撰,吴梅订:《曲律易知》,饮流斋刻本,1922 年版,第 47 ~ 48 页。

② 详见本书附录六:《墨憨斋定本传奇》各本戏在戏曲选本中被选入的出目表。

番儿》、《扫花》等出。《人兽关》有一出《演官》被《缀白裘》选入，《永团圆》以《逼离》、《堂婚》选目为常见。这几出戏中，除《邯郸梦》外，冯梦龙基本上依循了原本，只在几处细微的地方进行了改动。

冯梦龙将《邯郸记·度世》拆成《吕仙下凡》和《酒馆求度》两折，而后来在台本中的《扫花》一出即冯本《吕仙下凡》，相对独立的关目自成一出，便于排场，所以为舞台演出所借鉴。冯本对原作曲白改动较大的出目在《邯郸梦·吕仙下凡》和《永团圆·逼写离书》。试比较汤本《度世》前半部分、冯本《吕仙下凡》以及《缀白裘》中《扫花》的曲白：

《度世》	《吕仙下凡》	《扫花》
〔扮吕仙褡裢葫芦枕上〕〔集唐〕蓬岛何曾见一人？……自家吕岩……因此张果老仙尊又着贫道驾云腾雾，于赤县神州再觅取一人，来供扫花之役。道犹未了，何姑笑舞而来也。〔扮仙姑持帚上〕好风吹起落花也！	〔外扮吕仙褡裢葫芦枕上〕〔集唐〕蓬岛何曾见一人？……自家吕岩……因此张果老仙尊，又着贫道驾雾腾云，于赤县神州，再觅取一人，来供扫花之役。道犹未了，仙姑笑舞而来也。〔贴扮仙姑持帚上〕脱迹尘凡岂偶然，千修万炼始成仙。青山碧水丹霞路，春色桃花满洞天。你看好风吹起落花也！	〔小生上〕蓬岛何曾见一人。……自家吕岩。……因此张果老仙尊又着贫道驾云腾雾，于赤县神州再觅一人，来供扫花之役。〔贴内介〕好风吹落俺花片也。〔小生〕道犹未了，何姑笑舞而来也。〔贴持帚笊篱上〕好风吹起落花也。
【赏花时】翠凤毛翎扎帚叉，闲踏天门扫落花。你看风起玉尘砂，猛可的那一层云下，抵多少门外即天涯。〔见介〕洞宾先生何往？……	【北仙吕·赏花时】却便似玉洞春深万树葩，休认做玄都道士家。你看风起乱红霞，待把天门扫净，消的我轻举帚丫叉。〔见介〕洞宾先生何往？……	【赏花时】翠凤毛翎扎帚叉。闲踏天门扫落花。呀，好风吹落花片也。你看风起玉尘砂。猛可的那一层云下。抵多少门外即天涯。〔见介〕洞宾先生何往？……

（续表）

《度世》	《吕仙下凡》	《扫花》
【幺】你休再剑斩黄龙一线差。……〔下〕〔吕〕仙姑别去，不免将此磁枕褡裢驾云而去也。枕是头边枕，磁为心上慈。〔下〕	【幺篇】你休再剑斩黄龙一线差。……〔下、外〕仙姑别去，不免将此磁枕褡裢驾云而去也。一驾祥云下玉京，临凡觅度扫花人。相逢莫问名和姓，黄鹤高飞共白云。〔下〕	【前腔】你休再剑斩黄龙一线差。……〔下〕〔小生〕仙姑已去，不免将此磁枕褡裢驾云而去也。枕是头边枕，磁为心上慈。〔下〕

从上表的对比中可以得知，《缀白裘》中《扫花》选段的曲白都与原作相近。冯本对原作的改编本身看不出有特别的目的，何仙姑上场后一段说白既文绉绉的，又冗长，倒是台本的几处改动比原本及冯本都要活泼得多，如何仙姑感叹落花的声音提前，人未至而声先闻，很好地调动起观众的注意力。但是，冯本中有助于舞台表现的地方，往往被台本接受，如本书第三章曾论冯梦龙改编《永团圆·诡离》，冯梦龙在蔡文英被逼写离书时增加了大段的说白：

〔生〕要离便离，写他什么？〔小净〕蔡兄，这是常规，免不得的，一定要写。〔生〕嗄，一定要写么？这也是小事……〔生阁笔介〕晚生是不愿的。〔小净〕蔡兄，文书上要是这样写，这不过是套子。〔生〕便写。

这番改动描写蔡文英的心理变化更真实细致，为演员表现人物形象提供了更多的表演空间，《醉怡情》选本与原作相同，而《缀白裘》选本的《逼离》一出，虽然没有照原样采用冯本，但是同样在此处增加了足以表现人物心理变化、丰富人物形象的宾白：

〔众〕快写！不写，我每要打了吓！〔小生〕不写便怎么！〔丑〕弗写，打唔个入娘贼。〔付〕哇！狗骨头。人拉虱放肆！蔡官人自然写个。若是弗写，打也还弗迟来，可恶。〔小生〕就要写，亦是小事。……

《缀白裘》选段此处描写蔡文英写与不写的挣扎，明显参照了冯本，但语言更加通俗直白，由于被言语暴力威胁，场上的气氛更紧张，这也是《缀白裘》胜出冯本的地方。

由此可以了解到，冯本不仅在观念上表现了从案头之曲向场上之曲的转化，并且在舞台实践上得到了一定程度的反响，如缩长为短的改编方法，对场子的删削合并等，有助于凝练精华关目，最大限度地利用舞台的表演空间，突出相对独立的而又有情感张力的戏剧片段，也影响了折子戏的选段过程。冯本的宾白更具动作性，也更通俗，被台本接受的也往往是这部分改动。随着折子戏的发展成熟，观众由于对剧情日益熟悉，越来越关注演员的表演技艺，逐渐导致了折子戏从抒情性向程式化的审美转向，文本与场上分离，许多台本的宾白及科介的丰富性大大超出原本，有以唱功为主的折子戏，更有以念、做、打而出色的精彩选段，则又与冯本不同。

余 论

改编在中国戏曲史上是非常普遍的一种创作方式,或是在题材层面进行改写,或在同一文学形式内部对戏曲作品加工改写,明清戏曲的故事内容、剧本体制、音乐格律、表演系统在各种改编行为中不断规范和衍变。前者比如将小说中的故事改编成戏曲,章学诚曾指出:“小说出于稗官,委巷传闻琐屑,虽古人亦所不废。然俚野多不足凭……红拂辞杨,绣襦报郑,韩、李缘通落叶,崔、张情导琴心,以及明珠生还,小玉死报,凡如此类,或附会疑似,或竟托子虚,虽情态万殊,而大致略似。其始不过淫思古意,辞客寄怀,犹诗家之乐府古艳诸篇也。宋、元以降,则广为演义,谱为词曲,遂使瞽史弦诵,优伶登场,无分雅俗男女,莫不声色耳目。”①将小说故事改编为戏曲,转换了文学形式,拓宽了传播渠道。叙事艺术的成熟是戏曲形式成熟的基础,将宋代小说故事改编成戏曲的现象在戏曲创作刚开始的时候很常见。后者则在戏曲形式日趋成熟的过程中较为常见,有的是因为对剧作的立意不满,有的是对剧作的艺术水平不满而进行改编。改编解决了传奇创作的题材来源问题,积累了叙事经验,打磨并丰富了传奇曲式唱腔,促进了传奇的兴起;改编也解决了传奇表演的脚本框架和导演设计问题,支撑着花部

① 〔清〕章学诚著,叶瑛校注:《文史通义校注》,中华书局 1985 年版,第 560 ~ 561 页。

突起之后的传奇舞台。明代戏曲改编大致有以下两种情况：

一是明人改本南戏，孙崇涛对南戏向传奇发展的过程详细梳理之后，认为："明前期南剧作品，皆属明人改编或创作……这些戏曲作品均出现于真实严格意义的'明传奇'正式形成之前……明前期南剧作品，并非宋元戏文的旧传衣钵，它们或是根据宋元戏文旧本改订，或依宋元戏文题材重创，或取长期流行民间的戏曲改编，或按戏文旧体制改纳新题材。"①著名的明人改本戏文有《荆钗记》、《白兔记》、《拜月亭》、《杀狗记》、《琵琶记》等几大名作。明人改本南戏是文人传奇规范体制建立之前的形态，南戏文人化的过程就是一个不断改编的历史。现存的戏文的明刊本的书名全题大多都标明"新编"、"新刊"、"重订"等字样，剧本体制、关目、排场、脚色等方面都比较严整，与元刊本芜杂散漫的面貌不一样。正是从明代文人改编南戏戏文旧作中，传奇体制得以蜕变确立。②

二是对当代文人创作的剧本进行改编，改编者有文人曲家，也有艺人。汤显祖《牡丹亭》一经问世即成为当世名剧，盛演不衰，文人竞相改编，有沈璟的《同梦记》、臧懋循的《牡丹亭》、徐肃颖的《丹青记》、冯梦龙的《风流梦》等。艺人在演出活动中也经常根据需要对剧本加以窜改，如祁彪佳《远山堂曲品》著录《新金印》："此俗优所演者，较原本十改五六。一经抹涂，色泽大减。"③艺人改编大抵出于演出需要，面向市井村坊的民众，有时不免于从俗，而为文人曲家鄙视。

---

① 孙崇涛：《明人改本戏文通论》，见徐朔方、孙秋克编《南戏与传奇研究》，湖北教育出版社 2004 年版，第 441 页。

② 参阅郭英德《明清文人传奇研究》，北京师范大学出版社 1992 年版，第 4 ~ 8 页。

③ 〔明〕祁彪佳：《远山堂曲品》，见《中国古典戏曲论著集成》（六），中国戏剧出版社 1959 年版，第 80 页。

从明万历后期至清康熙前期近百年间,是文人传奇创作最为繁盛、成就最高的时期,文人改编传奇也在此时大量出现。① 改编作为一种创作方式,不断丰富戏曲的内涵,完善戏曲的艺术形式。

此时期文人对前代剧作的改编,出现了很多续作和翻案,如黄粹吾《续西厢升仙记》是《西厢记》的续编,写西厢人物最后成佛的故事。研雪子《翻西厢》,对剧中情节进行了颠覆性的改编,张生成反角,而郑恒变身正义人士。汤子垂《续精忠》写牛皋和岳飞之子剪灭秦桧的后续故事。张彝宣《如是观》(又名《倒精忠》、《翻精忠》)是《精忠记》翻案,剧本假想岳飞抗金成功,直捣黄龙。《牡丹亭》在清代也有了续作,如陈轼《续牡丹亭》,写柳梦梅入朝后的故事。这类着眼于对名剧的翻案和续作类似于故事新编,是对几乎人尽皆知的戏曲故事站在不同价值观立场上进行再演绎,这种衍生文带有强烈的作者个人主观感情色彩,情节大多缺乏逻辑,思想深度也有限。文人曲家如李渔等对这种改编现象就曾加以指斥和分析。李渔认为对传世名剧的改编是不值得做的事情,因为无论如何都不能超出经典。他解释道:

> 向有一人欲改《北西厢》,又有一人欲续《水浒传》,同商于予。予曰:"《西厢》非不可改,《水浒》非不可续,然无奈二书已传,万口交赞,其高踞词坛之座位,业如泰山之稳、磐石之固,欲遽叱之,使起而让席于予,此万不可得之数也。无论所改之《西厢》、所续之《水浒》,未必可继后尘,即使高出前人数倍,吾知举世之人不约而同,皆以'续貂蛇足'四字,为新作之定评矣。"二人唯唯而去。②

---

① 参阅孙书磊《明末清初有存本传世的传奇剧作表》,见《明末清初戏剧研究》,社会科学文献出版社 2007 年版,第 23 ~ 53 页。

② 〔清〕李渔:《闲情偶寄》,浙江古籍出版社 1985 年版,第 26 页。

在文人传奇体制规范化之后进行的名剧改编，与明人改本戏文不同，不是对其进行文人化的修缮行为。这类以主观意图改变经典文本的既定情节的改编现象，在俗文学领域比比皆是，不过他们的创作动机大多并不是如李渔所说的那样欲与经典比高下，而是借由经典文本的故事，满足个人欲望和接受大众的需求，有选择地附会和颠覆。改编者对于经典戏曲文本的主题和人物形象内涵的重建，反映出改编者的价值观及其所处的特定社会文化语境的阅读期待。续作和翻案的改编行为不断发生，也说明原戏剧文本拥有内在强大的传播动力，能为不断变化着的社会所接受。

在上述引文之后，李渔提出，改编《西厢》不可与王实甫之《北西厢》比较，不屑与《南西厢》比较，故不如不改。《南西厢》是指根据《北西厢》改编的南曲作品，属于明人改本戏文，有李日华和陆采的改编本存世，两作都易北为南，增损字句，以就南曲声腔，在舞台上亦是常见的剧目，但在曲家的批评中毁多誉少。事实上，明末清初是一个曲学争论盛行的时代，文人自创的剧本问世之后，曲家的批评往往随之而来，有时索性就动手改编。列举部分明末清初文人改编当代传奇剧作如下：

（1）臧懋循改编汤显祖的同名剧作《还魂记》、《紫钗记》、《南柯记》、《邯郸记》。

（2）许自昌改编许三阶的同名剧作《节侠记》，今存崇祯刊本，收入《古本戏曲丛刊》初集，改编本与原本变化不大，有部分曲文改动。他还改编了汪廷讷的同名剧作《种玉记》，收入《古本戏曲丛刊》二集，全剧曲文都与原作相同，仅两出出目和少量宾白有改动。

（3）徐肃颖改编过王元寿同名剧作《异梦记》。他的《丹青记》翻刻汤显祖《牡丹亭》，题曰“徐肃颖删润”，可见这是一个删节本。《丹桂记》改编翻刻周朝俊《红梅记》，情节没有大的改动，只是因折桂相赠的关目而更名。他的《玉合记》是翻刻梅鼎祚同名剧作。

(4)王翃《红情言》改编史槃《唾红记》(又名《吐绒记》),情节更见曲折。

(5)高一苇《金印合纵记》改编无名氏《金印记》,亦名《黑貂裘》,明崇祯刻本,收入《暖红室汇刻传奇》,实际上是根据继志斋本《金印记》加以缩减、改订的本子,《缀白裘》中选入的《金印记》出目与高本《金印合纵记》基本相同。

(6)硕园《还魂记》删定汤显祖《牡丹亭》,删节本,删去原本十二出,其他改动较少。

(7)朱佐朝《轩辕镜》改编朱云从《龙灯赚》,删节本。

(8)冯梦龙《墨憨斋定本传奇》有改编本十二种,如《新灌园》改编张凤翼《灌园记》等。

在上述改编本中,文人多是将其曲学观念的推广应用到戏曲改编中,改编是戏曲批评的一部分,如对《牡丹亭》的改编就引发了戏曲理论上的论争,使一些戏曲观念得到深入探讨。在汤显祖生前,就有沈璟和吕天成的改编本,尽管汤显祖本人对这些改编本都予以否定,改编者也都有不得不改的理由。在汤显祖去世后,又有臧懋循、冯梦龙等人的改编本。

以《牡丹亭》为例,改编者对当代传奇作品的改编理由往往都是使之便于登场,但实际效果并不如意,正如茅暎对臧懋循的批评:“臧晋叔先生删削原本,以便登场,未免有截鹤续凫之叹。”便于登场的改编原则是无可厚非的,但具体如何操作也同样值得讨论。什么样的文本是适于登场的文本?曲家往往着眼于曲律和结构两个方面,订定曲律规范和删繁就简是曲家不约而同地采取的措施。臧懋循删去了剧中的一些关目,并调换了一些场子的位置,《牡丹亭》原剧有四百多支曲子,只有四分之一没有被他改过,此外还删掉了一些脚色,调整了一些人物扮演,对念白也做了删改。不过这并未得到文人和艺人的认可,在昆曲舞台上的影响不大。冯梦龙比起其他改编者，对“场上”的把握更有感觉，敏感的导演意识使得他提出的许多改编设想具有一定的可操作性。冯梦龙的改编更注重细节，关于曲白科介的改动，均费心思量过可能产生的演出效果。虽然他的改编本不是严格意义上的导演本，但他重视“做法”的改编思路对舞台表演的影响很大，有些改动直接被演员应用到场上。

冯梦龙的传奇改编，在戏曲观念上重视舞台表演，将文人的审美情趣与艺人的表演艺术融合，折衷传奇发展过程中的经典化和通俗化，试图在戏曲舞台上实现“文”与“艺”的双美。冯梦龙戏曲理论中“剧”的观念，首先体现在文本中，冯梦龙改编本对舞台表演的适应性比原本都有改进，在一定程度上实现了文本的舞台化创造，并为舞台演出所接受。其次，他的导演意识兼顾了文本、表演和接受几个方面，为李渔的理论总结提供了生动例证，对折子戏的形成也起到促进作用。《墨憨斋定本传奇》改编的作品数量多、影响大，在明清时期的文人改编传奇中显得很特别。虽然冯梦龙本人自创的传奇作品只有两部，但是，他具有丰富的戏曲改编理论，改编占据了他戏曲活动的大部分，他亦是以改编在戏曲史上占据一席之地。

附录一 《墨憨斋定本传奇》曲目著录情况

1.《新灌园》

原作《灌园记》,张凤翼作,今存明汲古阁刊本、《六十种曲》本、明万历间富春堂刊本(《古本戏曲丛刊》初集据之影印)。

黄文旸《曲海总目》、王国维《曲录》著录。

《今乐考证》著录冯犹龙《新灌园》:更定张伯起稿。

梁廷枏《曲话》著录张凤翼之《灌园》、冯犹龙之《新灌园》。

《笠阁批评旧戏目》著录《还簪记》:犹龙改《灌园》。

吕天成《曲品·新传奇品》"《灌园》"条:"《灌园》:有风致而不蔓,节侠具在。上虞赵武作《溉园》,远不逮矣。"

相关作品:赵于礼《溉园记》。《远山堂曲品·溉园》:"此以王孙贾为生,插入'齐世子灌园'一段。于覆齐、复齐处,言之独详,而贾续之可纪者,转觉寥寥,是为客胜于主。"吕天成《曲品·新传奇品》"《溉园》"条:"即齐王法章事,而此以王孙贾为生。然是庸笔,意致可取。"《传奇汇考标目》著录赵于礼《灌园》:"亦名《溉园》,齐王法章事。《今乐考证》著录《溉园》,列于赵心武下。"

2.《酒家佣》

原作《存孤记》,陆采作,钦虹江作,陆弼亦有同名作品,均佚。

梁廷枏《曲话》、《传奇汇考标目》著录陆弼作《存孤》。

《今乐考证》著录《存孤》,列于陆弼名下。著录《赵氏孤儿》

云:“元北剧有此目,本录明无名氏《孤儿》本,未知即此否?”著录冯犹龙《酒家佣》云:“更定陆无从、钦虹江两家稿。”

吕天成《曲品·旧传奇品》“《孤儿》”条:“事佳,搬演亦可。但其词太质,每欲如《杀狗》一校正之,而棘于手,姑存其古色而已。即以赵武为岸贾子,正是戏局。近有徐叔回所改《八义》,与传稍合,然未佳。”

吕天成《曲品·新传奇品》“《存孤》”条:“李文姬、王成事甚奇,词亦雅,且有风致,但稍浅略,未得畅耳。其序似天池(陆采)旧有稿而无从(陆弼)演之者。”

3.《女丈夫》

原作《红拂记》,张凤翼作;《虬髯翁》、《北红拂记》、《蓦忽姻缘》(《红拂三传》),凌濛初作;《女丈夫》,刘晋充作,佚。张本《红拂记》,存万历二十九年(1601 年)金陵继志斋刻本、万历杭州容与堂刻本、万历金陵文林阁刻本、万历萧腾鸿刻本、明书林游敬泉刻本、明汪氏玩虎轩刻本、汲古阁原刻初印本、明末吴兴凌玄洲校刻朱墨套印本(《六十种曲》、《古本戏曲丛刊》初集据之影印)。凌濛初杂剧《虬髯翁》,又名《正本扶余国》,全名《虬髯翁正本扶余国》,今存《盛明杂剧》本。《今乐考证》于即空观主人名下著录《蓦忽姻缘》。刘本《女丈夫》,《传奇汇考标目》别本于刘氏名下补有《女丈夫》名目。

《传奇汇考标目》著录《女丈夫》:冯梦龙更定张凤翼《红拂记》、凌濛初《虬髯》以及刘氏之《女丈夫》。

《笠阁批评旧戏目》著录《女丈夫》:犹龙改《红拂》。

《今乐考证》著录凌初成《虬髯翁正本扶余国》引汪樗云:“初成剧真堪伯仲周藩,非复近时词家可比。”著录《女丈夫》:更定张伯起、刘晋充两家《红拂记》。

梁廷枏《曲话》著录张太和作《红拂》、张凤翼作《红拂》。

吕天成《曲品·新传奇品》“《红拂》”条:“此伯起少年时笔也。侠气辟易,作法撇脱,不粘滞。第私奔处未免激昂,吾友槲园生补北词一套,遂无憾。乐昌一段,尚觉牵合。娘子军亦奇,何不插入?”

相关作品:《红拂传》,明张太和作;《红拂记》,明近斋外翰作。吕天成《曲品·新传奇品》“红拂”条:伯起以简胜,此以繁胜,尚有一本未见。此记境界描写甚透,但未尽脱俗耳。汤海若极赏其《梁州序》记中句。记序云:“《红拂》已经三演,在近斋外翰者,鄙俚而不典;在冷然居士者,短简而不舒;今屏山不袭二格,能兼杂剧之长。”《今乐考证》著录,列于张太和下,云“与伯起同目异文”。

4.《量江记》

原作《量江记》,佘翘作。佘翘(1567~1612年),字聿云,一字聿文,号燕南。幼聪颖,稍长,著诗、古文皆有根底,汤显祖见而奇之,呼为小友。万历十九年(1591年)中举,后屡试不第,于是往来燕赵唐鲁江淮间,远至西夏和辽东,足迹遍中国,诗文大进(梅鼎祚《鹿裘石室集》卷三《翠微集序》,刘若愚《酌中志》卷十六)。有明万历间继志斋刊本(署鹊山人题,《古本戏曲丛刊》二集据之影印,即冯梦龙改订本)、《新曲十种》清乾隆刊本(署聿云氏原编,冯子犹详订)。

梁廷枏《曲话》著录佘聿文作《量江》。《传奇汇考标目》著录佘聿云作《量江》:樊若水事。

《今乐考证》著录《量江》,列于佘聿文之下。著录《量江记》:详订佘聿文作,题曰“池阳聿云氏元编”。

吕天成《曲品·新传奇品》“《量江》”条:“樊若水事,奇。全守韵律,而词调俱工,一胜百矣。尚有《赐环记》,未见。其《琐骨菩萨》,亦通。”

5.《精忠旗》

原作《精忠旗》，李梅实作。有明墨憨斋刊本（《古本戏曲丛刊》二集据之影印）、《新曲十种》清乾隆刊本，均为冯梦龙改订本。

黄文旸《曲海总目》、王国维《曲录》著录，列于佚名作者。

吕天成《曲品·旧传奇品》"《精忠》"条："此岳武穆事。词简净。演此令人眦裂。予欲作一剧，不受金牌之召，直抵黄龙府，擒兀术，返二帝，而正秦桧法，亦一大快事也。"

《远山堂曲品》"《精忠》"条："虽庸笔，亦不失音韵。《金牌宣召》一折，大得作法。惜闲诨过繁。末以冥鬼结局，前既枝蔓，后遂寂寥。"

《今乐考证》著录《精忠旗》：定西陵李梅实稿。

相关作品：南戏《精忠记》，姚茂良作，《今乐考证》、梁廷枏《曲话》著录，有明万历间金陵富春堂刊本、明末汲古阁刊本（《古本戏曲丛刊》初集据之影印）。

6.《双雄记》

原作《双雄记》，冯梦龙作，又名《善恶图》，收入《古本戏曲丛刊》二集。存墨憨斋刊本（《古本戏曲丛刊》二集据之影印）、清乾隆铁瓶书屋印本。

梁廷枏《曲话》、《传奇汇考标目》、黄文旸《曲海总目》、王国维《曲录》著录。

《笠阁批评旧戏目》：即冯犹龙《善恶图》。

《今乐考证》：新创稿，一名《善恶图》。

吕天成《曲品·新传奇品》"《双雄》"条："闻姑苏有是事。此记似为人泄愤耳。事虽卑琐，而能恪守词隐先生功令，亦持教之杰也。"

《远山堂曲品》"《双雄》"条："此冯犹龙少年时笔也，确守词隐家法，而能时出俊语。丹信为叔三木所陷，并及其义弟刘双；而刘方正者,不惜倾赀救之。世固不乏丹三木,亦安得有刘方正哉！姑苏近实有其事,特邀冯君以粉墨传之。”

7.《万事足》

原作《万事足》,冯梦龙作,收入《古本戏曲丛刊》二集。存墨憨斋刊本(《古本戏曲丛刊》二集据之影印)、清乾隆铁瓶书屋印本。

梁廷枏《曲话》、《传奇汇考标目》、黄文旸《曲海总目》、王国维《曲录》著录。

《笠阁批评旧戏目》著录《万事足》:冯犹龙作。

《今乐考证》著录《万事足》:新创稿,同邑袁幔亭乐句。

相关作品:《万全记》。《曲海总目提要》:“旧有《万全记》,词多鄙俚,调复不叶,此记缘饰情节而文之。”《远山堂曲品》“《万全》”条:“传陈相国循、高相国谷,掇拾遗事,至于不经。此等识见,欲以作者自命,难矣!”《传奇汇考标目》著录《万全》:一名《富贵仙》。黄文旸《曲海总目》、王国维《曲录》著录《万全》列于李渔下。《笠阁批评旧戏目》著录《万全》,列于范希哲下。

8.《梦磊记》

原作《梦磊记》,又名《巧双缘》,史槃作,今无传本。仅墨憨斋刊本传世(《古本戏曲丛刊》二集据之影印)。《南词新谱》有佚曲文。

《今乐考证》著录《梦磊》,列于史叔考之下:《梦磊》即《巧双缘》;著录冯犹龙《梦磊记》:详订史叔考本。

《远山堂曲品》“《梦磊》”条:“文景昭富贵姻缘,俱得之于石,故梦中白玉蟾以‘磊’字授之,其中结构,一何多奇也！但刘以司农而夜送女于文生旅邸,与《檀扇》之以甥女私慰凌生,皆非近情之事。”

9.《洒雪堂》

原作《洒雪堂》,梅孝巳作,今无传本。仅墨憨斋刊本传世(《古本戏曲丛刊》二集据之影印)。

《今乐考证》著录:改楚黄梅孝巳本。

相关作品:本事见《艳异编》,周清原作同名话本,见《西湖二集》。

10.《楚江情》

原作《西楼记》,又名《西楼梦》,袁于令作,有《剑啸阁自订西楼梦传奇》、明刊本《陈继儒批评西楼记》、汲古阁原刊初印《西楼记定本》、明读书坊刻《怡云阁西楼》、清宁我斋巾箱本《西楼记》。

《笠阁批评旧戏目》著录《楚江情》:犹龙改《西楼》。

《今乐考证》著录《楚江情》:删定袁白宾《西楼》本。

《远山堂曲品》"《西楼》"条:"写情之至,亦极情之变;若出之无意,实亦有意所不能到。传青楼者多矣,自《西楼》一出,而《绣襦》、《霞笺》皆拜下风,令昭以此噪名海内,有以也。"

11.《风流梦》

原作《牡丹亭》(《牡丹亭还魂记》),汤显祖作,作于万历二十六年(1598 年)。刻本有三十余种。有万历间金陵唐振吾刻本、文林阁刻本、石林居士刻本、泰昌间刻朱墨套印本(《古本戏曲丛刊》初集据之影印)、天启四年刻清辉阁批点本、明末独深居点定本、柳浪馆刻本、汲古阁原刻初印本、《六十种曲》本等,以及众多批点本。臧懋循改编本存万历间吴兴臧氏原刊本。

《传奇汇考标目》、黄文旸《曲海总目》、王国维《曲录》著录。

梁廷枏《曲话》:汤显祖之《还魂》、冯梦龙之《风流梦》。

《今乐考证》著录,并引《南词新谱》云:《风流梦》,冯犹龙改《还魂》。引梁子章云:"龙氏《墨憨斋传奇定本》十种,多取近时名曲,再加删改而成,颇称善本。"《新曲十种》本,不列《风流梦》一种。

12.《邯郸梦》

原作《邯郸记》,汤显祖作,作于万历二十九年(1601 年)。

有明万历间玉茗堂刊本、天启元年(1621 年)朱墨本(《古本戏曲丛刊》初集据之影印),另有崇祯间独深居刊本、明末柳浪馆刊本、汲古阁原刊初印本、《六十种曲》本等。

梁廷枏《曲话》、黄文旸《曲海总目》、王国维《曲录》著录。

吕天成《曲品·新传奇品》"《邯郸梦》"条:"穷士得意,兴尽可仙。先生提醒普天下措大,功德不浅。即梦中苦乐之致,犹令观者神摇,莫能自主。"

13.《人兽关》

原作《人兽关》,李玉作,今存大兴傅氏藏明崇祯刊本、清初翻刻本(《古本戏曲丛刊》三集据之影印)、清乾隆五十九年(1794 年)重刻宝研斋藏本(为冯梦龙改编本)。

《传奇汇考标目》、梁廷枏《曲话》、《今乐考证》、黄文旸《曲海总目》、王国维《曲录》著录,

《曲海总目提要》:"醒心怵目,足警世之忘恩负义者。"

14.《永团圆》

原作《永团圆》,李玉作,约作于崇祯初年,有大兴傅氏藏明崇祯刊本(《古本戏曲丛刊》三集据之影印,此本为冯梦龙初次改订本)、清乾隆五十九年(1794 年)重刻宝研斋藏本(为冯梦龙改编本)。

《传奇汇考标目》、梁廷枏《曲话》、《今乐考证》、黄文旸《曲海总目》、王国维《曲录》著录。

《曲海总目提要》:"此剧与《人兽关》又皆说悔亲事,盖当时或实有之。"

15.《杀狗记》

原作《杀狗记》,徐畛据戏文改编。"今存《杀狗记》,大约是由徐畛和冯梦龙一改再改的本子。"(赵景深《元明南戏考略》)今存明汲古阁原刊初印本(《古本戏曲丛刊》初集据之影印)、《六十种

曲》本。据《寒山堂曲谱》:“今本已由吴中情奴、沈兴白、龙子犹三改矣。”可知今存本并非原貌。

《永乐大典戏文目录》著录:杨德贤妇杀狗劝夫。

吕天成《曲品》:“事俚词质。”梁廷枏《曲话》:“《荆》、《刘》、《拜》、《杀》,曲文俚俗不堪,《杀狗记》尤恶劣之甚者。以其律法多近古,故曲谱多引之。元无名氏有《杀狗劝夫》杂剧,四折中已觉铺叙费力,况伸为全部,无怪其一览无余味也。”《曲海总目提要》:“作者全仿元人。”

《传奇汇考标目》、王国维《曲录》著录《杀狗记》。

16.《三报恩》

原作《三报恩》,毕魏(姑苏第二狂)作,有明崇祯刊本。《古本戏曲丛刊》二集收入。

《今乐考证》、《新传奇品》、《传奇汇考标目》、黄文旸《曲海总目》、王国维《曲录》著录。

17.《一捧雪》

原作《一捧雪》,李玉作,约作于崇祯十年(1637 年)前,今存有长乐郑氏藏明崇祯刊本(《古本戏曲丛刊》三集据之影印)、清乾隆年间内府抄本(每出题目与崇祯本不同)、清初《一笠庵四种曲》刻本、清乾隆五十九年(1794 年)重刻宝研斋藏本。

《传奇汇考标目》、梁廷枏《曲话》、《今乐考证》、黄文旸《曲海总目》、王国维《曲录》著录。

18.《占花魁》

原作《占花魁》,李玉作,作于崇祯十年(1637 年)前后,今存大兴傅氏藏明崇祯刊本(《古本戏曲丛刊》三集据之影印)、清初刻本(吴梅批订并跋)、清乾隆五十九年(1794 年)重刻宝研斋藏本。

《传奇汇考标目》、《今乐考证》、黄文旸《曲海总目》、王国维《曲录》、《新传奇品》著录。

《曲海总目提要》:“以王美娘称‘花魁娘子’,而秦种得之,故名‘占花魁’。(注:秦种姓名,本未的,寓意‘情种’耳。)”

吴梅《顾曲麈谈》:“其《占花魁》一剧,为玄玉得意之作。《劝妆》北词,更为神来之笔。”

附录二 《牡丹亭》改编本场次删削合并情况表

汤　　本	臧　　本	冯　　本
1. 标目		1. 家门大意
2. 言怀	1. 言怀	2. 二友言怀(并)
3. 训女	2. 训女	3. 杜工训女
4. 腐叹	3. 延师(并)	4. 官舍延师(并)
5. 延师	3. 延师(并)	4. 官舍延师(并)
6. 怅眺		2. 二友言怀(并)
7. 闺塾	3. 延师(并)	5. 传经习字
8. 劝农	4. 劝农	
9. 肃苑		6. 春香肃苑
10. 惊梦	5. 游园	7. 梦感春情
		8. 情郎印梦
11. 慈戒		
12. 寻梦	7. 寻梦	9. 丽娘寻梦
13. 诀谒		
14. 写真	9. 写真	11. 绣阁传真
15. 虏谍		
16. 诘病	8. 诘病	12. 慈母祈福

（续表）

汤　本	臧　本	冯　本
17. 道觋		
18. 诊祟		13. 最良诊病
19. 牝贼	10. 牝贼	10. 李全起兵
20. 闹殇	11. 闹殇	15. 中秋泣夜
		16. 谋厝殇女
21. 谒遇	6. 谒遇	14. 宝寺干谒
22. 旅寄	12. 旅寄	17. 客病依庵
23. 冥判	13. 冥判	18. 冥判怜情
24. 拾画		19. 初拾真容(并)
25. 忆女	16. 忆女	
26. 玩真	14. 玩真	19. 初拾真容(并)
27. 魂游	15. 魂游	20. 魂游情感
28. 幽媾	17. 幽遘	21. 梅庵幽遘
29. 旁疑		22. 石姑阻欢(并)
30. 欢挠		22. 石姑阻欢(并)
31. 缮备	18. 缮备	
32. 冥誓	19. 冥誓	23. 设誓明心
33. 秘议	20. 回生(并)	24. 协谋发墓
34. 诇药		
35. 回生	20. 回生(并)	25. 杜女回生
36. 婚走	22. 婚走	26. 夫妻合梦
37. 骇变	23. 骇变	27. 最良省墓
38. 淮警		
39. 如杭	24. 如杭	

（续表）

汤　本	臧　本	冯　本
40. 仆贞		35. 行访状元
41. 耽试	26. 耽试	28. 告考选才
42. 移镇	21. 移镇	29. 杜宝移镇(并)
43. 御淮		29. 杜宝移镇(并)
44. 急难	28. 急难	30. 子母相逢
45. 寇间	25. 寇间	31. 最良遇寇
46. 折寇	27. 折寇	32. 围城遣间
47. 围释	29. 围释	33. 溜金解围
48. 遇母	30. 遇母	30. 子母相逢
49. 淮泊		
50. 闹宴	31. 闹宴	34. 柳生闹宴
51. 榜下	32. 榜下	
52. 索元		35. 行访状元
53. 硬拷	33. 硬拷	36. 刁打东床
54. 闻喜	34. 闻喜	
55. 圆驾	35. 圆驾	37. 皇恩赐庆

附录三 《牡丹亭》选本中的曲牌组合形式

1.《月露音》

《硬拷》:

【新水令】—【步步娇】—【折桂令】—【江儿水】—【雁儿落】—【侥侥犯】—【收江南】—【园林好】—【沽美酒】—【北尾】

《惊梦》:

【步步娇】—【醉扶归】—【皂罗袍】—【好姐姐】—【隔尾】—【山坡羊】—【山桃红】—【鲍老催】—【山桃红】—【绵搭絮】—【尾声】

《寻梦》:

【懒画眉】—【前腔】—【不是路】—【前腔】—【忒忒令】—【嘉庆子】—【尹令】—【品令】—【豆叶黄】—【玉交枝】—【月上海棠】—【二犯幺令】—【江儿水】—【川拨棹】—【前腔】—【前腔】—【意不尽】

《玩真》:

【黄莺儿】—【二郎神】—【莺啼序】—【集贤宾】—【黄莺儿】—【莺啼序】—【簇御林】—【尾声】

《幽媾》:

【香遍满】—【懒画眉】—【二犯梧桐树】—【浣溪沙】—【刘泼帽】—【秋夜月】—【东瓯令】—【金莲子】—【隔尾】—【朝天懒】—【前腔】—【红衲袄】—【前腔】—【宜春令】—【前腔】—【耍鲍老】—

【滴滴金】—【意不尽】

《写真》:

【刷子序犯】—【朱奴儿犯】—【普天乐】—【雁过声】—【倾杯序】—【玉芙蓉】—【山桃犯】—【尾犯序】—【鲍老催】—【尾声】

《闹殇》:

【集贤宾】—【前腔】—【前腔】—【前腔】—【啭林莺】—【前腔】—【玉莺儿】—【前腔】—【忆莺儿】—【尾声】

《魂游》:

【孝南歌】—【前腔】—【水红花】—【小桃红】—【下山虎】—【醉归迟】—【尾声】

2.《怡春锦》

《惊梦》:

【绕池游】—【乌夜啼】—【步步娇】—【醉扶归】—【皂罗袍】—【好姐姐】—【隔尾】—【山坡羊】—【山桃红】—【鲍老催】—【山桃红】—【绵搭絮】—【尾声】

《寻梦》:

【夜游宫】—【月儿高】—【前腔】—【懒画眉】—【前腔】—【不是路】—【前腔】—【忒忒令】—【嘉庆子】—【尹令】—【品令】—【豆叶黄】—【玉交枝】—【月上海棠】—【幺令】—【江儿水】—【川拨棹】—【前腔】—【前腔】—【意不尽】

《幽媾》:

【夜行船】—【香遍满】—【懒画眉】—【梧桐树】—【浣溪沙】—【刘泼帽】—【秋夜月】—【东瓯令】—【金莲子】—【隔尾】—【朝天懒】—【前腔】—【玩仙灯】—【红衲袄】—【前腔】—【宜春令】—【前腔】—【耍鲍老】—【滴金犯】—【意不尽】

3.《词林逸响》

《惊梦》:

【步步娇】—【醉扶归】—【皂罗袍】—【好姐姐】—【隔尾】—【山坡羊】—【山桃红】—【鲍老催】—【山桃红】—【绵搭絮】—【尾声】

《寻梦》:

【懒画眉】—【前腔】—【不是路】—【前腔】—【忒忒令】—【嘉庆子】—【尹令】—【品令】—【豆叶黄】—【玉交枝】—【月上海棠】—【二犯幺令】—【江儿水】—【川拨棹】—【前腔】—【前腔】—【意不尽】

4.《万壑清音》

《冥判还魂》:

【点绛唇】—【混江龙】—【油葫芦】—……①—【天下乐】—【那吒令】—【鹊踏枝】—【后庭花滚】—【寄生草】—【幺篇】—【赚尾】

5.《玄雪谱》

《自叙》:

【真珠帘】—【鹧鸪天】—【九回肠】

《惊梦》:

【绕池游】—【步步娇】—【醉扶归】—【皂罗袍】—【好姐姐】—【隔尾】—【山坡羊】—【山桃红】—【鲍老催】—【山桃红】—【绵搭絮】—【尾声】

《寻梦》:

【夜游宫】—【月儿高】—【前腔】—【懒画眉】—【前腔】—【不是路】—【前腔】—【忒忒令】—【嘉庆子】—【尹令】—【品令】—【豆叶黄】—【玉交枝】—【月上海棠】—【二犯幺令】—【江儿水】—【川拨棹】—【前腔】—【前腔】—【意不尽】

《幽欢》:

---

① 原本缺。

【夜行船】—【香遍满】—【懒画眉】—【二犯梧桐树】—【浣溪沙】—【刘泼帽】—【秋夜月】—【东瓯令】—【金莲子】—【隔尾】—【朝天懒】—【前腔】—【玩仙灯】—【红衲袄】—【前腔】—【宜春令】—【前腔】—【要鲍老】—【滴滴金】—【意不尽】

《吊拷》:

【风入松慢】—【唐多令】—【新水令】—【步步娇】—【折桂令】—【江儿水】—【雁儿落】—【侥侥犯】—【收江南】—【园林好】—【沽美酒】—【北尾】

6.《醉怡情》

《入梦》:

【绕池游】—【步步娇】—【醉扶归】—【皂罗袍】—【好姐姐】—【尾声】—【山桃红】—【出队子】—【画眉序】—【滴溜子】—【鲍老催】—【双声子】—【山桃红】—【尾声】

《寻梦》:

【夜游宫】—【懒画眉】—【忒忒令】—【嘉庆子】—【尹令】—【品令】—【豆叶黄】—【玉交枝】—【江儿水】—【川拨棹】—【意不尽】

《拾画》:

【金珑璁】—【好事近】—【千秋岁】—【尾声】

《冥判》:

【点绛唇】—【混江龙】—【天下乐】—【鹊踏枝】—【寄生草】—【煞尾】

7.《审音鉴古录》

《劝农》:

【仙吕引子·夜行船】—【前腔】—【双调正曲·普贤歌】—【羽调正曲·排歌】—【仙吕正曲·八声甘州】—【前腔】—【双调集曲·孝金经】—【前腔】—【前腔】—【前腔】—【双调集曲·清南枝】

《学堂》：

【南吕正曲·一江风】—【仙吕引子·绕池游】—【掉角儿】—【前腔】—【前腔】—【尾声】

《游园》：

【商调引子·绕池游】—【仙吕正曲·步步娇】—【醉扶归】—【皂罗袍】—【好姐姐】—【隔尾】—【商调正曲·山坡羊】—【越调集曲·山桃红】

《惊梦》：

【黄钟·出队子】—【黄钟正曲·画眉序】—【滴溜子】—【鲍老催】—【五般宜】—【山桃红】—【越调正曲·绵搭絮】—【尾声】

《寻梦》：

【仙吕宫正曲·月儿高】—【前腔】—【南吕宫正曲·懒画眉】—【前腔】—【不是路】—【前腔】—【仙吕宫正曲·忒忒令】—【嘉庆子】—【尹令】—【品令】—【豆叶黄】—【玉交枝】—【三月海棠】—【幺令】—【江儿水】—【川拨棹】—【前腔】—【前腔】—【尾声】

《离魂》：

【仙吕宫引子·金珑璁】—【鹊桥仙】—【商调正曲·集贤宾】—【啭林莺】—【商调集曲·黄玉莺儿】—【前腔】—【忆莺儿】—【尾声】

《冥判》：

【仙吕套曲·点绛唇】—【混江龙】—【油葫芦】—【天下乐】—【那吒令】—【鹊踏枝】—【寄生草】—【煞尾】

8.《缀白裘》(钱德苍编撰)

《冥判》：

【点绛唇】—【混江龙】—【油葫芦】—【天下乐】—【那吒令】—【鹊踏枝】—【寄生草】—【尾】

《拾画》：

【引】—【好事近】—【锦缠道】—【千秋岁】

《叫画》：

【二郎神】—【集贤宾】—【前腔】—【簇御林】—【尾声】

《学堂》：

【一江风】—【绕池游】—【掉角儿】—【前腔】—【前腔】—【尾声】

《游园》：

【绕池游】—【步步娇】—【醉扶归】—【皂罗袍】—【好姐姐】—【尾声】

《惊梦》：

【山坡羊】—【山桃红】—【鲍老催】—【双声子】—【山桃红】—【绵搭絮】—【尾声】

《寻梦》：

【月儿高】—【懒画眉】—【不是路】—【前腔】—【忒忒令】—【嘉庆子】—【尹令】—【品令】—【豆叶黄】—【玉交枝】—【月上海棠】—【二犯幺令】—【江儿水】—【川拨棹】—【前腔】—【尾声】

《圆驾》：

【点绛唇】—【前腔】—【醉花阴】—【画眉序】—【喜迁莺】—【画眉序】—【出队子】—【滴溜子】—【刮地风】—【滴滴金】—【四门子】—【鲍老催】—【水仙子】—【双声子】—【煞尾】

《劝农》：

【引】—【引】—【普天乐】—【排歌】—【八声甘州】—【前腔】—【孝顺歌】—【前腔】—【前腔】—【前腔】—【清江引】

《离魂》：

【鹊桥仙】—【集贤宾】—【啭林莺】—【玉莺儿】—【前腔】—【忆莺儿】—【尾声】

《问路》：

【金钱花】—【尾序犯】—【前腔】—【尾】

《吊打》：

【引】—【新水令】—【步步娇】—【折桂令】—【江儿水】—【雁儿落】—【侥侥令】—【收江南】—【园林好】—【沽美酒】—【尾】

附录四　《邯郸记》选本中的曲牌组合

1.《月露音》

《极欲》：

【粉蝶儿】—【泣颜回】—【上小楼】—【泣颜回】—【黄龙滚犯】—【扑灯蛾犯】—【上小楼犯】—【叠字犯】—【尾声】

2.《怡春锦》

《度世》：

【赏花时】—【中吕·粉蝶儿】—【醉春风】—【红绣鞋】—【迎仙客】—【石榴花】—【斗鹌鹑】—【上小楼】—【快活三】—【鲍老儿】—【满庭芳】—【耍孩儿】—【尾声】

3.《醉怡情》

《打番儿》：

【越调·紫花拨四】—【胡拨四犯】

4.《缀白裘》

《扫花》：

【北赏宫花】

《三醉》：

【粉蝶儿】—【红绣鞋】—【迎仙客】—【石榴花】—【斗鹌鹑】—【上小楼】—【幺篇】—【白鹤子】—【幺】—【快活三】—【鲍老儿】—【耍孩儿】—【尾】

《捉拿》：

【赏花时】—【幺】—【醉花阴】—【画眉序】—【喜迁莺】

《法场》：

【画眉序】—【出队子】—【幺】—【滴溜子】—【刮地风】—【四门子】—【鲍老催】—【水仙子】—【哭相思】

《仙圆》：

【清江引】—【前腔】—【驻马听】—【点绛唇】—【混江龙】—【有板混江龙】—【清江引】—【沽美酒】—【浪淘沙】—【前腔】—【前腔】—【前腔】—【前腔】—【前腔】—【沉醉东风】—【前腔】—【前腔】—【前腔】—【清江引】

附录五　冯本《邯郸梦》对汤本《邯郸记》舞台提示语言改编

汤本场次	汤　　本	冯　　本	冯本场次
第二出	生上	生旧衣儒扮上	第二折
第三出	扮仙姑持帚上	贴扮仙姑持帚上	第三折 第四折
	吕	外(后同)	
	何	贴(后同)	
	丑上	丑扮酒保上	
	扮二客上	净、末扮二客上	
	一客	净	
	一客	末	
	无	望空介	
第四出	丑上	小净扮酒保上	第五折
	生忽起自看破裘叹介	生忽看破裘叹介	
	生作痴介	生作呵欠介	
	吕下	外、丑俱下	
	老旦上叫介	老旦上叫拿介	
	老	老旦(后同)	
	生作怕慌上介	生作怕急上介	

（续表）

汤本场次	汤　　本	冯　　本	冯本场次
第五出	外萧嵩美髯上	末扮萧嵩美髯上	第六折
	末裴光庭袖诏旨上	小生扮裴光庭上	
	末	小生（后同）	
第六出	旦上	旦艳装上	第七折
第七出	老旦高力士上	老旦扮高力士引队上	第八折
第八出	生、外、末引队上	生、末、小生吉服引队上	第九折
	无	恨介	
第九出	净末番将相上	外扮番相、小净扮番将上	第十折
	外番王引众上	丑扮番王引众上	
	末	外	
	净	小净（后同）	
第十出	丑报子上	扮报子上	第十一折
	内	内扮院子上	
第十一出	生背想介	生想介	第十二折
第十三出	净应介，官走上报介	净应下，内扮官上	第十四折
	生忙介	生慌介	
第十四出	宇裴引队上	净扮宇文上，小生扮裴上	第十五折
	上引高力士众上	外扮唐玄宗，老旦扮高力士引众上	
	无	作过桥行介	
	上	外（后同）	
第十五出	生引众上	生戎装引众上	第十七折
	旦扮小军插旗上	贴扮小军插旗上	
	无	贴舞介	

（续表）

汤本场次	汤　本	冯　本	冯本场次
第十六出	净扮龙莽上	小净扮龙莽上	第十八折
	番卒插令箭上	丑扮番卒插令箭上	
第十八出	贴众吹弹介	众盘坐吹弹，随意合一曲介	第二十折
第十九出	净引众上	净莽服引众上	第二十一折
	萧上	末冠带上	
第二十一出	宇文笑上	净扮宇文融上	第二十三折
	大使上	末扮大使上	
	宇	净笑介	
第二十二出	净扮贼上	小净扮老贼上	第二十四折
	丑扮贼上	净扮贼上	
	童担上	丑扮小厮挑担上	
	无	丑作惊倒，生叫介	
	舟子上	外扮舟子载客上	
	内普鲁空空声介，船覆众下介，生得木板漂走哭上介	内作船坏声，众覆，下。生得木板漂流介	
第二十四出	宇文同萧上	净扮宇文，末扮萧上	第二十七折
	裴上	小生扮裴上（后同）	
	内唱，侍子上	内唱诸番侍子进酒，侍子进酒上	
	铁钤生头火烙生足	无	

（续表）

汤本场次	汤　　本	冯　　本	冯本场次
第二十五出	使臣带将官捧朝服上	外扮使臣带将官持节捧朝服上	第二十八折
	生更衣，户慌介	生冠带，丑趋奉介	
	无	丑慌介，诨下	
	无	膝行见介	
	无	丑叩头介	
	行介	丑众下，生众行介	
第二十六出	工部大使上	末扮工部大使上	第二十九折
	厩马大使上	净扮厩马大使上	
	户部大使上	外扮户部大使上	
	乐官绿衣花帽上	小净扮乐官绿衣花帽上	
第二十七出	旦引贴上	旦同贴上	第三十折
	众拥生上	生引队上	
	女乐叩头介	众扮女乐上叩头介	
	无	众随意歌舞介	
	贴众灯笼细乐行介	众灯笼细乐引导介	
	笑跌介	无	
	上介	扶上介	
第二十九出	旦愁容上	旦上	第三十二折
	儿子走上报介	杂扮公子上报介（后同）	
	儿子、梅香扶生病上	旦慌介，众扶生病上	
	生恼介	生怒介	
	小公子出拜介	贴扮小公子出拜介	
	生想介	生作骇想介	

（续表）

汤本场次	汤　　本	冯　　本	冯本场次
第三十出	钟离上	净扮钟离上	第三十三折
	曹舅上	小生扮曹国舅上	
	铁拐上	丑扮铁拐上	
	采和上	小净扮采和上	
	韩湘上	旦扮韩湘子上	

附录六 《墨憨斋定本传奇》各本戏在戏曲选本中被选入的出目表

选本包括:《词林一枝》、《玉谷新簧》、《八能奏锦》、《大明春》、《尧天乐》、《珊珊集》、《月露音》、《词林逸响》、《怡春锦》、《乐府南音》、《群音类选》、《赛征歌集》、《歌林拾翠》、《万壑清音》、《玄雪谱》、《南音三籁》、《乐府歌舞台》、《醉怡情》、《审音鉴古录》、《纳书楹曲谱》(以上皆以《善本戏曲丛刊》本为底本)、《乐府遏云编》(明槐鼎、吴之俊辑,《续修四库全书》本第1778册)、《缀白裘》(钱德苍编撰,中华书局2005年版)、《遏云阁曲谱》(《续修四库全书》本第1757~1758册)。其中《珊珊集》、《月露音》、《乐府遏云编》、《怡春锦》、《词林逸响》、《乐府南音》选入的形式是单曲。《量江记》、《万事足》、《梦磊记》、《洒雪堂》、《杀狗记》、《一捧雪》等剧作在以上选本中均未被选入。《怡春锦》散曲选集礼集中收入《存孤记·私期》与冯梦龙改编本《酒家佣》第十八折十分相似。

1.《灌园记》

《词林一枝》:无。

《灌园记》相关的其他戏曲作品另有两种:《词林一枝》选入一民间作品两个散出——《齐王被难》(原缺)、《辱骂齐王》,作品名已不可考;赵于礼《溉园记》,全本佚,《群音类选》有三个散出《后园相窥》、《后园订盟》、《中秋烧香》,清康熙间翼圣堂补刻郁岗樵隐、积金山人同辑《缀白裘合选》选有《君后授衣》一出。后来钱德苍编撰的《缀白裘》无。

《珊珊集》:《灌园》。

《乐府遏云编》:《赠衣》、《拷婢》、《祭思》。

《月露音》:《制衣》、《捣衣》。

《词林逸响》:《制衣》、《愁诉》、《私会》。

《怡春锦》:《机露》、《赠袍》。

《乐府南音》:《灌园》、《太史名高》。

《赛征歌集》:《太史名高》。

《万壑清音》:《齐王祭贤》。

《玄雪谱》:《赠袍》、《私会》。

《南音三籁》:《愁诉》、《制衣》。

2.《红拂记》

《词林一枝》:《红拂私奔》。

《玉谷新簧》:《侠女私奔》。

《八能奏锦》:《红拂夜奔》、《姐妹自叹》。

《大明春》:《红拂私奔》。

《尧天乐》:《伏剑渡江》、《红拂私奔》。

《珊珊集》:《渡江》。

《乐府遏云编》:《渡江》、《私奔》、《完偶》、《落海》、《侦报》。

《月露音》:《完偶》、《关情》、《喜音》。

《词林逸响》:《渡江》、《私奔》。

《怡春锦》:《私奔》、《海归》。

《乐府南音》:《仗策渡江》。

《赛征歌集》:《仗策渡江》、《侠女私奔》、《同调相怜》、《捐家航海》。

《万壑清音》:《计就追获》。

《歌林拾翠》:《仗剑渡江》、《问神良佐》、《见生心许》、《李郎神驰》、《侠女私奔》、《同调相怜》、《卖镜巧遇》、《徐生重偕》、《捐家航海》、《觅封送别》、《避难奇逢》、《花园拜月》、《探报军情》。

《玄雪谱》:《知机》、《寻书》。

《群音类选》:《李靖渡江》、《红拂幽叙》、《逆旅寄踪》、《靖谒侯门》、《登高望气》、《红拂私奔》、《文靖先声》、《英雄投合》、《棋辨真人》、《虬髯心折》、《乐昌诉旧》、《虬髯赠别》、《乐昌镜合》、《破镜重圆》、《虬髯退步》、《勉夫求名》、《红拂寄讯》、《计获高丽》、《重会虬髯》、《红拂胥庆》。

《南音三籁》:《渡江》、《买镜》、《私奔》、《闺思》。

3.《精忠记》

《乐府遏云编》:《行刺》。

《万壑清音》:《疯魔化奸》(以姚茂良《精忠记》为底本)。

《醉怡情》:《写本》、《祭主》、《见佛》、《回话》。

《缀白裘》:《秦本》、《扫秦》(以冯梦龙改编本为底本)。

《遏云阁曲谱》:《扫秦》。

4.《双雄记》

《词林逸响》:《赏花》。

5.《西楼记》

《珊珊集》:《离魂》、《错梦》。

《乐府遏云编》:《错梦》、《离魂》、《载月》、《冲行》。

《词林逸响》:《砥志》、《空泊》、《邸聚》、《载月》。

《怡春锦》:《缄误》。

《玄雪谱》:《误缄》、《梦访》、《泣试》。

《乐府歌舞台》:《错梦》。

《醉怡情》:《私契》、《病晤》、《疑谜》、《错梦》。

《缀白裘》:《楼会》、《拆书》。

《纳书楹曲谱》:《楼会》、《错梦》、《载月》、《会玉》。

《遏云阁曲谱》:《赠马》。

6.《牡丹亭还魂记》

《珊珊集》:《言怀》。

《乐府遏云编》:《惊梦》、《寻梦》、《诊祟》、《闹殇》、《冥判》、《闹宴》。

《月露音》:《硬拷》、《惊梦》、《寻梦》、《玩真》、《幽媾》、《写真》、《闹殇》、《魂游》。

《词林逸响》:《惊梦》、《寻梦》。

《怡春锦》:《惊梦》、《寻梦》、《幽会》。

《万壑清音》:《冥判还魂》。

《玄雪谱》:《自叙》、《惊梦》、《寻梦》、《幽欢》、《吊拷》。

《醉怡情》:《入梦》、《寻梦》、《拾画》、《冥判》。

《缀白裘》:《冥判》、《拾画》、《叫画》、《学堂》、《游园》、《惊梦》、《寻梦》、《圆驾》、《劝农》、《离魂》、《问路》、《吊打》。

《审音鉴古录》:《劝农》、《学堂》、《游园》、《惊梦》、《寻梦》、《离魂》、《冥判》。

《遏云阁曲谱》:《学堂》、《劝农》、《游园》、《惊梦》、《寻梦》、《冥判》、《拾画》、《叫画》、《问路》。

7.《邯郸梦》

《珊珊集》:《梦寤》。

《月露音》:《极欲》。

《怡春锦》:《度世》。

《醉怡情》:《打番儿》。

《缀白裘》:《扫花》、《三醉》、《捉拿》、《法场》、《仙圆》。

《遏云阁曲谱》:《扫花》、《三醉》、《番儿》、《云阳法场》、《仙圆》。

8.《人兽关》

《缀白裘》:《演官》。

9.《永团圆》

《醉怡情》:《会衅》、《逼离》、《控休》、《堂婚》。

《缀白裘》:《逼离》、《击鼓》、《闹宾馆》、《计代》、《堂婚》。

《纳书楹曲谱》:《闺艳》、《述缘》。

10.《一捧雪》

《醉怡情》:《伪戏》、《关攫》、《出塞》、《代戮》。

《缀白裘》:《送杯》、《搜杯》、《刺汤》、《祭姬》、《换监》、《代戮》、《杯圆》、《审头》、《边信》。

《纳书楹曲谱》:《祭姬》。

11.《占花魁》

《醉怡情》:《一顾》、《再顾》、《种缘》、《狂窘》。

《缀白裘》:《劝妆》、《种情》、《串戏》、《雪塘》、《独占》、《酒楼》。

《纳书楹曲谱》:《独占》、《醉归》、《探芳》、《一顾》、《再顾》、《劝妆》。

参考文献

(一)基础文献类

〔明〕冯梦龙:《墨憨斋新曲十种》,明末刻本。

〔明〕冯梦龙:《墨憨斋定本十种传奇》,明末刻本,清铁瓶书屋印本。

俞为民点校:《冯梦龙全集》,江苏古籍出版社1993年版。

魏同贤编:《冯梦龙全集》,上海古籍出版社1993年版。

〔明〕冯梦龙:《墨憨斋定本传奇》,中国戏剧出版社1960年版。

〔明〕冯梦龙:《墨憨斋定本传奇》,黄山书社1992年版。

〔明〕冯梦龙:《太霞新奏》,海峡文艺出版社1986年版。

高洪钧编著:《冯梦龙集笺注》,天津古籍出版社2006年版。

橘君辑注:《冯梦龙诗文》,海峡文艺出版社1985年版。

杨晓东编著:《冯梦龙研究资料汇编》,广陵书社2007年版。

《古本戏曲丛刊》编辑委员会编:《古本戏曲丛刊》初集,商务印书馆1954年版。

《古本戏曲丛刊》编辑委员会编:《古本戏曲丛刊》二集,商务印书馆1955年版。

《古本戏曲丛刊》编辑委员会编:《古本戏曲丛刊》三集,文学古籍刊行社1957年版。

王秋桂主编:《善本戏曲丛刊》,台湾学生书局1984年版。

〔明〕毛晋编:《六十种曲》,中华书局1958年版。

中国戏曲研究院编:《中国古典戏曲论著集成》,中国戏剧出版社 1959 年版。

傅惜华编:《明代传奇全目》,人民文学出版社 1959 年版。

黄文旸原本,董康校订:《曲海总目提要》,人民文学出版社 1959 年版。

庄一拂:《古典戏曲存目汇考》,上海古籍出版社 1982 年版。

郭英德编著:《明清传奇综录》,河北教育出版社 1997 年版。

谭正璧、谭寻:《弹词叙录》,上海古籍出版社 1981 年版。

齐森华等主编:《中国曲学大辞典》,浙江教育出版社 1997 年版。

吴新雷主编:《中国昆剧大辞典》,南京大学出版社 2002 年版。

吴毓华编:《中国古代戏曲序跋集》,中国戏剧出版社 1990 年版。

蔡毅编:《中国古典戏曲序跋汇编》,齐鲁书社 1989 年版。

〔明〕张凤翼撰,隋树森等校点:《张凤翼戏曲集》,中华书局 1994 年版。

〔清〕李玉著,陈古虞、陈多、马圣贵点校:《李玉戏曲集》,上海古籍出版社 2004 年版。

〔明〕汤显祖著,徐朔方笺校:《汤显祖全集》,北京古籍出版社 1999 年版。

〔明〕沈自晋撰,张树英点校:《沈自晋集》,中华书局 2004 年版。

〔明〕沈璟著,徐朔方辑校:《沈璟集》,中华书局 1991 年版。

〔明〕吕天成撰,吴书荫校注:《曲品校注》,中华书局 2006 年版。

王利器辑录:《元明清三代禁毁小说戏曲史料》,上海古籍出版社 1981 年版。

〔清〕张岱:《陶庵梦忆》,中华书局2008年版。

〔清〕李斗:《扬州画舫录》,中华书局1997年版。

〔清〕李渔:《闲情偶寄》,浙江古籍出版社1985年版。

〔明〕潘之恒著,汪效倚辑注:《潘之恒曲话》,中国戏剧出版社1988年版。

〔明〕祁彪佳:《远山堂尺牍》,明末祁氏远山堂抄本。

〔明〕祁彪佳:《祁忠敏公日记》,绍兴县修志委员会1937年校刊。

(二)研究著作类

陆树仑:《冯梦龙研究》,复旦大学出版社1987年版。

陆树仑:《冯梦龙散论》,上海古籍出版社1993年版。

聂付生:《冯梦龙研究》,学林出版社2002年版。

龚笃清:《冯梦龙新论》,湖南人民出版社2002年版。

傅承洲:《冯梦龙与侯慧卿》,中华书局2004年版。

傅承洲:《冯梦龙与通俗文学》,大象出版社2000年版。

傅承洲:《明代文人与文学》,中华书局2007年版。

刘君珰:《冯梦龙传奇剧本改编艺术——〈墨憨斋定本传奇〉之研究》,高雄复文图书出版社2006年版。

徐朔方:《晚明曲家年谱》,浙江古籍出版社1993年版。

胡忌、刘致中:《昆剧发展史》,中国戏剧出版社1989年版。

吴梅:《顾曲麈谈　中国戏曲概论》,上海古籍出版社2000年版。

卢前:《卢前曲学四种》,中华书局2006年版。

钱南扬:《汉上宧文存》,上海文艺出版社1980年版。

周贻白:《中国戏剧史长编》,上海书店出版社2007年版。

马廉:《马隅卿小说戏曲论集》,中华书局2006年版。

〔日〕青木正儿著，王古鲁译著：《中国近世戏曲史》，作家出版社 1958 年版。

王国维：《宋元戏曲考》，东方出版社 1996 年版。

郑振铎：《郑振铎全集》，花山文艺出版社 1998 年版。

朱崇志：《中国古代戏曲选本研究》，上海古籍出版社 2004 年版。

徐慕云：《中国戏剧史》，上海古籍出版社 2001 年版。

廖奔、刘彦君：《中国戏曲发展史》，山西教育出版社 2000 年版。

郭英德：《明清传奇史》，江苏古籍出版社 1999 年版。

郭英德：《明清文人传奇研究》，北京师范大学出版社 1992 年版。

李昌集：《中国古代散曲史》，华东师范大学出版社 1996 年版。

李昌集：《中国古代曲学史》，华东师范大学出版社 1997 年版。

朱万曙：《明代戏曲评点研究》，安徽教育出版社 2002 年版。

齐森华：《曲论探胜》，华东师范大学出版社 1985 年版。

谭帆、陆炜：《中国古典戏剧理论史（修订版）》，华东师范大学出版社 2005 年版。

叶长海：《中国戏剧学史稿》，上海文艺出版社 1986 年版。

赵山林：《中国古典戏剧论稿》，安徽文艺出版社 1998 年版。

赵山林：《中国戏曲传播接受史》，上海人民出版社 2008 年版。

祝肇年：《古典戏曲编剧六论》，中国戏剧出版社 1986 年版。

孙书磊：《明末清初戏剧研究》，社会科学文献出版社 2007 年版。

程芸：《汤显祖与晚明戏曲的嬗变》，中华书局 2006 年版。

阿甲：《戏曲表演论集》，上海文艺出版社 1962 年版。

高宇：《古典戏曲导演学论集》，中国戏剧出版社 1985 年版。

徐朔方、孙秋克编:《南戏与传奇研究》,湖北教育出版社 2004 年版。

洛地:《词乐曲唱》,人民音乐出版社 1995 年版。

周维培:《曲谱研究》,江苏古籍出版社 1997 年版。

杨荫浏:《中国古代音乐史稿》,人民音乐出版社 1981 年版。

孙从音:《中国昆曲腔词格律及应用》,上海音乐出版社 2003 年版。

郑孟津、马骕著,叶擎峰译:《中国长短句体戏曲声腔音乐》,上海社会科学院出版社 2007 年版。

陆萼庭:《昆剧演出史稿》,上海教育出版社 2006 年版。

俞为民:《曲体研究》,中华书局 2005 年版。

张发颖:《中国家乐戏班》,学苑出版社 2002 年版。

刘水云:《明清家乐研究》,上海古籍出版社 2005 年版。

刘召明:《晚明苏州剧坛研究》,齐鲁书社 2007 年版。

高祯临:《明传奇戏剧情节研究》,台北文津出版社 2005 年版。

曹萌:《中国古代戏剧的传播与影响》,中国社会科学出版社 2006 年版。

〔德〕曼弗雷德·普菲斯特著,周靖波、李安定译:《戏剧理论与戏剧分析》,北京广播学院出版社 2004 年版。

李真瑜:《城市文化与戏剧》,陕西人民教育出版社 2006 年版。

谢国桢:《明清之际党社运动考》,上海书店出版社 2004 年版。

赵园:《明清之际士大夫研究》,北京大学出版社 1999 年版。

陈江:《明代中后期的江南社会与社会生活》,上海社会科学院出版社 2006 年版。

樊树志:《晚明史(1573~1644)年》,复旦大学出版社 2003 年版。

龚鹏程:《晚明思潮》,商务印书馆 2005 年版。

谭帆:《中国雅俗文学思想论集》,中华书局2006年版。

余英时:《儒家伦理与商人精神》,广西师范大学出版社2004年版。

赵敏俐、吴相洲等:《中国古代歌诗研究——从〈诗经〉到元曲的艺术生产》,北京大学出版社2005年版。

邹云湖:《中国选本批评》,上海三联书店2002年版。

康保成:《傩戏艺术源流》,广东高等教育出版社2005年版。

〔美〕韩南著,尹慧珉译:《中国白话小说史》,浙江古籍出版社1989年版。

孙楷第:《沧州集》,中华书局1965年版。

〔英〕马凌诺夫斯基著,费孝通等译:《文化论》,华夏出版社2002年版。

朱自清:《标准与尺度》,广西师范大学出版社2004年版。

〔清〕章学诚著,叶瑛校注:《文史通义校注》,中华书局1985年版。

〔德〕加达默尔著,夏镇平、宋建平译:《哲学解释学》,上海译文出版社1994年版。

(三)研究论文

程华平:《明清〈牡丹亭〉曲律研究述论》,载《戏剧艺术》1993年第4期。

高宇:《古典戏曲的导演脚本——〈墨憨斋详定酒家佣〉新探》,载《戏剧艺术》1982年第2期。

高宇:《古典戏曲的导演脚本——〈墨憨斋详定酒家佣〉新探(续)》,载《戏剧艺术》1982年第3期。

高洪钧:《冯梦龙的俗文学著作及其编年》,载《天津师范大学学报(社会科学版)》1997年第1期。

〔日〕根山彻:《〈还魂记〉在清代的演变》,载《戏曲艺术》2002年第4期。

郭英德:《明清传奇戏曲叙事结构的演化》,载《求是学刊》2004年第1期。

黄爱华:《戏剧功能系统演论》,载《戏剧艺术》1992年第1期。

黄长义:《略论晚明经世思潮的兴起》,载《江汉论坛》1997年第6期。

胡小伟:《〈冯犹龙文钞〉作者考》,载《明清小说研究》1996年第1期。

康保成:《戏曲术语"科"、"介"与北剧、南戏之仪式渊源》,载《文学遗产》2001年第2期。

李金松:《冯梦龙传奇〈万事足〉之蓝本〈万全记〉探考》,载《文史》2002年第2辑。

李延贺:《遵古:冯梦龙曲律观之浅析》,载《艺术百家》2000年第2期。

刘召明:《从依字声行腔与南曲用韵看汤沈之争的曲学背景与论争实质》,载《戏剧艺术》2006年第3期。

路应昆:《中国剧史上的曲、腔演进》,载《文艺研究》2003年第1期。

陆萼庭:《传奇"吊场"的演变与昆剧折子戏(上)》,载《上海戏剧》2004年Z2期。

沈尧:《明末古典剧论的新篇章——孟称舜编剧理论综述》,载《戏曲研究》1983年第9辑。

徐震:《20世纪冯梦龙戏曲研究综述》,载《戏曲艺术》2007年第2期。

俞为民:《昆曲曲调的组合形式考述》,载《东南大学学报(哲学社会科学版)》2006年第1期。

杨坤:《从〈风流梦〉改本看冯梦龙之戏曲改编》,载《文学前沿》2005 年第 1 期。

游友基:《冯梦龙戏剧理论之特色》,载《长沙水电师院学报(社会科学版)》1990 年第 1 期。

王政:《关于冯梦龙戏剧理论的特征》,载《学术月刊》1985 年第 3 期。

王小岩:《冯梦龙创作、重编传奇考》,载《南阳师范学院学报》2007 年第 6 期。

吴敢:《说戏曲散出选本》,载《艺术百家》2005 年第 5 期。

周立波:《冯梦龙戏曲改编理论初探》,载《阴山学刊》1999 年第 1 期。

周立波:《从〈墨憨斋定本传奇〉的题材选择看冯梦龙的思想形态》,载《宁夏社会科学》2005 年第 4 期。

赵天为:《古代戏曲选本中的〈牡丹亭〉改编》,载《戏曲艺术》2006 年第 1 期。

赵天为:《曲谱中的〈牡丹亭〉》,载《南京师大学报(社会科学版)》2007 年第 5 期。

朱万曙:《明代戏曲评点:批评话语的转换》,载《文艺研究》2007 年第 10 期。

后　记

本书是在我的博士论文基础上修改而成的。十年前我在华东师大进修硕士学位时，承蒙高建中先生的指导，对词学研究很感兴趣，但回到工作中以后因为自己的惰性就没有再深入下去了。后来，逐渐由词而曲，慢慢对曲学好奇起来，更因为我生活工作在汤显祖的故乡，戏曲研究有较浓厚的氛围，拜入谭帆先生门下的时候，我提出想在戏曲方面花工夫，经过一段时间的摸索，也是在谭师的建议下，选择了《墨憨斋定本传奇》为研究对象，由小一点的个案入手，希望学问会做得踏实一些。

本书各章相对独立，彼此间又有一定的逻辑关系，主要考察了《墨憨斋定本传奇》的文本特点和冯梦龙戏曲活动尤其是传奇改编的艺术成就。我的研究思路是通过对《墨憨斋定本传奇》这部集子展开研究，把冯梦龙的戏曲思想、观点和他的影响的描述落到实处。冯梦龙戏曲改编的思想基础，在于“以情立教”的功利性，这种功利性在小说领域和戏曲领域的表现不同，冯梦龙编撰通俗小说有类型化倾向，而编撰戏曲则有经典化倾向。本书梳理了《墨憨斋定本传奇》中的评点，冯梦龙《墨憨斋定本传奇》属于改评型的戏曲评点，冯梦龙以改编本为中心将改编者和读者联系起来，尽量阐释改编者的理论主张，显示改编本的示范作用。这示范的改编目的在形式、曲调组合的方式、曲词、宾白、科介和脚色设置等诸多方面都得以彰显。改编的初衷与实际的效果之间并不十分契合，我试图从历代选本中寻绎舞台演剧对冯梦龙改编本的选择，但仅以选本为研究基础支撑力尚显薄弱。经过近些年的学习和写作，这本书最终以这样的面貌呈现出来，限于学识，纰漏在所难免，问题的阐发也有浮浅之处，只能有待于以后进一步完善了，心感惶恐，敬祈读者和方家教正。

本书出版之际，首先要特别感谢我的导师谭帆先生。谭师博学睿智，谦和平易，指引我治学之路。先生不以弟子鲁钝而苛责，常常鼓励我在治学上多用功，不可懈怠。先生从论文选题、构架乃至后来的写作中，都给予我许多具体的指导启发，因为先生的宽容和帮助，使我终于得以完成论文。三年的学习，受教于先生的，不仅在学术文章，更在于开阔的研究视野和为学的从容气度，我虽愚钝不能深悟，也因向往而始终保有一点学术热情。

感谢高建中先生对我治学之路最初的引导。感谢齐森华先生、程华平先生在论文开题时提出的宝贵意见。齐先生学识渊博，宽厚慈祥，对后辈多有提点爱护，让我感动并铭记。论文答辩过程中，有幸得到华东师范大学郭豫适先生和赵山林先生、复旦大学黄霖教授、上海师范大学李时人教授和孙逊教授的指教，在此致以深深的谢意。

沪上求学三年，流光轻浅，倏忽而逝。从丽娃河到樱桃河，是我人生旅途中难得的安静的读书生活时光。感谢我的同学们在我学习中的帮助与勉励。感谢我的父母及家人免我后顾之忧，始终给予我爱、力量和勇气。

本书的出版得到了学校创新团队的督促与支持，借此表示诚挚谢意。本书作为教育部人文社会科学研究青年项目“明清传奇改编研究”（项目批准号：11YJC751070）的阶段性成果，也特别在此说明。

最后感谢齐鲁书社的刘玉林先生,正是他辛勤努力的工作,使本书出版的时候尽可能地减少了遗憾。

涂育珍

2011年10月记于临川